风从远方来

华西坝的故事

◎ 刘险峰 著

四川出版集团·四川美术出版社

图书在版编目（CIP）数据

风从远方来：华西坝的故事/刘险峰著. ——成都：
四川美术出版社，2010.9

ISBN 978-7-5410-4410-6

Ⅰ.①风… Ⅱ.①刘… Ⅲ.①长篇小说－中国－当代
Ⅳ.①I247.5

中国版本图书馆CIP数据核字(2010)第189056号

风从远方来——华西坝的故事　刘险峰 著

FENG CONG YUANFANG LAI　HUAXIBA DE GUSHI

责任编辑	张大川　王富弟
装帧设计	李　庆
责任校对	曾品艳
出版发行	四川出版集团　四川美术出版社
地　　址	成都市三洞桥路12号
邮政编码	610031
印　　刷	郫县犀浦印刷厂
成品尺寸	165mm×238mm
印　　张	15.75
字　　数	280千
版　　次	2010年9月第1版
印　　次	2010年9月第1次印刷
书　　号	ISBN 978-7-5410-4410-6
定　　价	40.00元

在母校华西百年诞辰之际

谨以此文献给

将一生奉献给上帝和中国朋友的外国传教士

献给

华西坝所有老师和同学

说在前面

　　100年前，一群人来到成都，他们是从很遥远的地方来的，他们来这里干什么当地人并不十分清楚，反正他们留下来之后就不走了。

　　他们好像不是为财富而来的，因为他们并不经营什么，只是见了人就堆起笑脸，在胸口不停的划着十字，但这些举动没有让他们躲过不知道什么方向扔来的石块和砖头。

　　他们的到来当地人似乎并不高兴，双方闹出很多的不愉快，当地人曾经用恶毒的语言诅咒过他们，说他们是灾星，正是因为他们的到来才引得成都平原发生瘟疫，遭受旱灾。

　　当地人还烧了他们的房子，要把他们赶走，不过他们还是没走，继续留了下来，而且人越来越多。

　　他们不是财富的积聚者，没什么值得夸耀的实物资产，每年也就两百美金的津贴，让人意外的是他们居然过得很快乐；没事儿的时候他们会在华西坝狭窄的泥地上来回奔跑着，似乎也没有什么急事儿；他们还在草地上牵一张渔网，把一个个圆球来回地击打着，乡绅们真是觉得奇怪，"这些洋人好无聊，硬是瓜分分的，你们还不如雇两个苦力帮着击打，自己站在旁边看不就完了嘛"。

　　他们中间有会看病的医生，那医生觉得自己不应该只给他们自己人看病，他觉得应该把技艺贡献给更多的人，于是他在成都东门的四圣祠开了个小诊所，免费给百姓看病。但他向本地人示好的行为并没有得到相应的回报，相反，和百姓的误解越来越深……

　　后来还发生了很多很多的事情……尤其在南门曾经被叫着"梅苑"的地方。

在1985年的秋天，一个懵懵懂懂的小子也来到这里，他得到过一本书，书里曾经描写了百年前发生在这里的一些事情，那小子自以为懂了很多……

　　又过很久，那个混沌的小子也步入中年，当他重新探究这一切的时候，突然产生了好多的感动，原来那些陈年旧事里面还可以读出太多太多……

　　他突然有些懂了，华西坝最值得珍藏的还有很多很多……

渺渺钟声出远方，依依林影万鸦藏。一生负气成今日，四海无人对夕阳。

《吟故居》——陈寅恪抗战时期作于成都华西坝

　　"主教大人，林则先生更愿意作为一名医生，牙医，而不是去传教。"史密斯小心翼翼的说道，面对主教他似乎有些惶恐。

　　"那他到中国来干吗？"主教有些愠怒，他站起来来回踱步，"我们这里不养闲人，来这里就是传播天国福音的。"

　　"那该怎么办？"

　　"他必须离开，这是最后的决定。"主教态度坚决，史密斯知道他的话就是圣旨。

　　"不过，主教大人，他们已经到了，毕竟颠簸了好几个月……"史密斯神父感到为难。

　　"也许加拿大教会方面曲解了我们的意思，成都需要的是传教士，而不是……"主教抱怨道。

　　一阵难堪的沉默。

　　"那……让他们何时启程回国？"史密斯笔直恭敬的站在主教办公桌前。

　　"越快越好，我会给加拿大教会方面去信解释……史密斯神父，你去办吧，你会用很绅士的方法解决这个难题的。"

　　"嗯……是，主教大人。"

　　"好了，我还有很多事情需要处理，你去忙你的吧。"主教发出逐客令。

　　史密斯神父额首退出主教办公室。

　　"该怎么和他说呢……"作为主教的行政助理，他必须去面对那个人，头回遇到如此棘手的麻烦，他嘟囔着穿过教堂高耸的门廊，这时候教堂的钟声响起来，几只飞鸟从教堂屋顶高耸的十字架上应声惊起飞得不知去向。

"老井翠竹映青莲，青砖小瓦生碧烟"用来形容成都宽巷子再恰当不过了，金河街一带住满了"旗人"，他们是成都的贵族。建筑风格是北方的四合院加上了几分川西柔媚的风骨，庭院曲曲折折深深浅浅，千回百转，别有一番情调。巷子中的建筑保留着上翘的檐角；檐沿有扇形的瓦当；这里的建筑上雕刻有金瓜、佛手、兰花等象征吉祥的饰物……

宽巷子东面尽头一家是暗红色的双扇大门，门前静坐着两只威严的石狮子，让人敬畏。大门敞开着，人流在这里进进出出。

"咋样了？"丫鬟问她端着木盆从里间出来的同伴。

同伴摇摇头："还在发烧，看来这回恼火了……"

"那还不叫老爷赶快多找点郎中来看。"丫鬟有点焦急。

"你又不是不晓得，小姐的病又不是一天两天了，成都的名医哪个没来看过？我看是病得拐了……"

"老爷，你看咋个办嘛？幺姑儿她……"老太太六神无主，望着坐在大客厅太师椅上的老爷，他含着烟嘴，长长的烟杆足有三尺多长。

"容我想想……"老爷眉头紧锁。

"我可就这么个女儿……呜呜呜，这回不晓得挺得过来不……观音菩萨保佑我的儿啊！"母亲开始抽泣。

"嗨……"老爷叹口气，对丫鬟说："叫管家来。"

管家是跑着来的，"老爷，您叫我？"他进门微微欠身。

"请沈老先生来……"老爷吩咐。

"老爷，您知道沈大夫年事已高，他是从不亲自出诊的，老爷您看……"管家有点为难。

"你去给老爷子说，就说我说的，小女病情危急，无论如何请他老人家来一趟。去几个人，就是抬也要把沈老爷子抬过来。"

"老爷，我有个想法不知道当讲不当讲。"管家欠身站在老爷面前。

"都啥子时候了，你说嘛。"

"老爷，为啥子不试试西医呢？您不是和那位洋人医生关系很好嘛……"

皮特神父今天遇到两件事情，一件让他高兴，一件令他郁闷。

高兴的是他被授权参加即将在上海举办的"基督教百年庆典"，这是主教赐予他的荣誉，奖励他在四川这么多年为基督事业所作出的贡献，这一次参会他想一定可以见到更多的朋友，他渴望能够早日成行。

郁闷的是他的假牙不小心在洗漱的时候掉地上摔成两半，这可是要了命了，这还是在来中国之前在伦敦找牙医精心制作的，整整用了十年，虽然有些磨损，但毕竟还能够使用，至少够保证他和人交流的时候不会豁着嘴露着风。

皮特郁闷的情绪占了上风，他不知道该怎么办，总不能就这么豁嘴见人，到了上海会见的都是各地基督教会的大人物，不仅自己感觉不爽，似乎对别人也很不礼貌。

年轻的弗列特神父兴冲冲推门进来："皮特神父，紧急通知，明天早上出发，请您马上做好准备。"

"明天就出发？"

"是的，刚刚接到的通知，我还要马上知会其他大人呢。"说完弗列特神父转身就要离开，他没注意到皮特神父一直是闭着嘴的，更没发现他放在桌上水杯里面裂成两半的假牙。

"弗列特神父，能不能晚一天，我这牙……"弗列特这才发现皮特的端倪。

"皮特神父，您这是怎么了？"

四圣祠街算是成都的繁华闹市区，熙来攘往的人群忙忙碌碌，把不太宽敞的街道挤得水泄不通。管家在人群中穿行着，不时碰到旁边的行人。"借道借道……"他不停的喊着，侧身寻找可以通过的空间，他得尽快赶到仁济医院。

那位成都的名老中医沈老先生来给小姐看过了，老先生本来是不出诊的，但鉴于和老爷的关系，他还是来了，经过一番望闻问切，老爷子脸上的表情更加凝重。管家知道大事不好，于是他再次请求老爷让小姐试试西医，老爷没有反对，自己这才风急火燎的来请这位成都最有名的启尔德医生。管家很奇怪，老爷本来和启尔德医生有很好的私人关系，他们经常聚会，但老爷就是不相信西医。

"先生，你找谁？"护士拦住管家，"启尔德医生正在查房。"

"急事，急事，我找启尔德医生。"管家认识启尔德，也许医生还记得他的。

"你现在还不能进去，他在看病人，不然他要生气。"护士拦住他。

"我说护士小姐，您能不能给我通报一下，就说宽巷子的王家找他有急事……"

"这没问题，不过要等到他查完房以后。"

"真的是急事，人都快要死了……你说我能不急嘛！求求您！"管家太高声音，引得四周的人侧目关注发生了什么事情。

病房里走出一个身材敦实的中年"眼镜"洋人，身穿白大褂，头发梳理得纹丝不乱。"发生了什么事？"他问道。

管家知道这就是启尔德医生，那个闻名成都的加拿大传教士。"启尔德医生，是我，您不记得了，宽巷子的王家……"他提醒洋人。

"噢……是你啊！请你稍等，我马上就来。"说完转身回屋去了。

不到两分钟，启尔德让管家进了他的办公室，很快，启尔德就跟着管家出了医院大门，管家手里还多了一个小木箱。

林则送走了那个叫史密斯的神父，他隐约听出了弦外之音，这里不欢迎他。虽然史密斯的态度是极其谦卑的，越这样越让林则感到某种别扭，或者叫"虚伪"，他把林则结结实实恭维一番，说是多伦多大学皇家医学院的牙医学博士法学博士如何了得，他的大名如雷贯耳等等，末了闪烁其词说成都的"庙小"，这是什么意思？明明就是来撵他走！

史密斯根本不跟自己讨论他的具体安排，只是让夫妇俩人在成都好好转一转，欣赏欣赏这里的一些人文景观，例如武侯祠文殊院都江堰青城山，还有距离此地百公里外的峨眉山乐山大佛，还说那里不仅风光旖旎，山上的猴子也很有趣。史密斯的意思中间意味深长，好像他是来中国游山玩水的。

林则根本没来得及提出自己的想法就被史密斯把话给堵了回去，他说过两天会再来的。

三天过去了，仍然不见史密斯的影子，林则觉得空落落的，也许史密斯很忙，林则只能这么想。

第四天，还是没有人找他，林则觉得奇怪，难道史密斯给忘记了？

第五天，史密斯没来，不过他收到一封信，他想可能是史密斯写来的，果然，落款是他。

爱丽丝见林则看信的时候脸色很难看，然后重重的坐在凳子上一言不发。"怎么了？亲爱的……"夫人走到林则身旁轻轻抚摸着他的肩膀。

"你看吧！"林则把信交给爱丽丝，"岂有此理……"

史密斯是个滑头，那天本来他可以把话挑明的，但他让自己去猜，让自己受煎熬。已经是板上钉钉的事情，教会高层让他马上打道回府，时间就定在明天早上，这里需要的不是牙医。

"牙医在这帮老爷的眼中根本不是医生！"林则很想发泄。

爱丽丝不知道她该怎么安慰丈夫，似乎说什么都那么无力，她也很为难。

"亲爱的，你去哪里？"见丈夫起身穿上外套，像是要出门。

"亲爱的爱丽丝，我去去就来，你等着我。"林则匆匆走了。

林则大约两个小时后回来的，爱丽丝用眼神询问林则，她希望能从他的目光中看到某种希望。可是林则轻轻的摇了摇头，脱掉西服，松了松脖子上的领带，苦笑一声："亲爱的，我们明早出发启程回国。"

爱丽丝不想询问细节，她完全可以想象林则找他们理论的情形。

"噢，对了，刚才有个传教士找你，很急的样子。"爱丽丝想这件事应该告诉丈夫。

"他说有什么事吗？"

"没说，很着急的样子，还问你什么时候回来，也许他还会再来。"

"会是谁呢？乌尔伦斯早就不在成都了，在这里我没有认识的人啊。"

启尔德看完病人，回到王老爷的客厅，男主人焦急的目光迎了上来。

"王先生，我们是好朋友吗？"

"是啊，怎么了？"王老先生有点困惑，这洋先生何出此言？

"既然是好朋友，这样的事情我希望您能早点告知，令爱的疾患到了如此严重的程度，但我从来没听您说起过。"

"哎呀，启先生，不是我不给您说，是因为，因为没想到这么严重，开始的时候她也就说牙疼，我也没有在意，牙痛不是个大问题，就这么一直拖着。"

"有些麻烦……"启尔德面露难色。

"真的就没有办法了吗？您不是说西医可以解决很多中医无法解决的问题嘛。"

"令爱的整个口腔都在发炎，里面全是脓液，全身情况也很差。"启尔德紧张的思考着，他在考虑如何确定治疗方案，"哎，如果本地有个牙医就好了。"

"牙医？"

"是啊，需要专业的牙医进行处理，令爱的好多牙齿都坏掉了，那就是引起急症的主要原因，很遗憾，我不是牙医。"

"那怎么办？传教士中间有牙医吗？"老爷的目光中有些绝望的神情。

"没有。"启尔德耸耸肩。

"爱丽丝。"

"嗯？"

"你还没睡？"

"嗯……"

"为什么还不睡？"

"亲爱的，你不也没睡嘛。"

"你在想什么？"林则转过身来对着妻子。

"你呢？"爱丽丝回应了丈夫的拥抱。

魁北克市是北美最具欧洲色彩的城市，若单用一个"美"字来形容魁北克城远远不够，春天赏河，夏天赏花，秋天赏枫叶，冬天赏雪，一年四季美不胜收。

父亲期望这小子最好成为一名律师或者是文学家，也许文学或者逻辑学能够让桀骜不驯的林则变得更加理智一些。

年轻人的爱好永远让长者看不懂，林则并不喜欢风景秀丽的山山水水花花草草，倒是喜欢成天泡在牲口市场看人们做牛马交易，他认为很有趣。让他感到奇怪的商人们讨论牛马的价格前首先扒开牲口的牙口瞧上半天。

"这是为什么？"他缠着商人请教。

"小子，你连这个都不懂！这是看牲口的年龄。"

"您是怎么看的呢？"林则十分好奇。

"混小子，走开，你没有看见我忙着吗。"商人很厌烦有人打搅自己做生意。

"这个我来告诉你，"商人的女儿像是很内行，"要是牙齿很坏的，那一定是一匹老马，价格就低，主要看磨损情况。"

"哦，是这样。"林则似懂非懂。

"比如像你，就是一匹小马驹，牙齿还没有长全呢，哈哈哈。"商人女儿打趣的笑道。

"你也是！黄毛丫头，我看见你的牙了，好象坏掉几个，你得小心了，很可能找不到婆家！"林则回敬道。

"混小子，看我不揍你！"商人女儿拿出鞭子故意吓唬他，他一溜烟跑了。

从此之后，他算是和牙齿卯上劲了，动不动就看别人的牙齿，闹出的事端好多和牙齿有关。

林则刚进门，见父亲怒气冲冲的样子，"小子！你干的好事！"

"……"林则不解，诚惶诚恐看着父亲，不会是学校那点事情给父亲知道了？

"怎么了？林则。"母亲刚从门外进来，见父亲生气的样子。

"这小子在学校里给老师起绰号，今天老师已经告上门来！"

"不过我说的是事实。"林则辩解道。

"亲爱的孩子，你都干了什么了？"母亲和颜悦色的问道。

"你还敢犟嘴！为什么给你的自然课老师起个'龅牙'的绰号！"

"哦，孩子，这可不好，对人起码要尊重，尤其对自己的老师。"

"我不过是说了一点事实，一定是弗兰克这小子告的状！"林则知道是那厮告的密。

第二天林则就揍了这个"叛徒"，最要命的是他这一拳头正中弗兰克面门，对方的半边门牙给打掉了，这还了得，弗兰克的父母带着孩子找上门来，气得父亲就要揍儿子。

他倒是不躲避，喊道："我林则好汉做事好汉当，你们把我的门牙拔下来赔给弗兰克就是！"他拉着弗兰克就要上医院。

众人哭笑不得……

中学毕业了，林则的志愿是报考多伦多大学牙学院。

"为什么你要选择这个志愿？"父亲总觉得牙医是个'匠人'干的活，还是报考文学院或者法学院也许更有前途，自己的脸面也更好看。

"为了理想。"林则觉得和自己的父亲共同语言不多，他懒得解释。

"你的理想是什么？"

"为了让这个世界上少几个'龅牙'"。林则调侃似的回敬父亲。

"混小子，你还为那事儿耿耿于怀？"父亲在房间来回踱步，他找不到更好的说辞教训儿子，"那好，这也算一个理想，既然你认定了自己的理想，那么就为这个理想去奋斗吧！"

林则以优异成绩如愿以偿考入多伦多大学皇家医学院。

进了大学林则才知道，原来牙医并不是简单的让世界少几个"龅牙"，而是救死扶伤的职业，是一门严谨的科学，是医学的一个重要分支，是科学和艺术的综合，当好一个牙医除了有丰富的医学知识之外，还必须具备高超的审美能力，具有丰富的空间想象和创造能力，这门学科不仅仅是"雪中送炭"，还要"锦上添花"。他发现牙医系的教授个个都是知识渊博能文能武的人，甚至好多人还会绣花做女红之类的功夫。

林则是在大学三年级喜欢上爱丽丝的，她是文学院的学生，长得楚楚动人，尤其是她那整齐洁白的牙齿。

"亲爱的，你睡着了吗？"林则轻声问道。

"没有呢……"

"好像有人敲门。"林则竖起耳朵。

"这么晚了，还有人来？"爱丽丝警觉起来。

"砰砰砰……"的确有人敲门。

宽巷子的人们早已进入梦乡，但王家大院的人还没有休息，一切依旧那么压抑，成都最有名气的中医给王大小姐看过了，洋人医生启尔德也看过了，治疗方案多种多样，药物吃了不少，但一直不见好转。

王老爷一声不吭的坐在太师椅上吸着水烟，偶尔传来一阵剧烈的咳嗽。王夫人手拿佛珠念念有词，她的那些语言旁人听不懂也听不清。丫鬟仆人们在小姐的闺房进进出出，个个脸色凝重。

"看来硬是回天乏术了吗？"王老爷自言自语。

"菩萨保佑啊，我的幺姑儿，你咋个得了怪病了嘛，我把天下的菩萨都求过了，但愿你早点好起来啊！"母亲一脸的凄楚，眉头紧锁着。

"启先生说要牙医才看得好幺姑儿的病，可到哪里去找牙医啊！唉……"

"你平时在成都关系网那么宽的，可到头来连女儿的病都看不好。"王夫人急得直埋怨着。

"你不要说了，这么多年了，就一直找不到办法，又能怪哪个？"

"我的幺姑儿啊，你咋个得了这个无名肿毒了嘛，要是有个三长两短噻，我也不活了，呜呜呜……"女人最好的武器是哭泣。

王小姐的闺房内香雾缭绕，几个丫鬟望着床上的主人，时不时用热毛巾轮番敷住额头。小姐的脸红扑扑的，呼吸非常急促，在右侧面颊下方肿胀得变了型，还有一个小小的瘘道不停的渗出脓液，其间夹杂着一些殷红的鲜血。

管家神情落寞进来，"老爷，太太，你们早点休息吧。你们可不能垮了啊！"

"咋个睡得着啊！娃儿病成这样，万一……"王老爷脸色铁青，不断的抽烟。

"你还是少抽点，身体要紧。"管家提醒自己的主人。

"老张，你来我们家好久了？"

"老爷，幺姑儿还没有出生的时候我就来了，我是看着她长大呢。"管家眼睛有点湿润。

"老张，幺姑儿跟你自己的女儿也差不多了，你说说，还有啥子办法可以医好幺姑儿的病？"

"老爷，我也一直在想，有个办法不晓得要得不……"

"你说嘛，只要能够医好娃娃的怪病，我就是倾家荡产也无所谓，钱嘛，身外之物。"

"老爷，太太，小的说得不对，还请你们不要见怪才是。"管家诚惶诚恐。

"你说你说。"老太太听说还有办法眼睛顿时一亮。

管家迟疑片刻，牙缝里冒出两个几乎听不见的字来："冲喜。"

"冲喜？"男女主人异口同声。

"对，冲喜，现在恐怕只有这个办法可以想一想。"管家紧张的看着老爷，他有点害怕主人责怪自己唐突。

"冲喜……这是祖上常用的方法，不过这都是用在男的身上，从来还没有那个女娃娃得了病，招个女婿冲喜的，这个办法可能不太妥当。"老爷摇摇头。

"我看可以，为啥子不试试？"夫人倒是开通，她的主要目的是救自己的女儿。

"再说了，幺姑儿都病成这个样子了，还有哪家的男娃娃愿意呢？不行。"老爷再次摇头，接下来便是死劲的咳嗽。

"老爷，您只要同意，男方的事情我来想办法……"

"但我们这个家庭……传出去让人笑话不是……"老爷说这句话管家是明白的，他不想随便找个人家，毕竟王家在成都是有身份的人。

"老爷，您放心，我不会随便找乱七八糟的人。老爷，这不是救人要紧嘛，您看呢？"

客厅里安静得有点怕人，夫人和管家直勾勾的望着这家的主心骨。

"不行！"老爷决定了。

"为啥子呢？"夫人有些不甘心。

"不要再提此事！"老爷坚决否决了管家的提案。

"这才几点啊，会是谁呢？"爱丽丝很疑惑。

林则起身开门，外面站着一位传教士模样的人，"先生，实在抱歉，这么晚了来打搅你，我是皮特神父，白天来过的，想必夫人已经告诉过你了。"

　　"皮特神父，都夜里一点多了，这是……"林则不解。

　　"实在抱歉得很，本来我想是明早来的，可我接到教会最高当局的命令，明天一早就要离开成都到上海参加基督教的百年庆典。"

　　"不过皮特神父，这似乎和我没什么关系……"林则奇怪为什么他给自己说这个。

　　"啊，抱歉，我一性急倒把正事儿给忘了，事情是这样的，我的假牙坏掉了，会议很重要，但你知道那样的场合我会……"

　　林则这才在昏暗中发现对方的门齿是缺失的，"无齿"的窘境的确令人尴尬。

　　"我听说从加拿大来了一位牙科传教士，于是我就赶来了，只有你能帮帮我。"皮特神父手里拿出一个塑胶的裂成两半的假牙递给林则，"没有人能修理，也许您能帮帮忙，是吧，林则博士？"

　　"哦，是这样，"林则接过来仔细端详，这是一副上颌义齿，"不过这么晚了，况且我没有材料啊。"

　　"林则博士，我是刚刚得到的指示必须马上出发，希望您真的能够帮忙。"皮特希冀的目光注视着林则。

　　"这么晚了，到哪里找材料呢？"

　　"你需要什么？林则博士。"

　　"硬化剂、牙科橡胶，还有石膏，你能够找到吗？只要有这几样材料，我马上为你修理。"

　　"让我想想，想想……"皮特拍拍脑袋，"对了，好象有，您能跟我去一趟吗？教会材料室里面兴许能够找到。"

　　"好，你带我去吧。"

　　夜深人静的成都小街上两个人在疾步行走着，必须赶时间，再晚就来不及了，皮特可不想到了上海豁着牙齿和那些有身份的绅士高谈阔论，给华西教会的人丢脸。

　　"这是我来中国之前在英国做的，整整有八年了，的确有点久，早该换了，"皮特边走边说，"这么多年了，一直没有牙科医生，谈不上牙科治疗，这下您来了就好了啊！"

　　"皮特神父，我明天也得离开了。"林则道出实情。

就在十多个小时前，他终于受到了主教的"亲切"接见，他知道可能是主教大人怜悯自己才答应见他的。老资格的主教的确是个善于周旋捭阖的人，居然让自己不太"恨"他，他说了自己的种种难处，传教的各种风险经历，像在讲故事，这家伙的确是个中国通，时不时冒出几句自己听不懂的中国话。林则当时甚至盼望主教的牙齿出点"问题"，说不定他会留下自己，可惜这老头的牙齿非常好，林则观察过了。

"你不是刚来吗，怎么要走？"

林则没有说话。很快到了仓库，皮特敲开大门，管理员是个中国人。"皮特神父，这么晚了，您还有事？"

"赶快，张，我需要石膏，还有橡胶和硬化剂，用来修理我的假牙。你赶快去找。"

"皮特，您说的这些东西我怎么从来没有听说过呢？它们是什么样子的？"张先生显然不懂这个。

"这里不是有很多的医用材料吗？"皮特很着急，"你难道没有见过？"

"没有啊，我都没有听说过。"张先生一脸的茫然。

"你把所有的柜子打开，让林则博士自己看，看有没有管用的，我急着用！"

"是，先生。"管理员听命行事。

皮特陪着林则在仓库里面翻箱倒柜的寻找，他们希望奇迹能够发生，毕竟只有剩下的几个小时了。皮特抱怨上面来的出发命令太过仓促了，可是他没有办法。

林则在昏暗的灯光下寻找着，大部分都没用，他只得继续翻检着，希望能够出现奇迹。让他高兴的事情发生了。"咦！这里有自凝塑胶！"

皮特也跟着欢呼起来："太好了！兴许还能够找出点什么来。"

"这里有硬化剂，太好了！"林则惊叫一声。

"行了吗，林则博士？"皮特看着林则的眼睛。

"没有石膏。"林则很焦急。

"必须用石膏？"

"必须。"

宽巷子王家大院的闺房里，小姐依然躺在床上，发着烧，时不时还说着胡话。看来病情越来越重了，一家人如热锅上的蚂蚁。

管家把一个道士模样的人让进门，引领着他走向客厅。"这是谢大师，从九华山云游到此的。"管家给老爷介绍。

"贫道见过王老爷！"道士精瘦精瘦的样子，有点仙风道骨。

"你请坐，小女的事情就拜托你了。"老爷依然在太师椅上抽烟。

"贫道虽说不才，但偶尔也做些驱魔降妖的好事，不过……"道士落座，说话不紧不慢。

"什么？谢大师尽管吩咐。"

"刚才贫道从外面进来，着实感到贵府有一股不祥的妖气环绕，特别是贵府的大门朝向有些瑕疵，家里出现这样的事情那是迟早的事情。王老爷休怪贫道多嘴……"

"你是说我家大门朝向扯了拐？"扯拐的意思就是出了纰漏。

"贫道多少也会看些风水，不知道当初是如何安排的……"道士的眼睛骨碌碌乱转，他仔细观察着老爷的表情。

"我这宅子也有十多年了，怎么会？"

"刚才我听贵府管家说了，听说令爱有这毛病的时间不短了吧……"

"莫非真的出了问题？小女的确病的时间很久，从搬过来这里她就一直喊牙痛。"

"果真是这样，看来老爷您得想想法子了。"

老爷直起身子，急切问道："谢大师，您说，咋个办？"

"王老爷，那我就不客气了，见谅。"道士站起来，口中念念有词。

……

工匠是管家找来的，一帮人开始拆除大门上的各种装饰，那位道长说了，必须将王家大院的大门改个方向，这不是个简单的工程，他知道老爷为了女儿是舍得的。

"王家这是咋个了，这个时候要重新修房子？"邻居们很奇怪。

"不是修，是把大门朝向改个方向，他家幺姑儿得了怪病，道士先生说是大门出了问题。"

"难怪哦，幺姑儿病了这么多年了，肯定是风水扯了拐！"大家都很理解这样的举动。

要修好皮特坏掉的假牙难度不小，天色已晚，但没有石膏，林则是"巧妇难为无米之炊"。

皮特问管理员："哪里可以买到石膏？"

"市场上倒是买得到，但这么晚了，肯定早关门了！"

"有石膏才行，否则无法修理。"林则知道这是必须的。

"怎么办？"皮特问自己也问林则和管理员，他看看怀表，还有几个小时。

"我去买。"管理员是本地人，熟悉情况。

"这么晚了，行吗？"皮特有点怀疑。

"行啊，你就看我的吧。"说话之间，他已经一路小跑出了大门。

"皮特神父，我们马上做准备工作。"

"还需要什么？"

"需要火，需要水。"

"走，去张师傅的房间，他那里有。"

昏暗狭窄的街道上，张师傅在一家家商户门前敲门；

林则在生着火炉子，烟雾熏得他有点睁不开眼睛；皮特在帮忙端水；

睡眼朦胧的小伙计打开店门，跟张师傅说着什么，张师傅转身离开了；

林则脸上满是烟灰；

皮特充满渴望的眼神；

一家店铺开门了，一个小伙计出来把张师傅迎进来，张师傅面露喜色；

林则仔细查看断裂的义齿；

张师傅在小街上疾步行进着，肩上扛着一包东西；皮特在路边焦急等待着；

林则在昏暗灯光下仔细查看破碎的假牙，反复琢磨着；

张师傅扛着大包进门，皮特前去迎接。林则额上布满汗水，他全神贯注在制作着；

皮特焦急的旁观着，不时掏出怀表看；

"不行，重来！"林则脱掉上衣。

"不行？"皮特焦急的望着林则，不停的看表。

"材料的硬度不够，火候还有点问题。"林则检讨着失败的原因。

"林则博士，要不行就算了。"皮特真的有点失望了。

"再给我一次机会，一次……"林则继续他的工作。

仅仅两天的时间，工匠们就将王家大院整个改了方向，原先大门是向南的，这一次改成向西。大家都在盼望幺姑儿能快点好起来。但形势并没有按照人们预想的那样，病情一点不见好转。那个谢大师也早已不知去向，老爷倒不是心疼那点银子，最要命的是女儿越来越重，已经不认得自己的父母了，满嘴胡话。

夜深了，王老爷把管家叫到跟前："老张，还是救幺姑儿要紧吧，我这张老脸留着有什么用！"

"老爷您同意了？"管家瞪大眼睛。

"你说说对方的情况，我也好有个准备……"看样子老爷下了很大的决心。

"老爷，我说了您可不要怪我，这实在是出于无奈。"

"老张，都到啥子时候了，你还说这些。"

"对方是我的一个远房亲戚，都江堰的，家里只有一个老母，那娃儿也还老实本份，做点小买卖，您看合适不？"

"还有啥子不合适的哦，门当户对的哪个愿意娶幺姑儿的嘛。这件事你就赶紧办吧，救人要紧。看来是我前世做了亏心事，这辈子老天爷要惩罚我……"

管家微微欠身退下，他赶紧叫了一顶滑竿，喊声"去西门……"

管家刚离开，启尔德就进门了，他来关心幺姑儿病情的。从闺房出来，启尔德眉头皱个"川"字。不但没有好转，继续在加重。

"冲喜？"启尔德有点吃惊，他知道冲喜是什么意思，就是给幺姑儿成亲，来冲掉不祥之气，这是中国人的习俗，这也是最后的办法。

"我别无他法，启先生。"老爷是无奈的，他几天下来已经非常的苍老。他要抓住绝望中的最后一根稻草。

晨曦微露，林则斜披西装，在狭窄的街道上走着，周围的人越来越多……

终于成功了，在皮特出发的前一刻钟，他拿到了那副修好的假牙，他可以轻松的没有负担的去上海开他的基督教百年庆典大会了，他的同道不会笑话他"无齿"，林则已经将那副假牙重新抛光跟新的一样，戴在口中甚至分不出真假。

不过林则得走了，教会已经帮他订好了船，今天就得出发。林则依然感到欣慰，来一趟总算做了点有意义的事情，在很多年后他会给自己的孩子说起，他，林则，曾经来过中国，来过成都，给一个叫皮特的神父修理过义齿。总算能够留下点回忆。

成都东门外望江楼对面的兵工厂锦江码头熙来人往，春天的花开得耀眼，姹紫嫣红像是在笑话这对可怜的夫妇，望江楼静静站在水边也像是在给可怜的林则送行。他没有心情浏览这水光潋影，这一切变得不再重要，成都的记忆会慢慢在林则的脑海里消失，也许他本来就该在加拿大的某个地方施展身手的。

小木船启动了，林则站在船甲板的前沿，望着这一江春水，心里在喊"再见了，成都！再见了，中国！"

"胖娃胖嘟嘟，骑马到成都。成都又好耍，胖娃骑白马。白马跳得高，胖娃耍关刀。关刀耍得圆，胖娃坐海船。海船倒个拐，胖娃掉下海……"船上一个中年妇女正念叨顺口溜逗身边的小娃娃，十分上口，但林则听不懂，那是别人的语言，那种语言他不需要再懂了。

"真好听！"爱丽斯似乎是为了给郁闷的林则转移注意力，虽然她也听不懂孩子母亲念的什么内容，但可以肯定是那是孩子的语言，肯定是歌唱美好生活的。

"是吗？"林则回过头看看妻子，但表情还是阴沉的。当初到来的时候是那样的豪情万丈，而如今像是一个斗败的公鸡灰溜溜的，击破他无尽希望的不是中国人，而是这群加拿大的神父老爷们。

"亲爱的，别再想了。"爱丽斯此时不知道怎么安慰林则。

小船在缓缓逐波南行，岸边的杨柳身披绿装在轻轻起舞。林则心情始终好不起来，虽然眼前的景色让人心旷神怡，但他哪里有心情留意这些天府美景，他并不甘心，不甘心自己被人赶出来，自己来成都来中国最大的成就就是给皮特神父修理了那副假牙。

靠在并不舒服的木凳上迷迷糊糊中林则进入梦乡，他梦见了好多的大学同学，包括汤普森博士，像是在笑话他，问他为什么不跟他去印度；还有麻醉科主任，护士长，还有弗雷德，好多人，他无颜面对他们，当初那个豪情万丈的林则如今灰溜溜回来了，甚至树上的金丝雀都在叽叽喳喳笑话他。

启尔德回家后情绪不高，闷闷不乐，夫人启西贤看出来了。

"怎么了？亲爱的。好像不开心嘛。"启西贤是仁济女医院的院长，医学博士，启尔德的第二任夫人，和丈夫一样也是传教士中的精英人士，"是开办学校的事不太顺利？"夫人知道启尔德成天和美国英国的教会上层人士讨论在成都开办一所教会大学的事宜。

"开了一天的会，真累！不过我看毕启的报告很难得到批准，几个教会很难协调关系。"

"你这么肯定会被否决？"启西贤是开办大学的积极倡导者。

"我看还是参照牛津体制，各个教会兴办自己的学院，管理各自的资产。"

"亲爱的，别那么心事重重的，开心点，十多年前遇到那么大的风波不都过来了嘛。"

"还遇到点麻烦，宽巷子王家的女儿病得不轻，但办法不多……"

"王家？"

"是的，非常严重，可以说病入膏肓，整个口腔全被脓液浸透了。"

"难道连你也无能为力吗？我的启尔德博士。"

"可我不是全能的，你的丈夫不是牙医。"

"牙医？不是说刚从加拿大来了一位嘛，怎么连你都没听说？我的大博士。"

"我倒是听说来了位传教士，还不知道他是牙医呢。抱歉，这几天我忙昏头了，上帝，他真是牙医？"启尔德露出惊讶的表情。

"听主教说让他赶快打道回府，这里不需要他，不清楚他是否已经启程回国。"

"你早说啊！这个主教怎么这么糊涂！"启尔德起身穿衣服。

"你去哪里？"

"还能去哪里呢，找这小子去啊！"启尔德推门而出。

宽巷子突然热闹起来，王家一夜之间张灯结彩，像是有重大喜事即将发生。

"咋个了？王家在干啥子？"好奇的邻居探头探脑出来看发生了啥子稀奇事。

"听说王家的幺姑儿病得快死了，找了好多郎中看了不管用，老爷子还把四圣祠的启尔德医生都请来了，但还是不见好转，这不，王家要'冲喜'了。"消息灵通人士迅速地散播着最新情况。

"哎呀，幺姑儿命苦啊，你看看，她是多好的人家，可惜没得福气享受啊！"

"要说这王老爷子也是个善人，平日里乐善好施，咋个就遇到这样的事情了嘛！"老爷子的口碑不错，生意做得也大，能够在旗人的地盘拥有房产这本来就是一件很荣耀的事情。

看热闹的人多起来，把王家大院围得个里三层外三层的密不透风。大红灯笼的喜气并没有让这个大院真正欢喜起来，全家上下依旧是哭丧着脸。

"大家要开心点，这是喜事！"老爷子似乎也觉得气氛太压抑。

老爷夫妇今天穿戴得十分隆重，希望这次冲喜真的能够带来好运。这么多年男主人的辛勤没有白费，如此殷实的家庭惟一遗憾的是子嗣不旺，夫人就生了这么个女儿，结果还落到这般境地，怎能不让老爷子惆怅呢。本来幺姑儿是有人家的，和自己门当户对，可人家一听女儿病成这样早就退避三舍，也不能勉强，总不能让人家娶一个病秧子回去。他只能退而求其次找一个乡下的人家，在这样的情况下别人能够同意已经是大恩大德了。

新郎官是骑着高头大马头被簇拥着来的，男子有些腼腆羞涩，毕竟他是第一次进这么阔绰的深宅大院。一切都按本来的礼数进行着，不过拜天地的时候只有新郎一个人，幺姑儿实在是不能起床和自己未曾谋面的夫君共同接受众人的祝福。

大家都在盼望这次盛典能够给幺姑儿带来转机。

小木船在缓慢行驶着，从成都到乐山的水路相当拥挤，上上下下的船只摩肩接踵的，时不时传来船工们相互招呼的呐喊声。林则却陷入沉思中……

林则没想到前往中国的"圣劳伦斯"号客轮这么拥挤，美国人、加拿大人，还有欧洲人把船舱挤得满满当当的，船舱里的空气五味杂陈，还是出来透透气吧。爱丽斯挽着丈夫，扶在栏杆上远眺浩瀚的大洋，咸咸的海风拂面而过，感觉比在拥挤的船舱里好多了。

海里的太阳从东边喷薄而起又从西边掉进海里，阳光的余辉把整个海面染成金黄色，也映红了这张棱角分明的年轻脸庞。林则的心情就像海水一般极其跌宕，前方这个东方神秘帝国究竟是个什么样子呢？他想象不出来。对于中国的那点寥寥信息是从意大利人马可波罗的游记中得来的，但很不具体。

"中国会是什么样的？"林则问爱丽斯。

"你说呢？"妻子依偎着丈夫，喃喃细语。

"想象不出是什么样子的。"

"神秘的国度来了一个神秘的小子，他就是林则，"爱丽丝笑笑，"说不定他会改变了这个国家……呵呵。"

"魁北克小子能有这么大的能耐，你也太高看那家伙了……"林则哈哈大笑。

"在我的记忆中，你好象从来没有服过输，对吧？亲爱的……"

"在你面前我已经从一头狮子变成听话的小绵羊了。"林则用手滑过爱丽丝的头发，感觉是那样的柔软。

"你是长着长长尖角的羚羊……"爱丽斯戏谑道。

"听前辈们说，那里的男人留着长长的辫子，脑门透亮透亮的。女人全裹着小脚，大门不迈二门不出。迷人的爱丽丝去了后一定会被当着稀奇古怪的动物。"

　　"你才是个大大的妖怪！哈哈哈……"爱丽斯轻轻的揉搓林则的鼻子眼睛，他的脸顿时变了形状。

　　……

　　"这个国度会有枫树吗？"林则像是问爱丽斯，也像是问自己。

　　"希望有，一定会有的……"爱丽丝憧憬着，"你怎么突然想起枫树来了？"

　　"让我给你讲个枫叶的故事吧。"

　　他来之前曾经听过一个很美丽的故事……

　　在那遥远的东方国度，有一条潺潺小溪，碧绿的溪水缓缓四季如常地唱着清脆的歌曲，小溪两岸是茂密的枫树林，每当到了秋天，红色枫叶徐徐飘下，落在溪水上随着溪水飘向远方，像是把美好的祝福带给远方的人们。

　　在小溪岸边枫林深处住着一位年轻的勇士，简陋的小木屋是他亲手搭建的，他告诉自己这间木屋不是自己的，是要给他梦中的那个女孩，可那个美丽的女孩此时在哪里呢？每天勇士都坐在木屋前等待，他坚信他的她一定会来的。他从红色的枫叶中间找出一些最美的，轻轻捧着慢慢放进溪水中，他相信，这些美丽的枫叶将把自己对那个美丽女孩的爱带到她的身边，她一定会在溪边拣起含有自己体温的枫叶，从枫叶的叶面上看到他的影子，这样她会义无反顾的回到他的身旁……

　　勇士认识女孩的时候是在十年前，那天她迷路了，为了追逐两只红色的蝴蝶，掉进了冰冷的溪水，是他救了她。

　　"你的家在哪里？"男孩问女孩。

　　"呜呜呜，我忘记了。"女孩很可怜。

　　"小妹妹，不要害怕，我会保护你的。"男孩安慰女孩。

　　"我要找到那两只红色的蝴蝶，它们是我的小伙伴。"女孩子眨着两只黝黑的大眼睛。

　　"小妹妹，跟我来。"男孩牵着女孩的手。

　　女孩顺从地跟着男孩顺着小溪开始寻找着。男孩在溪边拣起一片红色的枫叶，将它对折后抛向天空，枫叶立刻变成了两只红色的蝴蝶，向女孩迎面飞来。

"哇，我的蝴蝶，它们是我的小伙伴，你们终于回来了！"女孩欢呼着，拍着两只小手。

男孩、女孩，还有那两只红色的蝴蝶在一起跳啊笑啊，真的好开心。他们白天在枫树林里做迷藏、采摘野果，在小溪边卷起裤腿戏水，在枫树林里男孩给女孩讲了好多好多好听的故事。晚上，女孩和她的蝴蝶就住在男孩刚刚搭建的小木屋里，男孩在小木屋门口担当卫士，他绝不允许野兽来欺负小女孩。

男孩告诉女孩，他的国家还在遭受列强的欺凌，他不能贪恋眼前的欢乐，他必须响应君王的号召远赴战场杀敌卫国。

"战争会死人吗？"女孩可不想大哥哥受到伤害。

"也许会的，我也许回不来了，如果我牺牲了，那是光荣的，为了自己的祖国。"

"我不要你死！"女孩眼睛早已充满泪水。

"我不会死的，因为你需要我的保护。"男孩动了感情。

"嗯，我要你一辈子保护我。"女孩转悲为喜。

"你得回家去了，你的父母一定很担心。"男孩牵着女孩的手要送她回家。临行前她哭了，他对她说："分别的时候请不要哭泣，我喜欢看见你笑，美丽的姑娘。"她笑了，就像男孩第一次看见她时的那样。男孩捡起一片红色枫叶，把它撕成两半。

他把一半给女孩说："十年后的秋天，这半片枫叶会流经你乡的小溪，如果你看见了它，就说明我还活着，很快就会来找你。那个时候我一定会成为一个勇士，我要和你长相厮守，再也不分开。"女孩含泪点头，她终于笑了。

男孩后来上了战场，一去杳无音讯。女孩在渐渐的长大，长得更加美丽动人。但她一直在默默等待着，等待她心中的爱人，等待可爱的勇士早日从战场归来，去兑现他们曾经许下的诺言。

一年过去了，女孩在家乡的小溪边没有看见红色的枫叶随着溪水向她奔来……

两年过去了，女孩还在痴痴的等待，水里依然没有枫叶经过……

三年、五年、八年过去了，仍然没有枫叶的消息，难道那个男孩已经牺牲了？难道男孩已经忘记了曾经许下的诺言？难道爱上了别的漂亮女孩，已经把曾经和自己手牵手的那个女孩忘记得干干净净？

十年过去了，还是没有那半片枫叶的任何踪影，难道他真的牺牲了？女孩坐在小溪边好伤心好难过。她问花丛中的蝴蝶："可爱的蝴蝶，我的心上人还会回来吗？"

蝴蝶煽动着美丽的翅膀，像是说："你的勇士很快就要回来了，美丽的姑娘。"

女孩含着泪水笑了笑："谢谢你，美丽的蝴蝶。"

"不行，我要去那间小木屋，我要在那里去等待着他，那里的枫叶该红了，他也该回来了。"女孩义无反顾的上路了。

可是，小木屋里面空空荡荡，哪里有男孩子的身影。她静静地坐在木屋前，看着屋前的枫叶冉冉变红，落在她的身前，像是在下一场美丽的枫叶雨……

"后来呢？"爱丽丝好奇的问道。

"什么后来……"林则神情有点恍惚。

"男孩和女孩啊！"

当启尔德赶到林则临时住地的时候才发现他们已经离开了。

"林则什么时候走的？"他问管理教会客房的中国伙计。

"早上走的，说是回国了。"伙计有点奇怪，林则刚走就有好多人找他。

"从哪里走的，水路还是旱路？"启尔德急切的想知道。

"好像是水路……"

"不要好像，准确点。"

"应该是走水路，他们说是去东门锦江码头。"

"嗯，谢谢！"启尔德非常失望，他知道为了王老太爷闺女的病还非得找到林则不可。

"黄包车。"启尔德来到街上向附近的黄包车夫招招手。

"洋大人，去哪里？"车夫很是殷勤。

"东门锦江码头，要快！"

"借道借道，开水烫背了哈……"车夫一路小跑高声呐喊道。

"不，不去锦江码头，去宽巷子，快！"启尔德突然改变主意。

"洋大人，你到底去哪里？"

"宽巷子王家。"

"晓得了。"车夫掉过车头飞跑起来。

成都英美教会客房伙计奇怪了，那个叫林则的夫妇在这里住了好些天了，几乎没什么人来拜访，但他走了之后络绎不绝的人找他，今天已经是第五批了。

"走了，回国了，启尔德先生也找过他呢。"

"回国了？"传教士很失望的样子。

"是的，这会儿可能都到乐山了。"

"唉，白跑一趟了。"洋人传教士悻悻的离开了，伙计发现他的门牙缺了一半。

王家大院奔出一头高头大马，骑马的正是那个刚成为新郎官的后生，他挥舞着鞭子口中喊着"驾，驾"，向成都南门疾驰而去。

路上行人纷纷躲避着，"奔丧嘛咋个，龟儿子！"受惊的人骂道。

新郎倌不能耽误，刚才启尔德医生说了，那个刚来成都叫林则的洋人正是牙医，只有他能救幺姑儿的命，他必须从旱路骑马在乐山码头截住他，晚了，一旦林则坐上长江的船，要找到他就不太可能了，事不宜迟。他不停的飞舞鞭子让身下的骏马把自己奔跑的潜能发挥到极致。

新郎倌之所以来帮王老爷子闺女冲喜，他没觉得是痛苦，他应该报恩，自己的一个亲戚曾经受过老爷子的恩典，老头是个好人，好人应该有好报。当管家给他母亲说的时候他当场就答应了，他并不是为了占有王家的家产，自己已经安贫乐道这么多年，岷江边长大的汉子就是这个脾气。

新郎倌骑马飞奔在崇山峻岭之间，迎面走来两乘滑竿，滑竿上坐的好像还是一男一女的两个老外。他想这年头洋人就喜欢往四川跑，还拖家带口的。他不得不减速，道路很狭窄，让滑竿先过。

"驾！"滑竿刚擦身而过他就扬鞭驰骋而去，把滑竿队伍远远抛在身后。

新郎倌还没等骏马完全停下来就飞身下马，把缰绳一扔就冲向八仙洞码头岸边，这里停了好多的上上下下的船只。

"请问从成都来的船停哪边？"

"那头。"一个本地人用手指指岸边。

"船老大，你这是从成都来的船？"

"是啊，刚到，有事？"船老大正闷在船头抽烟。

"你见过两个洋人没有，一男一女？"

"没有，没见过，你不想想，洋鬼子那么有钱咋可能坐我这破船嘛。"船老大很有自知之明，"要不你到那边问问，每天来往成都的船多得很。"

新郎倌挨个问了过去，终于他打听到了消息。

"是啊，我船上是有两个外国人，一男一女，不过他们没到乐山就下船了，老子也听不懂他说些啥子。"船老大正要启程返回成都。

"他们在哪里下的船？"新郎倌有点着急了。

"眉山。"

"啊？咋个没到乐山就下船了，那么他们没说去哪里？"

"洋鬼子的话我一句也听不懂，鬼晓得噢！"

莫非刚才滑竿上坐的就是他们？不对啊，他们是往成都方向走的。还是先去眉山码头问问，也许有人知道他们的行踪。

"圣劳伦斯"号的船长在房间里焦躁来回走动着，不停的大声训斥着属下，大副和二副低着头大气不敢出两口，他们交换着眼神，像是在问："今天船长是怎么了，变得像头狮子？"

两人一前一后从船长室出来，显得有点蔫，"老头今天干吗发火啊，我们也没做错什么？鸡蛋里面挑骨头，真是的！"二副率先抱怨。

"上帝知道，这两天老爷子眼睛里面一直藏着怒火，咱们还是小心点。"大副叮嘱二副。

"不对，一定是出了什么事情，不然不会这样，"二副分析着，"平时他挺好的啊！"

"是不是老毛病犯了？我刚才见他捂着嘴来着。"大副有点醒悟。

"牙痛？"两人异口同声。

"对，一定是，可怜的老头，还有半个月才靠岸，够他受的。"大副得出结论。

"这茫茫大海，上哪里去给他找牙医？"二副叹口气。

"是啊，上次咱们从纽约出来就遇见这事儿，船上的医生根本不看牙，痛得老家伙差点跳进太平洋。"

"要不咱们给找找，说不定这船上还真的有牙医呢。"二副怀着侥幸心理。

"小子，我看还是算了吧，上回你不记得了，哪有牙医没事干往中国那地方去的？去的多半是忙着做生意发大财的。"

"还是试试吧，老头的牙齿关系到你我的心情。"

"请问这里有牙医吗？"大副在船舱里挨个询问。

"没有。"中年男人回答。

"哪位牙医？"二副在另一个船舱挨个询问。

"哦，上帝，我不是牙医，我还想找牙医呢！"男子笑笑，大副差点没晕过去，一口黄牙。

"你找牙医？"一个小姑娘仰着头望着眼前这个高大的叔叔。

"小姑娘，莫非你就是，哈哈。"大副感觉这白人小姑娘长得象个卡通娃娃，挺好玩的。

"我不是的，叔叔。不过牙医叔叔曾告诉我少吃糖。"小姑娘颇为认真。

"别听牙医胡说，医生就爱吓唬人。"旁边一个白人老太太插话了。

"这儿没有牙医？"大副转身对着老太太。

"没有。怎么，先生，你的牙齿长得很好啊，找牙医干吗？"老太太喋喋不休，"你可千万不要相信牙医，牙医都是骗子，我的牙……"

大副懒得解释，遇上话多的老太太不是个好事儿，正要转身离开，小姑娘说话了："叔叔，我知道谁是牙医。"

"你真的知道？"大副怀疑的目光投向小姑娘，"你是怎么知道的……小孩子可不能欺骗人咯。"大副警告孩子。

"牙医叔叔给我讲过故事……枫叶的故事……"

"真的？"大副眼睛放光。

"真的，可是这会他们不在，也许是去散步了。"小姑娘很认真的神态，她指着甲板方向。

"你叫什么名字，小美女？"大副摸摸孩子的头。

"他们都叫我伊丽莎白。"

"谢谢你，伊丽莎白。改天我也给你讲故事，我得去找牙医了……"大副转身甩开大步朝甲板方向走去。

"叔叔，你会讲什么……"小姑娘失望的发现大副叔叔已经走远了。

大副是在甲板尽头找到林则夫妇的。他带着林则急匆匆奔往船长室，连门都没敲就推门而入。

"出去，没规矩！"船长肝火正旺。

"船长，我是……"大副正要解释。

"出去，重新敲门！"船长呵斥道。

大副返身出去关好门开始"咚咚"敲门。

"进来！"船长的口气里面带着怒火。

"船长……"大副身后跟着林则，"给您找来了……医生。"大副怯生生的模样。

"医生？出去，我不要医生，我一时半会还死不了！"林则看见船长正斜躺在办公椅上，喘着粗气。

"林则先生是牙医……"大副继续解释道。

"牙医？船上有牙医？"船长立起身子。

"是的，我就是，林则。"林则走到船长身旁，微笑着，伸出手想跟船长握握。

"您真是牙医？"船长有点怀疑，这小子这么年轻，不过二十出头。

"是的，怎么，船长大人还准备验明正身？"林则笑笑。

经过林则的治疗处理，船长终于回到人间，变得像小猫般的温柔："林则医生，我想亲亲你！真有两下子，如果我是个迷人的姑娘，立马嫁给您了！"没想到船长还挺幽默。

"可惜了，哈哈，你是个糟老头！"林则哈哈大笑。

"小子，你怎么知道我牙痛？"船长转身拍拍大副的肩膀。

"老头，你牙齿不痛的话，我们这些手下人的日子就好过多了！"大副的话酸溜溜的。

想起在大客轮上的事儿林则就觉得有趣，比起坐轮船来讲滑竿倒是颇有一番情调，这是他第二次坐，一摇一晃的再看看远处的青山绿水实在是惬意。

"凭什么就这么灰溜溜就回去呢！"林则夫妇是在眉山下的船，他决定返回成都，他想好了，这次回成都去自己打死也不走了，实在不行就在成都自己开一个牙科诊所，他就不相信没有病人。自己不能白来一趟就让人给打发了。

"停。"林则示意抬滑竿的山民停下来，他想走一走，也想让抬滑杆的山民休息休息，虽说他们走得健步如飞，但这好像有点不太人道，这么热的天气还让人抬着。他更喜欢骑马。

新郎倌马不停蹄到了眉山码头，"你们有没有看见两个洋人，一个男的，一个女的？"他立在马上问码头边等待生意的滑竿山民。

"有，早就走了。"

"往哪边走的？"

"好像是往成都，那几个龟儿子今天倒是拉了个好活路。"他想这一趟跑成都再怎么也得挣好几块大洋，够全家人吃上半个月了。

"成都？不对啊，怎么是去成都？你们是不是搞错了啊！"

"不信就算了，当时老子在旁边的，没抢赢他们几个。"山民耿耿于怀没捞上这么大的一笔业务。

林则终于相信在轮船上那个叫弗兰克商人的话了，中国如今真是乱世，民不聊生的背后就是匪患不断，一个月内他们就遇到两次这样的情况。

在大客轮华丽的西餐厅，林则夫妇曾遇到一位话多的家伙，他此行的目的地是上海，说他是个商人，算是个中国通，喋喋不休的。

"本人对你们去中国的前景不抱乐观态度。"他叉起一块牛排往嘴里送。

"何以见得？"林则不以为然。

"北京那位老太太皇帝已经老了，她已经管不了了，民不聊生的，土匪特别多，你们现在去不是时候。我劝你们到了上海赶快买回程船票吧，这个我可以帮忙。"说完拿出自己的名片递给林则。

林则接过来一看，上面赫然写着：东印度公司，弗兰克。

"那你干吗还去啊？"林则苦笑一声。

"我可跟你们不一样，的的确确不太一样，我们有这个啊！你们呢，文弱书生。呵呵。"他用手比划一下，林则知道他指的是枪。

林则此时特别希望手里有一支枪，哪怕是那种很小的手枪也行，但他没有，除了箱子里面有几把拔牙钳外什么都没有。几个盗贼模样的人拦住了去路，要他们交出身上的金银细软。可他手里没枪，一点反抗能力也没有，只好把教会给的路费乖乖的交出来，林则知道如不服从定有血光之灾。

突然一阵急促的马蹄声传来。"大哥，有人来了！"喽罗们有点紧张，赶紧禀报匪首。

"走！"一声吆喝，一群山贼顿时消失在密林深处，把林则夫妇和四个抬滑竿的山民留在路边。

新郎倌终于追上了洋人，他的马已经累得直喘粗气。

"您是林则医生？"他翻身下马，望着惊魂未定的几个人。

"嗯？"林则警觉的望着这个骑马的人，莫非再遇强盗？

"您是林则医生？"他再次问道。

"……？"林则觉得这人说的话有点耳熟，像是在叫自己的名字，他是谁？怎么认识我？

"大哥，我们遇到棒老二了，棒老二，差点没命了！"抬滑竿的山民大着胆子说了一句，他们觉得这个骑马的人不像强盗。

"强盗？"

"对的，就刚才，听到有人来了他们就跑了。"

新郎倌知道眼前这个洋人一定就是林则，只不过他听不懂自己的话，于是掏出启尔德写的那封自己也看不懂的信递给林则。林则战战兢兢接过来，打开一看，是启尔德写的，这人他听说过，是成都一家教会医院的院长。

"亲爱的？"爱丽丝望着丈夫，她也被眼前的一幕给闹蒙了，对了，他见过这个骑马的人，曾经和他们碰过面，还给他们让了路。

"我是林则。"林则对眼前突然降临的这个人冒出几个艰难难懂的中国话。

好久不骑马了，屁股颠得生疼生疼的，这是他来中国第一次骑马，启尔德在信中说得很清楚，那个病人很危急，必须马上施救。坐滑竿那种悠闲劲儿不能继续享受了，他得尽快赶回成都！

刚送来的那个中国人死了，已经太晚了，无可救药，连多伦多大学医学院都无法救回他的性命。这是林则实习管理的第一个病人，这是他没有想到的，这病人是在奄奄一息的状况下被人抬来的，严格意义上说他应该在来的路上就已经停止了呼吸，他是附近农场的工人。

"为什么你们不早点送来？"林则问搬运尸体的工人，像是死者的工友。

"没办法，他坚决拒绝来医院，听说要开刀就害怕得要命。他说他死了也要留一个全尸。真搞不懂中国人是怎么了。"农场同事耸耸肩。

"中国人就相信他们中医，多伦多哪来的中医？主啊！救救他的灵魂吧！"另一个同伴也叹口气。

"他是中国人？"林则问道。

"是啊，来这里的时间不短了，说是在大海上轮船翻了被人救起来，就跟人到了多伦多。他还说他要回中国呢，不过他死了，永远也回不去了……"工友还在喋喋不休。

"他为什么不相信我们的医生？"

"谁知道，中国人很怪的。"几个人抬着尸体出了医院。

"中国，是个什么地方……"林则看着远去的抬尸队伍，在他的学习中很少有关于这个国度的信息，只知道那是个很远的地方，可是今天却有个中国人死在这里，也许他本来是有救的，可惜来得太迟了。

为什么是这样的？林则一直没有想明白。

林则很崇拜乌尔伦斯（Wullace）先生。并不是凭空崇拜，林则喜欢冒险，乌尔伦斯就是这样的人。

林则是在多伦多大学皇家医学院上学时候认识的乌尔伦斯先生，基督教的各个传教机构经常来大学做宣传，他曾经在演讲厅做过几次精彩的演讲，谈到很多林则第一次听说的新奇事物，他发现世界是如此之大，远远超出了他的想象。如果他不认识乌尔伦斯，他应该不会有这次东方之行，在他的引导下，明白了传教的意义，这位师长加朋友的伙计是加拿大派驻成都华西教会的传教士，一个睿智而且风趣的人，林则非常喜欢他敬重他。

在乌尔伦斯极富煽动性的演讲中间他看到了一个全新的世界，闻所未闻的东方帝国，乌尔伦斯曾把她比作一个沉睡的巨龙，虽然林则不知道龙是个什么东西，但至少是威猛的，强大的，她的历史比自己国家的要长得多厚重得多，但这条巨龙如今已经衰弱了，而且病得不轻。

林则发现乌尔伦斯他们做的工作不单单只是传教，只是修教堂，更重要的是去那里兴办教育，开发人类潜在的智慧让他们改变自己的生活环境，他们还收养孤儿赈济饥荒等等，这都是符合基督教基本教义的慈善事业，他们在帮助贫穷国家的人改变自己的命运，他感觉这是生命存在的意义。

经过慎重的考虑后他找到乌尔伦斯先生，说："尊敬的先生，我要成为和您一样的人。"

"哦？说说你的理由。"乌尔伦斯不动声色，这样的人他见得多了，虎头蛇尾的多。

"先生，因为我是林则，基督教事业的忠实践行者。"真实的诱因他并没有说。

林则和新郎倌共骑一匹马风驰电掣的往成都而来，那匹高头大马明显有点体力不支，但它还是顽强的跑着，当骏马把二人驮到宽巷子王家大院门口的时候扑通一声倒地，"死了！"众人见状大惊。

林则顾不得眼前的景象，在启尔德和老爷子的引领下直奔幺姑儿的闺房。

"哎呀，救苦救难的菩萨来了！"老夫人在自己家的神龛面前一个劲儿的磕头作揖，"阿弥陀佛，阿弥陀佛，菩萨保佑，菩萨保佑……"

川妹子本来是俏丽的，但她一脸的病容，处于半昏迷状态，身体消瘦面部肿胀严重变形，在右侧面颊还有一个流着脓血的瘘道。林则用口镜轻轻的拉开她的嘴唇，顿时一阵恶臭扑面而来，姑娘口腔里面全是脓液，下颌一排牙齿早已松动，整个上下牙龈红肿，牙周还在不断渗血，简直是惨不忍睹。这哪里是一个年轻女子的口腔，风烛残年的老妪也不至于这般状况。如此严重的病人他是第一次遇到，自己虽然在多伦多大学皇家医学院实习了两年，但也从来没有见过这么危重的病人。

"给我讲讲她的病史。"林则望着老爷子。

毕启得到个坏消息，坏得不能再坏的消息：他撰写的在成都开办教会大学的申请报告被加拿大、美国和英国的教会总部否决了。几个教会像是互相通了气的似的，否定得干干净净，一点余地不留。

他着急上火的决定马上召集成都的几个教会的负责人开会，商讨对策。除了启尔德有急事不能到场外，其他人心急火燎的赶到毕启的寓所。

"什么理由？"甘来德进门就嚷道，他是成都陕西街存仁医院的院长。

"咱们辛苦这么久，那帮老爷们一句话就给否了，有点不够意思嘛！"客士伦神父也在不停抱怨。

"第一，几个教会加入其间，很难相互协调沟通；第二，经费很难解决。理由充分，无可辩驳。"毕启告诉大家残酷的现实。

"官僚，十足的官僚！"陶维新神父眉头紧锁。

美国人毕启是1898年受美以美会的派遣来到成都的，这一年他24岁。这位神学博士生来就是不甘寂寞的，很快他就和教会名流们打成一片，和甘来德（Hzrry L .Canright）一起成为美以美会成都地区负责人。

这时候在成都有四大教会，美以美会、启尔德(O.L.Kilborn)、杜焕然(J.L.Steawart)和客士伦(C.R.Carscallen)，所在的加拿大英美会、，陶维新(R.J.Davidson)所在的英国公谊会，还有浸礼会。相同的宗教信仰和生活背景让这些人经常在一起聚会，高谈阔论间无处不流露他们心中的梦想。

"这是借口。"大家一致同意这样的看法。

"抱怨也没用，也许总部担心各个教会无法协调，很难管理。"毕启说了，"不过今天要大家说句话，我们这个大学开不开？"

"开啊，咋个不开。这是哥们儿几个的崇高理想，"客士伦笑笑。

"启尔德先生这次没来参会，不过他建议按照牛津体制，各教会自行派人管理各自的校产，然后成立一个协调委员会，大家觉得如何？"客士伦代表启尔德发言。

"不无道理。"甘来德率先表态。

"噢，原来是他们担心这个啊！"陶维新恍然大悟，"不错，用一句中国话说，叫什么来着，对了，亲兄弟明算账。"

最后商议的结果由毕启牵头撰写报告，按照牛津体制制定了一份详尽的报告发回各自国家的基督教总部报批。

　　毕启虽然来中国时间不算太长，但他对四川的情况还是有深刻的了解，，他认为的办学理念是"要用基督教教育，感化四川人民"，"严格要求，融合中西，提倡实业教育、实验教育和生活教育，使学生真正实用于社会"。报告写得有理有据，内容翔实，逻辑清晰。

　　基本头绪理清楚后大家可以轻松轻松。

　　"这么重要的会议启尔德怎么不参加？"陶维新觉得奇怪。

　　"他有一个棘手的病人，听说是宽巷子王家的女儿得了重病，好象是牙齿引起的毛病，可能没救了。"客士伦帮他打圆场。

　　"牙齿的疾病还能死人？"毕启毕竟不是学医的。

　　"毕启博士，您有所不知，口腔的疾病发作起来比其他疾病死得更快！"

　　"有这么严重？"

　　"是啊！"

　　"可启尔德不是牙科医生啊，他难道还会拔牙？"毕启有点不解。

　　"听说从加拿大来了个'娃娃'，这孩子是牙医，这不，启尔德陪着过去了。"

　　"听说被主教给赶回去了，他还没走？"

　　林则的到来被王家看成最后的救命稻草，他们该做的都做了，科学的还是迷信的，只要有一线希望老爷子一点不含糊的做了，还多了个"冲喜"的女婿。

　　"怎么样？"启尔德的意思是还有救吗。

　　"难说……"

　　"没信心？"

　　"不是，第一次遇到这么危重的病人，罕见！"

　　"小兄弟，无论如何你得拿出治疗方案，你是牙医。"启尔德知道再这么拖下去只有死路一条。

　　"前辈，我看只有一个办法，先引流脓液，等全身情况好转之后拔除患牙，这才是解决问题的关键。"

　　"嗯，我看行，在哪里做引流切口？"

　　"从目前情况看来，病人已经合并多间隙感染，切口只能做在颌下，把脓液往体外引流，如果做在口腔内倒是不会影响女子的美观，但她已经不清醒，很容易把脓液误吸入肺部，也许会造成更大的麻烦，导致更多脏器的感染。"

"没有更好的办法了吗？"启尔德不希望切口留在颈部，毕竟病人是个姑娘，女人都是爱美的。

"我仔细考虑过了，而且即使这么做也要承担很大的风险，没有百分百的把握……需要跟家属交待清楚，她的全身情况已经不妙，一直昏迷不醒，十分危险。"林则实事求是。

"你能不能多给我一点信心？"启尔德希望得到十足的把握，老爷子跟自己已经是多年的交情，他不能眼睁睁看着老朋友的女儿死在自己面前。

"启尔德博士，我们做的工作叫科学，不是艺术，很遗憾，我只能这么说，随时随地她都可能死去，有时候还得拜托上帝。"

"好吧，一切听你的。"

手术器械是启尔德让人从仁济医院送来的，病人太虚弱不能过多搬动，手术室就只能安排在小姐的闺房内。林则此时心情极为复杂，病人危在旦夕，只有两种可能，生和死，他却没有完全的把握保证她能"生"，而"死"却是一瞬间的。当他听说这个年轻的姑娘已经牙疼十多年，一直没能得到及时的治疗，十多年前也就是一个小小的牙髓炎或者根尖周炎，迁延的慢性炎症在十多年后来个总爆发，而恰恰让他给赶上了。他知道其中的份量，知道启尔德在他身上寄予的巨大期望，这关系到西医在此地今后的命运，或许也有自己日后的一切。

他很痛恨自己，不能想得太多，想得多了负担也就重，她，一个年轻的生命，一个危重病人，目前只能这么看待，如果想得太多，或许会影响自己应有的判断。

所有的人全部退出房间，只剩下林则和仁济医院的一位护士，他需要一名帮手。启尔德在关门的时候朝林则看了看，林则感觉到了启尔德眼中的那一丝鼓励的光芒。

林则反复洗手，也像是在洗清自己的思路，他在思考着如何做一切口，尽量在颌下隐蔽的位置。护士准备好了所有的器械，朝林则点点头。

林则戴上手套，伸出右手，护士往他掌心递上手术刀，"啪"的一声十分清脆。

手术刀对准姑娘的颌下下缘大约两公分的皮肤划了下去，顿时冒出一股殷红的鲜血，随即里面乳黄色的液体喷涌而出……

林则的时代抗生素还在襁褓中，细菌比人类更强大，死亡是随时随地可见的稀松平常的事情，能够活下来的人都有顽强生命力，或许还有运气的成份。林则在中国见识的第一例死亡并不是在成都，而是在风光秀美的长江三峡上，他对当时的场景记忆犹新。

林则夫妇从宜昌到重庆乘坐的不是豪华游轮，只有小木船，靠纤夫拉纤才能前行的木船。

船上的一个孩子病了，不明原因的发烧，母亲一脸的焦虑。

"老大，您能找个地方靠岸吗？我得找个郎中给看看。"母亲求船老大。

"大嫂，这急流险滩的，在哪里能靠岸啊，这方圆百里都没人烟，上哪里去找郎中？"船老大感到为难。

"那可咋个办呢？娃娃烧得厉害啊。"母亲急得眼睛要冒火，声音已经有了哭腔。

周围的人纷纷在旁边七嘴八舌的说些什么。孩子很小，像是睡着了，但娇小的脸庞红扑扑的。林则走过去，拨开众人来到妇人旁边，仔细看着这个孩子，妇人边说什么，边哭泣。他知道，这个孩子一定是得了感染性的疾病，不然不会发烧，他摸摸孩子的头，很烫手。他也感到很棘手，没有办法，身上什么药品都没有，只有自己的一箱子书籍，怎么办？这个孩子也许马上就要死了，他真的没有办法。他黯然神伤的摇摇头，回到自己的位置上，妻子用眼光看着他，他沉默不语。

"船长，你能不能靠岸，孩子需要治疗。"他没有注意自己的英文船老大根本听不懂。

"你说什么，洋先生？"船老大皱着眉头。

林则比划着，指指孩子，指指岸边，船老大终于明白他的意思。"我说洋先生，这里荒郊野外的，我上哪儿停船呢？"其实他的话林则也听不懂。

"你们看，那里有个庙子！"有人喊道。

大家顺着他指引的方向放眼望去，果然在不远的岸边有个破败的庙子，杂草丛生，没有人烟的迹象。

"老大，您能够停下来让我去求求菩萨好吗？"妇人可怜巴巴的求船老大。

船停下来，妇人抱着孩子上了岸，后面还跟上几个好心人帮忙。妇人在庙子前面跪下来，结结实实给庙里的菩萨磕了几个响头。然后颤颤巍巍上了船。

大家一直在期盼奇迹能够出现，菩萨也许会显灵的，能够给孩子带来生气，让这个妇人不再悲伤。但奇迹最终没有发生，孩子还是昏迷着，继续发烧，没有好转的迹象。

孩子是在夜里咽气的，在一个不知名的小码头，妇人呼天抢地，悲痛欲绝……

　　第二天早上上船的时候，船老大发现少了那个妇人，忙问船工："那个女人跑哪里去了？"

　　"不晓得啊，昨晚上她娃娃死了，就听她在哭，哭了整整一个晚上。"

　　"格老了，赶快找人去啊，她莫非跳江了！？"船老大一脸惊恐的表情。

　　林则像是也听懂了他的意思，跟着几个男人下船沿岸寻找妇人的踪影，最后大家失望而归。

　　"开船！"船老大带着哭腔大喝一声……

　　成都宽巷子王家大院依旧灯火通明。

　　林则该做的都做了，病人颌下的引流已经建立起来，脓液混着血液不停的渗透出来，护士不停的更换纱布和引流条，接下里就得靠她自己和病魔做斗争了。

　　姑娘依然昏迷不醒，仍在发烧，依然没有一点好转的迹象，大家只能安静的等待着。

　　老夫人依旧跪在佛龛前不停的念念有词，她为女儿已经把泪水流干了。

　　王老太爷的咳嗽在加剧，长烟杆就没离过手。他示意管家过来有话要说。

　　"老爷……"管家恭敬的欠身。

　　"准备……后事吧……"老太爷绝望的样子。

　　管家想说什么，但没说出来，哽咽着点点头，转身悄无声息的出去了。

　　晚上，林则没有离开王家，他需要继续观察病人的情况，坐在这个临时病房的椅子上不知不觉睡着了。

　　在梦里林则见到了乌尔伦斯，那个来多伦多大学演讲的传教士。

　　"小伙子，但愿你不是心血来潮啊，那里没有优越的生活环境，没有葡萄酒，没有咖啡，没有枫叶，晦涩的语言很难懂，"乌尔伦斯不想把事情说得很好，"那里的女人裹着小脚，而男人全是留着长辫子，穿得非常臃肿，他们文明的习俗已经遭到了破坏，肮脏仇恨充斥了他们的外表和内心。这就是中国，我了解那里。"

　　"乌尔伦斯先生，这正是我去的理由。"

　　"为什么？"乌尔伦斯微笑着。

　　"乌尔伦斯先生，你这么优秀的人都去了那样的地方，我想应该没错。"

"这不是理由，而是偷换概念，小子！"乌尔伦斯倒是喜欢林则这点倔强。

林则决定告诉乌尔伦斯他真实的想法："我的第一个患者是个中国人，可是他死了，死的原因很简单，他不接受我们的治疗。"

"为什么？"

"这是他个人的看法，难以改变的成见。"

"你准备做点什么？"

"我想改变他们的想法，接受基督文化。一个人的行为是由他的思想所决定的。"

乌尔伦斯点点头。

1906年秋天，枫叶似火，林则终于以优异的成绩获得加拿大多伦多大学的法学牙科博士和理学硕士学位。有很多家医院的大佬们已经等在门口伸出橄榄枝都盛情邀请他的加盟，毕竟像林则这样从牙科毕业的宝贝不可多得，自然成为各家争夺的对象，其中不乏诱人的许诺。就是像加拿大这样的国度也相当缺乏牙科医生。他拒绝了各方举办的毕业盛宴，还没有来得及脱下博士礼服，他将自己的申请递交到基督教传教团委员会，明确提出要求希望能够加入华西教会到中国去，贡献自己的所学为那里的患者服务。

传教团对林则这个名字已经不陌生，乌尔伦斯先生已经提前为他做了一些铺垫，他已经回去中国的西部了，但这很有效。接待他的是斯蒂芬森·弗雷德博士（Dr. Fred Stephenson），弗雷德博士非常亲切，表示尽力督办此事。

"林则博士来了，我正要找你呢。请到我的办公室咱们谈谈。"

一番寒暄后，林则直奔主题："弗雷德博士，请您给我一个明确的答复，你们什么时候可以批准我前往中国？"

"我正要找你去，你来了我就省了力气。事情是这样，兴许有点麻烦，但这是必须的，因为我们有规定。"弗雷德博士总是慢条斯理，林则倒希望他能够改改这个毛病。

"第一，你需要相关教会的担保，最好是在你监护人所在的教区开具，也许你得回一趟老家魁北克才行呢；第二，也许你还得具备一些医学相关的知识，当然我说的是一般医学而不是牙科，诸如你需要懂得麻醉学，甚至能够开展一些日常小手术，这样对你今后开展工作可能更需要。"弗雷德一条一款的陈述。

林则"这么麻烦吗，弗雷德博士？"

弗雷德"林则博士，因为你是第一个以牙科传教士身份出国的，在以前从来没有先例，上面对于牙科医生出国能够起到什么作用教会高层心里没有底，他们也需要作出评估。之所以让你具备一些普通医学的知识是为了以防万一，如果你到了中国没有事情可干，你还能够当个全科医生，你知道这样的医生更受欢迎。这在加拿大或者美国都是如此，性命比牙齿更重要。我们建议你先到西方医院进修一段时间。你意下如何？"

"我明天就去西方医院报到。"林则站起来很郑重严说道："非常感谢您，弗雷德博士，我会按照您的要求去做，只要能够去中国，去成都。"

弗雷德："孩子，我相信你，你一定能够把上帝的福音传递到那遥远的东方国度去的，让我们一起努力吧。传教团委员会已经准备派遣萨瑟朗德博士和卡门博士前往上海参加基督教百年纪念大会，同时他们还会考察在如今的中国是否值得开展牙科教育，但愿能够得到你所期望的结果"。

林则醒来发现自己正坐在椅子上，身上让人披了一件衣服，虽然已经进入初夏，但成都的夜晚暗藏着丝丝凉意。丫鬟和护士轮流守在小姐身边，观察着小主人的一举一动。

林则用眼神询问了丫鬟，丫鬟欠身起来，表情依旧没多大变化。林则走到床边看看伤口，用手触摸病人的额头，转身询问护士："怎么样，温度有变化吗？"

"三十九摄氏度。"护士用英文回答。

"是吗？"林则隐隐担忧，也许这女子真的活不过来了。

"是的，先生。"

"继续用冰块物理降温，密切观察她体温血压的变化。"

"是的，先生。"护士答道。林则知道病人随时会停止呼吸，而他能做的也就是这些了，分泌物还在不停渗出，护士频繁的更换着引流条，用盐水冲洗伤口。

林则在迷迷糊糊中又似乎看见了什么。

他的家乡也有两条河，比成都的锦江河宽得多。

魁北克城地处加拿大东部，位于圣劳伦斯河与圣查尔斯河汇合处。在这里，河面收缩到不足1000米宽，形势险要。魁北克城犹如一头雄狮，扼守着这条水路的咽喉要道，因此，它素有"北美直布罗陀"之称。"魁北克"在印第安语中就是"河流变窄处"的意思。这里的居民百分之八十是法国人后裔，百分之九十五的人都说法语。这一地区最初被雅克·卡蒂埃(1534年）和萨米埃尔·得·尚普兰(1608年）发现并宣布为法国领土。1663年，在路易十四统治时期，成为法兰西皇家殖民地，被称为新法兰西。为了争夺对这块领土的控制，法国和英国之间为这片土地展开持续长达百年的战争，一直持续到1763年，大不列颠获得了主权，但是法国文化的影响一直占据主导地位。

林则的老家就在这里。他在魁北克长到16岁然后开始到多伦多求学，平时难得回到这里，这一次利用圣诞假期携妻回到这里，他有一种十分难舍的情愫，因为他的翅膀羽翼丰满了，就要离开这里去遥远的东方，他不清楚自己什么时候还能再回来看看圣劳伦斯河与圣查尔斯河清澈的流水，不知道那遥远的中国是否有枫叶，他喜欢秋天的红色，漫山遍野全是红色的世界。

父母对于儿子的归来十分开心，作为优雅的法国高卢人后裔，林则从父母身上继承不单单是俊朗外表和流利悦耳的法语，还有高卢人的智慧和不屈意志。平安夜的晚餐是丰盛的，但中间也孕育了一些送别的忧伤氛围。壁炉的火在徐徐燃烧，给整个屋子送来温暖；留声机里播放着圣诞喜庆的音乐。

"我的孩子，你真的要去遥远的中国？难道加拿大不好吗？你会让我牵挂的。"母亲总是很担心年轻的儿子。

"让孩子去吧，他已经大了，早就不是成天在你怀里撒娇的那个混小子了。"父亲要更加的开明，他知道林则这小子看准的事情，就是十头牛也拉不回来。

林则没有说话，他只是微笑着望着自己的双亲，此时说什么都是多余的，他只是想利用这难得的时间和家人分享难得的相聚，很快他们就会离开，他还有很多准备工作要做。

在等待当地教会办理林则担保手续的空隙，林则带着夫人游览了魁北克城美丽的风光。他们去了好多地方，林则非常兴奋，魁北克真是个好地方。

亚伯拉罕高地(Heights of Abraham)，加拿大魁北克省南部高地。位于魁北克市西部边缘，俯瞰圣罗伦斯河。英法战争的一次战役中，该高地曾是英国夺取魁北克的战场。

在圣劳伦斯河北岸有一座名叫芳堤娜古堡的酒店，它是以十七世纪在此执政的法国总督芳堤娜伯爵的名字命名，林则十分喜欢这座巍峨雄伟的建筑，由衷的感叹法国设计师的匠心独运，虽然它落成只有短短十来年，但它已经成为了魁北克的标志性建筑，游人只要来到魁北克都会来这里目睹它的芳容，它已经成为了圣劳伦斯河上一颗明珠。

"亲爱的，你喜欢魁北克吗？"林则问爱丽丝。

"当然，她是你的故乡，我当然喜欢。"妻子甜蜜的回应，也是心里话，因为她爱这个并不魁梧的小子，是他的睿智，他的抱负还有热情征服了她。

"你知道吗？法国人和英国人为这块土地都干了什么吗？"

"他们可是你来我往斗争了一百年，真是不幸。"

"是啊，人类为什么喜欢打仗呢？"像是问妻子也是问自己。

"人类的历史都是用鲜血和战争写成的，我不喜欢战争，更希望世界和平。亲爱的，你知道为什么我支持你去中国吗？"爱丽丝喃喃细语。

"为什么？"

"你带去的只是手术刀和牙科器械。"

"我们还带上了爱情，亲爱的。"

第二次世界大战时，1943年英国首相温斯顿·丘吉尔和美国总统富兰克林·德拉诺·罗斯福举行的魁北克会议就是在芳堤娜古堡酒店召开的。芳堤娜古堡酒店不仅见证过两个世界巨头的历史性会晤，也聆听过这两个相爱的人的窃窃私语。

林则的担保书是当地教会的最高首长亲自颁发的，他一定要接见这位即将远去的魁北克小伙子，他觉得林则的行动是魁北克人的骄傲。但他无论如何也没有想到林则还将作为中国现代口腔医学之父被永远载入史册。

林则不想在家作过多的耽误，他必须尽快回到多伦多去，还有好多事情等着他，尤其还要进修麻醉课程，还要学会一些常用的外科手术，否则他休想去中国。

林则不等圣诞假期结束就赶回多伦多，他得尽快完成他在西方医院的进修。

启尔德来了，他来关心幺姑儿的治疗进展。

"博士，你的病人怎么样？"

"老样子。"林则的答道很沉重。

"不要放弃希望，小伙子！"启尔德望着床上的病人。

"这是我的第一个病人……"林则的意思启尔德很清楚，这小子本来已经被打发走了，可半道上他又自作主张在眉山下船往回赶，他心里一定憋了一股子劲儿，以至于让追赶他的人差点扑空。他肯定会竭尽全力的。

"年轻人，但愿上帝能帮上忙！"启尔德尽量控制自己的情绪，"我找主教谈了，他考虑让你留一段时间，你就放心吧……"

"主教留不留我结果都一样……"

"小子，你早就想好了？"

"这里一定需要我！需要！"

林则知道这家人似乎已经不抱什么希望了，进进出出的人眼神中他已经看出点什么来。那个懂英文的护士告诉他，王老爷已经安排管家准备女儿的后事，连棺材都订做好了，还有其他的什么，包括还联系文殊院的和尚说是要准备做道场。

"病人还活着！"林则抬高声音，他不希望还没有完全绝望的情况下出现这样的事情。

四川都督胡景伊、省长陈宧听说美国传教士毕启前来拜会，他们知道这位美国传教士来的目的。

"他已经来了好多趟了，看来不出点银子是很难打发他的。"陈宧苦笑着。

"这家伙还真有毅力，听说他最近广交朋友，特别是有钱的财主实业家无一例外的上门拜访，大谈他准备在成都开办一所新型大学……"

"见不见？"陈宧问胡景伊。

"见吧，就凭他的这股子顽强劲儿，说不定还真的为四川人民办点实事。"

"他上次还提到准备从加拿大美国引进一些奶牛和两种鸡鸭，大力发展民生，我看未尝不是好事儿。"

毕启高高兴兴离开了省政府，他拿到了首批捐款，胡景伊和陈宧表示个人捐助3000大洋，省政府还准备出资10000。初战告捷。

毕启今天召集大家开会的主要目的只有一个：钱。

"毕启博士，真有你的，你连都督都拿下了，厉害！"启尔德由衷的赞叹。

"刚开始，还早得很！"毕启心里很清楚建一所大学需要的经费。

"各国教会准备出多少？"

"各国教会总部支持的经费的确很有限，大家不要抱很大的希望……"毕启环视众位同仁，"我们得讨论一个系统方案。"

"还差多少？"客士伦问道。

"这点银子少得可怜，根据教会大学的传统做法，我们需要得到更多的募捐。"

"向谁募捐，我们还没有经验。"陶维新问道。

"我看必须多种途径，向政府，向有钱的实业家发出邀请，让他们也加入到办学当中来。"启尔德发言。

"前期需要做好吃苦的准备，万事开头难，大家分头行动，而且这还是一个长期的过程。"毕启决定首先扩大范围寻找募捐，这些传教士穷得很，每年只有区区200美金的津贴。

……

启尔德做完手术回到办公室，惊奇的发现桌上放了一大堆钱，还有一张房契，"怎么回事？"他觉得自己有点做梦的感觉，一辈子也没有见过这么多的钞票，他叫来助理询问。

"一个不认识的人送来的，他放下就走了。"

"他说什么没有？"

"只是说这是捐给医院的，还有那所即将开办的大学。"

启尔德第一反应"这肯定是王老爷子送的"，幺姑儿如今病入膏肓，难道他还有这个心情？启尔德拿起电话正要拨出去，突然有人推门而入，把他吓了一跳。

进来的是护士"启尔德先生，活了！活了！"她上气不接下气，叉着腰，满脸汗珠，看样子是跑了好远的路。

"慢点，慢点，啥子活了？"

"活了，活了！奇迹！真是奇迹……"护士兴奋得说不出话来。

时间暂时飞驰到近100年后的2004年，这一天是9月20号，中国的第16个"爱牙日"。一群教授模样的人出现在成都南面的黄龙溪古镇，他们不是来休闲放松，而是负有一项重要的使命，而这样的使命对他们来说是神圣的，但能不能完成他们心里也没有底。这群人来自华西口腔医院，带头的是他们的副院长，黄龙溪古镇当地领导对他们的到来感到很奇怪，省城大医院的领导居然到这里来找已经绝迹的木制牙车，当地最高行政长官也是一头雾水，因为他根本不清楚这是个什么玩意儿。

"这样吧，我带你们去问问本地的惟一的牙医钟耀荣，他也许晓得。"领导带着副院长一行来到新街27号的钟氏牙科诊所，诊所虽然非常简陋，但已经有了正规的电动牙科椅。

"听说，你这里有台木制牙车？"副院长迫不及待的询问钟耀荣老人家。

"你们要问木制牙车唛？" 钟耀荣笑笑，他一下子来了兴趣，"嘿嘿，我当年就是用这台亲戚传给我的木制牙车行医。这台牙车有1.5米高的架子，下面是木头轮盘，用脚踩，可以旋转，上面连着金属牙钻。木制牙车虽然简陋，但非常轻，携带也方便，当年的牙医们都是背起这种牙车上门给人治牙。"

"那您的木制牙车呢？"副院长眼睛里面放光了，"能不能够拿出来让我们看看。"

"哎呀，你们来晚了。它莫得使用价值了，两个月前，两个中年女子把它买走了。"钟牙医的话让来人非常失望。

好令这帮华西口腔专家郁郁寡欢，他们不能责怪钟牙医什么，只得悻悻而归，他们最终没有打听出来那两个中年女人是从哪里来的，去了何方，她们买去干什么。也许那"木制牙车"已经没有什么使用价值，但它见证的是中国牙科发展历史。据说这架木制牙车曾经是林则博士的第一位高足也是亚洲第一位正规牙医黄天启先生曾经使用过的，而这木制牙车的制作正是以林则为代表的口腔先驱们在当时条件十分简陋的情况下发明的，这简陋的牙车曾经让林则以及他的同事们经过了好多个不眠之夜制造出来的。华西口腔医院的牙科历史博物馆中间缺少了这台木制牙车将是多么大的遗憾啊！

第一代木制牙车到底去了哪里，至今还是一个留在人们心中的悬念。

仆人纷纷出动，去找那个救了小姐性命的洋人。

第一批人报告，所有茶馆酒楼没见过林则；

第二批人回来了，说所有的剧场电影院也没他的影子；

第三批人禀告，青羊宫、草堂、文殊院的洋人都被他们清理了一遍，都不见林则；

第四批人累得快趴下，说是他们把澡堂子都翻过了，还是没见人。

"他不会去那种地方？不会不会，他不是那种人……"老爷子有点郁闷，主宾不到场，他这个客请起来便少了重要的主题。

这是天大的喜事，经历了绝望的王老爷子准备在家大宴宾客，主要感谢林则启尔德治愈女儿功莫大焉，还要将女儿的婚事重新操办一回。他也没忘记曾经给女儿治过病的那些成都的名老中医，他们虽然万般推辞，但王老爷还是不依不饶，毕竟他们也是付出过极大心血的，他知道感恩。

可到了请客的时候，两个主要客人都没能到场。回来的人说了，启尔德的确没时间，他有好多手术要做，恐怕得做到晚上。而林则则找不到人，林则夫人说他一大早出门，不知道去了哪里。

"这就怪了，启尔德倒是真有事，但林则不一样啊，他的诊所还没有开起来，他还能去了哪里呢？"老爷子奇怪了，"找，你们满成都的去给我找，一个大活人还能不见了！"在他看来找个洋人还是不难的，毕竟他长得和中国人不同。

林则待的这个地方谁也想不到，老爷子的仆人只知道往那些轻松愉快的地方去寻找，做梦也没有想到他们的恩人居然在木匠铺子里，他正比划着和木匠讨论事情呢，把王老爷请客事情忘得个一干二净。

木匠搞了半天才闹清楚这个外国客户的需求，不经意之间 他还做了一笔"国际业务"，高鼻子要他做的这玩意儿到底用来干啥子的他云里雾里，这是生平的头一遭。他看着林则画的草图，好像明白了，又好像没明白，到底咋个做他还得费点脑筋。

林则觉得有必要尽快提高中文水平，他和木匠都不懂对方的意思，像两个哑巴吱吱呀呀，比划着花了整整半天也没闹清楚对方的意图。

"这是个什么玩意儿？"徒弟问师父。

"缝纫机不像缝纫机，织布机也不对，洋鬼子老指他的牙齿，整不清楚……"

"莫不是用来钻牙的？"

教会设在成都南门的语言学校像是开的流水席，不断有人来，不断有人离开，凡是刚到中国的传教士都无一例外来到这里学习本地语言，否则无法开展工作。

上课前照例这帮传教士要讨论最近发生的新闻。

"哥们儿，听说来了个牙科传教士。"

"头一遭听说牙医也来当传教士。"

"听说此君甚为厉害，皮特的假牙就是他连夜修好的，还救了宽巷子王家小姐的性命。"

"他不是走了吗，怎么又回来了？"

"我看主教是个老糊涂……"

"我看你还是少点牢骚为妙，说不定让主教听见就得让你卷起被子走人！"有人警告道。

"我才不怕主教呢！"说者并不服气。

"我们是不是举行一个欢迎仪式，欢迎第一个牙科传教士莅临成都？"

"过了，你就喜欢拍马屁！"

"你有本事一辈子不和牙医打交道！我们应该让林则博士有一种宾至如归的感觉不是？"

中文课老师是加拿大来的传教士，这个叫唐纳德的家伙操一口地地道道的成都话："同学们，开始上课了。"大家立马安静下来。

"首先，让我们用热烈的掌声欢迎我们的新同学林则博士！"

大家纷纷鼓掌，林则站起来和大家致意："谢谢各位同学，没想到刚从加拿大上完学，又到成都继续学习了，还请各位前辈多多指教。"他用的是英语。

"哥们儿，我看你还是别说这些好听的，最好先把班上几个'坏牙齿'给治疗治疗吧。"底下有人提议，不过他说的是成都话，林则根本没听懂。

"你说什么？"林则问道。

他又用英文复述一次。

"没有问题，只要你们有需求，我林则一定保证你们的口腔总是香喷喷的……"

大家一阵哈哈哈大笑。

"唐纳德老师，我看今天上午的课程先不上吧，让林则给大家检查一下牙齿可能更好！"

"这个嘛……"唐纳德感到为难，语言学校的规矩他不能随便违反的。

"就是，老师，我看你的牙齿也很有问题，不妨一起看看？"

"您老就听听群众的呼声吧。"有人热烈应和，其实没人真的喜欢成天坐在教室里面听这个老学究啰嗦。

"我建议今天的课堂变成移动的，语言嘛，其实就要现场应用最好，我们上了这么久的课了，还从来没有出去走走具体实习实习。"

"就是就是，干脆我们全体移动到林则那里，让他给每个人治疗牙齿，然后全部到锦江河边上喝喝茶，听评书，这样的学习才有实际效果。"

"对！我赞成！还有谁赞成的请举手！"

除了林则全部把手举得高高的。

"好！我也豁出去了，我就带大家出去，"唐纳德被大家给说动了，"不过，不允许有人告密啊，否则我就得卷起铺盖走人了！"

"放心，没有叛徒的。"

大家纷纷从座位上跳起来，一哄而散拥着林则出了校门。

"爱丽斯，你做记录，他们每个人的牙齿可能都需要治疗，我得先建立起他们的口腔病案。"林则让爱丽丝给自己当起了助理。

大家围成一圈，轮流等林则医生检查牙齿。这时候大家的主要话题便是牙齿，相互指指点点评论着对方，不时传来一阵哄笑。

"约翰，他的右侧下颌智齿需要拔除……"林则叙述。

"约翰，右侧下颌智齿需要拔除。"爱丽丝记录着。

"杰姆斯，上颌第一双尖牙有龋坏，需要治疗……"

"杰姆斯，上颌第一双尖牙有龋坏，需要治疗。"

"马克，舌头上的息肉化脓，需要……"

"马克……"爱丽斯认真做着记录。

……

忙了整整一个上午，林则总算预检完了他的同学们，几乎百分百的人都有不同程度的牙齿疾患。林则夫妇所住的地方本是一个十分偏僻的角落，没想到一下子来了这么多的外国传教士，大家唧唧喳喳的，弄得林则的邻居也前来凑热闹。

"今天是咋个了呢，为啥子洋鬼子全来这里聚会来了？"

"不晓得出了啥子事情。"

"好像他们在这里看牙齿……"

有大胆的市民上前打探："我说洋哥子，你们在干啥子呢？"

"干啥子啊？看牙齿噻。"马克的成都话水平已经接近了标准成都口音。

"街上不是到处都是牙科摊摊，你们咋个跑到这个阴暗角落里来看呢？"这位仁兄还是没有闹明白。

"我说哥子，街沿边边那些牙科摊摊都是'歪'的，这个牙医是从加拿大来的，最巴适。"马克和市民练起了成都话。

"真的啊？"

"真的，哪个龟儿子豁你嘛。"马克说得头头是道。

"那洋医生给不给中国人看病呢？"

"我想应该没得问题的，要不你也来排队？"马克做个让位的动作。

"还是算了，老子牙巴还可以。"

"不对哦，我看你娃娃这个牙齿坏脱好几个，看嘛，要不我给你说说？"马克说得很真诚。

"算了，算了，不敢不敢！"成都人有点将信将疑。

"有啥子不敢嘛，我们都敢，你们怕啥子呢？"杰姆斯也劝成都人上来试试。

"老子不敢整，整拐了……"

"瓜兮兮的，老子都不怕，你怕个铲铲噢！"

启尔德很感动，王老太爷居然再次上门捐款，他还带来几个商业上的朋友，也算是殷实人家，都捐了钱，说是一定要让启尔德先生在华西坝把大学建起来。

送走王老太爷，启尔德呆坐在椅子上望着那些钱发呆……

詹妮·福勒就要死了，身边陪伴她的是自己的丈夫启尔德，他们才来成都不到两个月。

"对不起，亲爱的，不该让你死在异国他乡……"启尔德泣不成声。

"……"詹妮嘴巴蠕动了一下，她已经说不出话来，她行将就木。

"启尔德先生，别难过……"美国美以美会的传教士赫斐秋扶着启尔德的肩膀，他不知道怎么安慰自己的这位同道。

"该死的霍乱……"启尔德悲伤的眼泪快流干了，"我一点办法也没有！"

"坚强些，启尔德博士……"同来的加拿大传教士何忠义（G E Hartwell）夫妇、斯蒂文森（D W Stevenson）也赶来安慰启尔德，给詹妮送行。

"……亲爱的，你……"詹妮突然精神一振，"……你……不要忘记自己……是个……医生！"她终于闭上了眼睛。

这一年是1892年。

虽然启尔德等人不是第一批来成都的洋人传教士，但仍然还是被当成了动物园里的猴子老虎大象。

"龟儿子洋毛子咋个不梳辫子呢？好难看！"

"你才没看到哦，那几个洋婆娘的脚好大，脸上涂的鲜红鲜红的，怪兮兮的。"

"这帮洋人来干啥子来了呢？"

"洋毛子！洋毛子！"有几个胆大的出来和洋人们打个招呼，居然得到了善意的微笑，闹着笑着。

"嘿！这几个洋毛子看起来真是一个个瓜兮兮的。"

成都市民很快发现，这批"洋毛子"不是来随便玩玩的，住下后居然不走了，还在成都东门的四圣祠修房子。四圣祠街是因为原有供奉孔子门下曾参、颜回、子路、子由四弟子的祠庙而得名的，这里交通发达，是成都著名的闹市区。大家渐渐明白了，洋人们是来传教的，四圣祠街有一片菜地被他们买下来，很快就修了一个礼拜堂，叫着"福音堂"。

"启尔德博士，别这么闷闷不乐的，出去走走吧，您也许好一些。"斯蒂文森很担心他的状态。

"去传教？"

"这也是我们来此地的主要目的啊，您说呢？"

"可你别忘了，我是个医生，一个不称职的医生。"启尔德还处在悲痛中难以自拔。

"博士，您已经尽到您的职责了，只是霍乱太凶险，不要自责……"

"斯蒂文森，严格意义上，首先我是个医生，然后才是传教士。"詹妮的临终前的那句话一直让启尔德纠结。

"博士，您想怎么做？"

"你没有注意到中国人眼中的那份不友好吗？他们也许最需要的不是精神世界里的上帝，他们首先最需要肉体的健康，和詹妮一同死去的还有那么多的中国人，他们也是同样不幸的……斯蒂文森，我想开个医院……为所有的人看病，特别是针对中国人。"启尔德终于说出了心里话。

"上面会同意吗？您来的最主要责任是保证传教士们健康的，来的时候曾经是这么约定的……"斯蒂文森提醒启尔德。

"也许我们的想法太狭隘了，在上帝面前人人平等。"

"博士，您这个想法或许欠缺考虑，中国人不会买账的，他们有自己的中医，万一出了事故说不定还会闹出乱子来。"斯蒂文森是个谨慎的人。

不久成都市民发现在福音堂的旁边开了一间西式诊所，大家这才知道原来叫启尔德的传教士还是个医生。

正如斯蒂文森预料的那样，诊所开了一个月，没有一个中国人迈进诊所半步，只是有几个好奇的人在门口晃了晃，最终也没敢进来。

对于西医诊所的舆论倒是不少，负面的评价是占绝对上风的。

"西医是啥子鬼名堂噢？"

"听说西医就是开肠破肚，哪个龟儿子才敢去看！"

"我们祖上传下来的东西肯定比那些洋玩意儿好……"

诊所遭遇到的不仅仅是非议，远远比斯蒂文森预料的严重得多。每当清晨出门得十分小心，说不定就有恶意者深夜故意在门前堆上一些恶臭的排泄物，还在门上贴上或者画上一些涂鸦之笔，全是挑衅的言辞。面对这样的误解，这位毕业于加拿大金斯顿王后大学化学硕士、医学博士心里十分清楚，他们必须忍耐，不能作出强烈反应，惟一能做的就是等待，时间也许会消磨挡在他们和中国人之间的隔阂。

从林则第一天上课起就没有清静过，成天都是找他看牙的，甚至还有通过"关系"找来，传教士们已经将林则声名远播。根本没时间静下心来安心学习中国话。半个学期过去，自己连一句像样的中国话还不会说。

"不行，我得让这帮小子少来干扰我。"林则下定决心，可一有人上门求诊他心又软了。三天打鱼，两天晒网的学习实在不是个办法。

"我说弟兄们，你们这么折腾我，我的语言怎么办，总不能像个哑巴那样打着哑语和中国人交流吧？"他终于提出抗议，"能不能够稍微保密一下，暂时不要谈起牙科治疗的事情，让我有时间学习中文？"

"嗨，这个好说，好说，哥们儿几个已经是成都通了，我们教你不就成了嘛，"杰姆斯大包大揽，"从现在开始，来看病的伙计全说成都话，包你两个月就上街买菜小贩不敢缺斤少两。"

"哈哈，这个办法不错！"林则认为此法两全其美。

"师兄，我现教第一个词儿：瓜娃子。"杰姆斯做个鬼脸。

"啥意思？"

"这是夸人的话，说你很聪明。"杰姆斯"不怀好意"。

"嗯，瓜娃子，不错，杰姆斯，你就是个瓜娃子！"林则认真的学着。

"杰姆斯，你这是自作自受，哈哈哈哈……"马克在一旁笑得直不起腰来，弄得林则一脸茫然。

果然，不到两个月林则就会很多方言。

"爪子嘛"就是"干什么"；

"帕子"就是"毛巾"；

"滚滚儿"就是轮子；

"角孽"就是"打架"；

"瓜娃子"就是"傻瓜"；

"水叶子"是"湿面条"；

"广耳屎"形容此人不开窍；

"惊风火扯"比喻大惊小怪；

在牙科方面的语言，成都人叫口腔不叫口腔，叫"牙巴"；

唇裂的人被叫成"豁子"，"豁嘴"；

"牙龈"被叫成"牙埂"；

不到半年工夫林则已经能够开口说半生不熟的"椒盐"成都话，虽然让人忍俊不禁，但总算可以进行正常交流。

杰姆斯的下颌智齿总发炎，林则建议拔除，但杰姆斯总找理由推脱，说自己忙，其实这家伙是怕疼，曾经在加拿大拔过牙，当时疼得差点昏过去，于是对拔牙一直心有余悸，无论林则苦口婆心劝说他就是不上路。不过这次似乎自己想通了。

"大师，你得给我拔掉那颗该死的牙了。"

"你想通了？"

"太难受了，我决定还是要听大师的……"

"不行，似乎理由不太充分。"林则觉得很奇怪，最近没听说他智齿发过炎。

"真的，林则大师的话不听那是不对的。"

爱丽丝把林则叫到一边，笑着耳语了几句，他点点头，忍不住问："你小子不对吧，得说实话，不然本医生拒绝拔牙。"像杰姆斯这样的害怕拔牙的人不在少数。

林则知道麻醉是拔牙的关键步骤，而当时对于口腔麻醉并不是每个牙医都掌握得很好。

林则在来中国之前居然有一项世界级的发明，后来被称为牙科"四大发明"之一。

多伦多西方医院麻醉科主任刚刚完成一个大手术，实在很疲惫，他靠在办公室的沙发上点燃一支古巴雪茄，香喷喷的雪茄暂时让他褪去一丝疲劳。他很满意今天的麻醉，一点差错都没有，可以用完美来形容。

迷迷糊糊他感觉有点困顿，这时候响起一阵敲门的声音。

"进来。"主任坐起来整理一下衣衫，老头很注意自己的仪表。

推门进来的是林则，"主任，您好！"他略略欠身表示致意。

"请坐，林则博士。"主任挥挥手。

"我想请教主任一个问题。"林则依然站着。

"关于麻醉的吗？"

"是的"，林则开门见山，"关于下颌神经麻醉的问题，一直很困惑我。"

"口腔麻醉还有什么高深的学问吗？"主任感觉牙科麻醉是个小儿科，哪里赶得上全身大手术麻醉那么工程浩大，而且过瘾。

"病人一直对牙医很恐惧，尤其是下颌神经的麻醉效果不太理想。"

"你有什么想法？"主任来了兴趣。

"教授，我的想法还不十分成熟，所以特地来向您请教。"

"有什么话你就直接说好了。"

"对于下颌牙列的手术麻醉，我们一直都是采取在牙齿旁边直接注射麻药的方法，虽然也能够起到一定的效果，但一直没有上颌麻醉的效果好，我一直在思考问题出在什么地方。我想如果能够麻醉下颌神经的神经干的话，是不是效果会更好呢？但我一直没有找到从什么部位进行注射，所以我来请教您。"林则陈述了自己的观点。

"小伙子，关于这个问题，说实话，我还没有留意过，非常抱歉。不过，我们可以一起探讨。我有个建议，你看好吗？改天把解剖学的沃尔曼教授请来，也许他会有很好的建议，尤其在体表如何定位下颌神经。"主任的兴趣不是太大。

"教授，我曾经考虑过两种方法，一种是从面部进针，一种是从口腔前庭进针麻醉，到底哪种方法更理想我没有试验过，所以希望能够得到您的指点。我最近研究了解剖学的资料，上面的位置我基本上有一点把握，但这需要实际的操作。所以，我有个请求……"

"小子，咋的？你想亲自试一试吗？"主任很吃惊。

"主任，我正有这样的想法，请您在我身上进行试验，好吗？"林则提出一个大胆的建议。

"不行！在没有完全把握的情况这么做不妥。"主任显然觉得不是个好主意。

林则从怀里拿出一叠稿子，上面画满了下颌神经的分布走向，各种解剖学标志，他向主任详细阐述了他的想法，在他看来如果加以改进当前的麻醉方法也许能够得到更佳的临床效果。老头看着林则的图纸，感觉自己的确忽略了牙科麻醉的问题，他把挂在胸襟上的眼镜架在鼻梁上仔细察看着图纸。

"这个问题我们改天再讨论吧，下午我还有个会议。"主任下了逐客令。

西方医院的医生，尤其是麻醉科主任总是很忙碌，很快他就把林则的建议和自己的承诺忘得一干二净。也许在他看来根本就不那么重要。

"希金斯，求求你了，你就下手吧。"

"哥们儿，我还是不敢，我从来没有注射过，万一……"

"你咋这么啰嗦呢，来吧，没关系！我的小命就交给你了。听好了，将口角及颊部拉向外侧，显露出隆起的颊脂垫，翼下颌韧带外侧颊脂垫间为进针点。从对侧前磨牙间的颌面上1 cm呈对角线的方位刺入。针与下颌牙平行，通过翼下颌间隙进针2~3 cm，触及骨面，回针抽吸无血，注射1.5 ml麻药，麻醉下牙槽神经。再退针1cm，麻醉舌神经及颊神经。"

"真的注射啊！"希金斯还是不敢，他拿着注射器的手微微发颤。

"希金斯，拿出男子汉的气概来，相信自己，别忘了你也是个医生。"

"可我没有做过牙科麻醉，万一出了问题主任还不宰了我！"

坐在椅子上的是林则，希金斯是他在麻醉科的同事，林则要求希金斯在自己身上做麻醉试验，药品是林则从科室里面偷出来的。希金斯被林则缠的没办法，看来这一针必须打进去了，不然林则不会放过自己的。

"来！我现在就是你的试验小鼠。"

"那好吧，打坏了可别怪我。"希金斯诺诺道。

希金斯用棉球蘸了碘酊在林则的口腔进针点涂抹消毒，"张开嘴。"他左手用口镜牵开林则颊部，右手举起注射器推了进去……

"怎么样？"希金斯紧张得满头虚汗，好不容易干完了。

"我说哥们儿，你是按照我说的解剖学方位进针的吗？"

"大概是吧。"

"不要大概，我要准确的位置，这个对我很重要，我感觉好像麻醉效果不明显。"

"林则，你没有感觉吗？"

"我再重复一遍，将口角及颊部拉向外侧，显露出隆起的颊脂垫，翼下颌韧带外侧颊脂垫间为进针点。从对侧前磨牙间的颌面上1 cm呈对角线的方位刺入。针与下颌牙平行，通过翼下颌间隙进针2~3 cm，触及骨面，回针抽吸无血，注射1.5 ml麻药，麻醉下牙槽神经。再退针1 cm，麻醉舌神经及颊神经。这是我这么多天来的研究结果。你就按照这个方位进针。"

"哥们儿，还打啊？""再来，刚才估计你一紧张，方向不太对，再来一次！"

"不敢不敢，万一真的出了问题我可是吃不了兜着走。"希金斯心有余悸。

"嘿嘿，那不行，不然昨天请你的那顿中国餐算是白请了吗？"林则故意板起脸。

"你这家伙真是个无赖。"希金斯苦着脸。

"吃了我的饭得帮我干活！小子。再来一次，直到满意为止。"

"我的主，你真是不要命了？好吧，就再来一次。"

第二天早上，林则比平时来得稍微晚了一会。

"我的上帝，林则博士，你怎么了？"护士长见推门进来的林则，他右侧脸庞肿成一个大馒头，明显变了形，如果不看左侧一定认不出来他是谁了。

"你跟人打架了吗？"简妮佛老太太关切问道。

"哦，没什么，没什么。"林则有点不好意思。

"告诉我，谁欺负你了？"

"没有，可能是发炎了。"林则不以为然。

"你赶快去看医生去啊，这可要命了！不行，我得带你去见见主任。"

"不用，护士长，很快就会好的。"

"不对，林则，昨天晚上还是好好的，一个晚上就变成这样了，告诉我，到底出了什么情况。"简妮佛不依不饶。

"求求您，护士长，您别大声嚷嚷啊！我告诉您吧，那是我自己给弄的。"

"难道你自己揍了自己一顿？还是你夫人给抽的？"

"嗨，给您说实话吧，是我试验口腔下颌神经麻醉，不小心多打了几针，可能是消毒出了点问题。求求您，亲爱的护士长，千万不要告诉主任。"

"我的耶稣主啊，你都干了什么啊！在你自己身上做实验，是牙科麻醉？！"周围的护士医生都围了上来惊奇的打量这个变了形的林则。

"林则博士，你这样可是不行，不能拿自己当试验品，主任知道了一定会很不高兴。对不起，我想应该把这件事告诉老板，让他出面来管管这事儿，你要知道，这样的事情主任绝对不会允许发生在本科室的。"简妮佛护士长出于好心。

"别别别，求求您，您一旦告诉了主任我的小命就玩完了，我就知道简妮佛护士长是天下最好的好人。"林则赔着笑脸，笑容尤为滑稽。

当林则被叫进主任办公室的时候希金斯已经垂头丧气站在主任面前了，空气十分紧张。本来想瞒住这事的，可最后还是未能得逞，麻醉科太小了，什么也休想逃过主任的火眼金睛。

"说说，到底是怎么回事？"主任犀利的目光射向面前这两个年轻人。

"是我强迫希金斯医生干的。"林则吐露真相。

"是这样吗？"主任目光转向希金斯。

"是的，林则医生非得要我给他注射不可。"希金斯不敢面对主任的目光。

"然后你就干了！"

"是的，主任。"

"混蛋！你知道这么干的后果吗？"

"知道…..."

"你知道后果是什么？！"主任吼起来。

"会出人命的。"

"那你竟然这么做了，为什么！？"

"我……"希金斯本来想说林则请他吃中国餐的事情，最后还是忍住了。

"你，林则，谁给你的这个权利在自己身上做试验？你这个魁北克混小子眼里还有我这个主任吗！"老头咆哮起来，"你们都是我麻醉科最好的医生，居然背着我干这样的事情。林则，我不是告诉过你，我自有安排吗？为什么你们要擅自行动？！"

"主任，对不起，可能是您太忙了，这事儿我已经琢磨了很长时间，可耽误的时间有点久，我没好意思提醒您。"

"林则麻醉师，难道是我错了吗？"主任走到林则面前，他的脸快要碰到林则的肿脸。

"对不起！主任，下次不敢了！"

"还有下一次？你们两个今天都不要上手术了，我要惩罚你们，严厉的惩罚，从现在开始，你们已经不是麻醉医生，恭喜你们成为花园的园丁，到医院花圃给我去栽花锄草，干满两个星期。滚吧！"

两人失魂落魄悻悻从主任办公室退出来。

主任按下桌上的按键，护士长很快出现在门口。

"主任？"简妮佛询问主任的吩咐。

"护士长，你马上带林则去做仔细检查，然后找张伯伦医生给他好好治疗，我可不想在麻醉科出人命。有什么情况随时报告我。"

"好，我这就去办。"简妮佛转身找林则去了。

"这混小子，不过还有点创意。"主任自言自语。

"希金斯，我得谢谢你。你帮了我一个大忙。"林则和希金斯走出麻醉科大楼。

"混蛋，我就为你吃了一顿中国餐，弄得我陪你干两星期的农活。"希金斯显然很委屈。

"兄弟，我认为为了我们的牙科病人，干这点活算什么，干一个月也是值得的，因为昨晚在你的协助下，诞生了一项伟大的牙科发明。要不这样，等我脸肿胀消了，再请你一顿，这回地方随便你定。"

"算了吧，我可不想被主任给开除了！我说，还是先带你去看病吧，万一感染扩散开了可就麻烦了。"

"不要紧，本人的抵抗力还行。"

"不过我的技术还是有点问题，不然连续打了四五次才找到那根神经，要是精准一点也不至于感染。"希金斯也有点歉意，毕竟林则的脸还肿的老高。

"林则医生，林则医生。"背后有人在高声喊叫，他们转身一看是护士长。

"别怪老头太严厉。"护士长轻声说到。

"知道……"

林则和希金斯当园丁不到一天就被主任叫了回去。

"小子们，给我汇报汇报你们的麻醉成果。"主任开门见山。

"老板，效果还不错，几种方法我们都试了一次，最好的办法是这样的：将口角及颊部拉向外侧，显露出隆起的颊脂垫，翼下颌韧带外侧颊脂垫间为进针点。从对侧前磨牙间的颌面上 1 cm 呈对角线的方位刺入。针与下颌牙平行，通过翼下颌间隙进针 2~3 cm，触及骨面，回针抽吸无血，注射 1.5 ml 麻药，麻醉下牙槽神经。再退针 1 cm，麻醉舌神经及颊神经。这是我这么多天来的研究结果。你就按照这个方位进针。"

"阻滞麻醉神经干的方法比在牙齿旁边进行浸润麻醉好得多。"林则有点得意。

"我现在给你一个机会，让你小子在我身上试试，万一出了问题可当心你的小命。"主任拿出麻醉药品和针管递给林则。

"主任，别别别！这怎么行呢？"林则连连摆手。

"让你干就干，别给我装蒜！老子的话就是命令。希金斯，你当他的助手。"

"主任，还是算了吧。太危险。"希金斯也表示反对。

"不要啰嗦，让你干就干，难道主任的话你们居然不听！"老头开始威胁。

"那我真的动手了？"

"不要耽误时间，马上动手！"

这次是林则实施的麻醉，前后不到五分钟，他非常娴熟的完成了。但他还是忐忑不安的看着老头，害怕出现什么意外。

过了几分钟，老头说话了："嗯，嘴角有点麻木，有变厚的感觉，牙齿似乎也没有感觉了，下牙槽神经、颊神经和舌神经应该都被麻醉了，不错！小子。算你们及格了！"

林则和希金斯终于松口气，这一次是一次性成功的。

"看来今天我不用吃东西了，全被你小子给麻醉得没有丝毫感觉，不过也许明天你得请我吃大餐，嘿嘿！"

"遵命，主任！"

"不过，我要告诉你的是，今后要干这样的事情必须征得我的同意，生命对于你很重要，那不仅仅属于你个人，而是属于这个世界，属于你将要去的那个民族那个国家的，你必须保证保证你的生命安全。第二，我要你把这种方法写成论文，它很有价值。"主任说得饱含深情。

"是的，教授，学生谨记在心。"

"小子，还有一件事情，你也许喜欢听。"

"啊？什么事情？教授。"

"根据你在本科室的表现和理论成绩，你可以提前结束你在麻醉科的学习，因为你已经完全成为一个麻醉学的专业人士，你可以承担所有和麻醉相关的工作，恭喜你，小子！你就拿着我的鉴定报告去找你的传教团委员会吧。"主任站起来，有点依依不舍的样子。毕竟林则就要远行了，真是可惜，他想如果留在他身边一定可以成为加拿大一流的麻醉师。

"滚吧，混小子们，到了中国别给我惹出什么乱子，我等着你的好消息！"主任在林则的胸口擂了一拳。

林则和希金斯一溜烟跑出了主任办公室，路过护士台的时候，可能是太过兴奋，林则使劲拥抱了一下简妮佛护士长然后几乎是腾空飞出了科室大门，着实把这位关心他的老太太吓得不轻："我的上帝，林则疯了吗？"

不过这次拔牙他没感觉到痛。杰姆斯一副真诚的样子："大师，我决定洗心革面，什么都听医生的。"

"这恐怕不是我林则的面子吧，你小子不说实话我绝对不拔，呵呵。"林则笑笑，"我林则没这么大的本事，是爱上某位女士了吧，嘿嘿！你是觉得自己的嘴巴异味，不好意思去亲吻你心爱的女朋友吧？"

"啊！您是怎么知道的？"

"是不是？"

"大师，您真是火眼金睛……"

启尔德找上门来。

好长时间他没见到林则了："我说小子，你还活着呢？哈哈哈！怎么样，还是投奔我启尔德老爹吧！"启尔德开个玩笑。

林则也笑笑："怎么了，启大人，难道您想聘请我去您的仁济大医院当院长？"林则中文水准很有进步。

"可以啊，你想当院长没有问题，我巴不得早点退休回加拿大享清福去呢！"

"哈哈哈，据说启尔德大师是个官迷哦，您怎么舍得您的那所宝贝医院，那是您几十年的心血。"

"真的，小子，到我那里去吧，你这里的条件太差了，好多人想来看牙，一听说你在贫民窟里面人家不敢来了。我给你一间诊室。小子，我老启没开玩笑，你来吧。"

"启大人，我在这里挺好的，谢谢您的关心！"林则知道启尔德的医院房子并不宽裕，他的患者也多得住不下来。

"我说小子，你还记教会的仇呢？当初可是我老启给你说过好话的哦，不然你早就灰溜溜的回老家了！别说了，这事儿就这么定了，马上搬过来，房子在四楼，虽说不好，但至少比你在这个不避风雨的破草房好多了。"启尔德显得非常真诚。

"还是等一等吧，不着急。"林则说的是真话，他还真的有点习惯这个破旧的诊所，隔壁王姓邻居虽然还是一如既往的吵闹，但他和夫人已经习惯了。相反他觉得住在这里挺有生活情趣的，邻居家的小猫小狗都把他们当成自己家人了。

"混小子，你真的不给我老头子面子吗？你真成香饽饽了，在成都你比我的名气都大。算我求你了，还是过来吧，不然真的让主教知道了还以为启尔德欺负你呢！"启尔德口气软下来，他知道这混小子是个吃软不吃硬的主。

"那我考虑考虑吧，老爹。"林则正忙着给人看牙呢，他顾不得理会启尔德。

"你考虑个狗屁！老子告诉你，你搬也得搬，不搬也得搬，你龟儿子不要给脸不要脸！"启尔德冒出骂人的成都话来，他知道这小子已经听得懂了。

林则在启尔德半"威逼"半哄劝下答应搬到条件更好一点的四圣祠仁济医院继续开诊。

要说启尔德的医院条件好也是相对而言，这所医院不大，病人住得到处都是，连走廊上面也是密密麻麻的放的是简易病床，启尔德也想扩大规模，但是需要得到教会额外的预算才行，主教大人还没有完全答应启老爹的预算申请。

启尔德还告诉林则，中国是一个相当封建的国家，有男女授受不亲的规矩，他的诊所必须要有两个诊室，一个给男士使用，一个给女士使用，估计女病人一定很少一些，但在这样的情况下，启尔德决定把不太方便的四楼靠近卫生间的一个相当简陋的房间给林则，这个房间以前是堆放杂物的，不太通风，而且需要彻底打扫才能使用，启尔德表示自己只能做到这些了。林则把并不宽敞的房间隔成了两间，外间供男病人使用，里间自然就给女士使用。

经过一个多星期的准备，林则的牙科诊所终于开张了。

"小子，老爹我好人做到底，给你再装门电话，病人可以利用电话和你预约就诊时间，怎么样，对你不错吧！嘿嘿！"启尔德等着林则的感激之词呢。

"老爹，您真是个好人！上帝保佑您长命百岁！"林则由衷的开心。

但很快林则发觉这电话可不是个好东西，他诊室的号码很快就家喻户晓，总是电话不断，闹得他不能安心治疗病人。这样不行，他必须找个助手，爱丽斯也有了自己的事情，教会即将成立一所大学，她被请去做一些事务性的工作，她对图书馆很有兴趣。

"杰姆斯，给我说说启尔德。"林则觉得这老头不错，但并不了解他的过去，想必一定有很多的故事。

"从哪里说起？"杰姆斯似乎很了解启尔德。

乞丐和乞丐是惺惺相惜的，他们围在一个老乞丐面前，像是要给他最后送行，他已经不行了，奄奄一息，马上就要死了。

"他要死了？"其中一个乞丐说到，脸上涌起一丝怜悯。

"肯定活不过今天晚上了。"中年乞丐下了结论。

"那我们现在就把他抬到郊外去吧，帮他垒个坟墓，好歹他来人世间走了一趟。"乞丐中有人建议。

"对的，大家都是好心人，找个破板子来，把他抬走吧。"

路人也纷纷上前看热闹。

"老乞丐就要死了，好造孽啊！"好心人叹息道。

"哎呀，早死早超生嘛，不见得就是坏事情。"

"也是也是啊！"一个小脚老太太嘴里念叨着阿弥陀佛。

"人不是还没死嘛，你们这是……"传教士拦住众人的去路。

"洋鬼子，走开，莫挡路！"乞丐有点不耐烦。

"可以让我给他看看吗？"启尔德感觉此人得了重病，需要治疗。

"他要死了，好象没得救了哦。"年轻乞丐见洋毛子上前，让开位置。

"他明明还活着的，能够让我看看吗？"启尔德坚持着。

"有啥子救的哦，他已经得病好多天了，一天比一天重，只有等死了！"

"不对，他明明还活着。这样，你们能够帮帮忙吗，把他抬到福音堂去，我来想想办法。"

旁边的乞丐相互交流着眼神，仍然充满了狐疑。

"那就抬过去嘛，反正死马当成活马医。"中年乞丐发话了，他像是丐帮头目。

大家七手八脚把老乞丐抬进福音堂，大家从来还没有进来过，个个战战兢兢的，感觉福音堂里面一阵阵寒气，这里很少有人来，难免显得阴森。

"不好意思，从此我要改行了……"老乞丐居然在一周后神气活现的回来了，把他那些家当送给同道，并来向大家告别。

"咦，龟儿子你没死啊！"乞丐们上来嘘寒问暖。

"阎王爷说是不批准，所以老子又活过来了！"

"老头，咋个回事，说来听听！"

"嗨，我还有好多事情要做，改天给你们摆龙门阵……"转身就要离开。

"龟儿子老头，不就是要饭嘛，早点晚点无所谓的……莫不是阎王爷喊你去报到！"

"老子真的有事情，改天请你们吃包子，走了！启尔德先生那边还等着我呢！"

老乞丐摇头晃脑的走了。

"找人去看看他龟儿子干啥子去了。"

很快有人回来报告老大："老乞丐进了福音堂，像是洋鬼子雇他扫地……"

"真的？"丐帮头目有点不信。

"老大，我咋个敢哄你呢，不信你去看！"

"真他妈的神了，一个要死的人就这么活过来了，还活得比老子们要好，奇了，奇了！"

老乞丐没有食言，第三天他带了一大包包子来犒劳曾经的和自己战斗在风里雨里吃不饱穿不暖的一帮伙计们，而且还带来一个好消息："福音堂要雇几个零工，你们哪个愿意去？"

"我去！"大家纷纷举手。

"我去，反正给点吃的就行！"

"我也去！"大家连包子都不吃了，这个消息比"韩包子"有意思多了。

"莫乱，莫乱，人家有条件的，不是个个都行。"

"你说嘛，啥子条件？"

"要嗓门儿大的，来上四五个，多的不要！"

"龟儿子，难道洋鬼子要开戏院，咋个要嗓门儿大的？"

"我来，我来，老子嗓门儿大得很！老子吼一声整个成都省都听得到……"

"洋鬼子屋头死了人啊，要是哭丧的话就算了，老子有老子的祖宗。"乞丐中不乏有骨气的人。

老乞丐一脸不屑："我说你们一帮瓜娃子咋个这么说呢，不去算了，绝对不是去干坏事的……"

"老把子，你说嘛，到底是干啥子的？"还是有人不放心。

"你们去了就晓得了，是去帮到打广告的。"

"广告，啥子是广告。"头回听说的词儿自然让大家一头雾水。

"咋个给你们说呢，"老头在想如何措辞，"就是沿街叫卖……"

"成都省的老少爷儿们，大哥大姐，大家注意了！四圣祠的福音医院开张了，大病小病尽管来看啊！"

"当当当……"

"西医圣手妙手回春包治百病罗！收费合理，童叟无欺！医不好不要钱！……"

"当当当……"

"来罗！来罗！四圣祠的福音堂安民告示，请大家相互转告！哪家有病人尽管往福音医院送哦！华佗再世，仲景显灵了啊！"

"当当当……"

一位黑脸大汉，身穿戏装，手里拿着一副铜锣，边敲边拖着极其悠长的嗓音高声唱道。

第二天，成都大街小巷时不时传来一阵喧嚣的锣声，引得一群小孩子跟着起哄看热闹。

"出啥子事情了？"有人从自家门口伸出脑袋相互询问。

"不晓得，去看看就清楚了。"市民都出来看热闹。

足足让几个乞丐闹腾了好多天，后来大家也感到厌烦了，都是这些说词儿，不就是给医院做广告嘛。

"真的是说得比唱的还好听，哪个敢拿性命开玩笑，随便让洋毛子看病哦！"大家还是不相信。

"就是嘛，祖宗的规矩不能坏，自家的身体咋个能够随便让人摆弄！"

连续一个星期的广告，启尔德和斯蒂文森还是失望了，效果并不明显，他们这才感到中国人的倔犟和固执。说来也是，凭什么就让百姓们相信西医，这可是人命关天的大事。

启尔德还得继续郁闷着，他也想不出来更好的办法。

成都从将军衙门到十二桥那段街道叫金河街，清朝时候是满族人也就是旗人居住的地方，汉人是不能随便进去的。这里的旗人也不说汉话，全部说满族自己的方言。这里基本上是一个封闭的世界，旗人们在里面如何生活起居成都老百姓无从知晓。

金河街的王爷府的当家人正在对着一帮仆人发脾气。

"白养你们这帮吃干饭的家伙，老福晋这么点病就是看不好！告诉你们，限你们今天之内给我找个最好的郎中来，否则你们全给我上街当乞丐去！"

这天，四圣祠福音堂来了两个神秘男子，一看就不是汉人，他们在仁济诊所门口探头探脑，犹犹豫豫像是有什么重要事情。斯蒂文森觉得奇怪，便走出来询问："请问二位先生有什么事情吗？"

"有点小事情……"其中一位吞吞吐吐。

"那么请到里面一叙？"斯蒂文森态度和蔼。

"那么我们进去？"二人对视一下目光。然后跟着斯蒂文森进了诊所。

见有外人进来，启尔德也起身相迎："两位先生有何贵干，请尽管说来。"

两人又对视一会，就是不开口，显得很神秘。

"你们两位不像汉族人？"启尔德打破僵局。

"先生您是怎么看出来的？"大汉觉得奇怪。

"是你们的口音告诉我的。"启尔德可是一位语言天才，此时他说的四川话已经非常流利。

"是的，我们是旗人。"

"那你们是贵族咯。"启尔德微笑着，他也在揣测对方的真正目的。

"我们王爷算是吧，我们不过是下人而已。"对方的情绪慢慢放松下来。

"二位今天到此不是为了单单聊天来了吧？"启尔德想引诱他们道出真正的目的，来这么久了很少和旗人打过什么交道。

"是……有点小事情，不知道洋先生是否可以帮帮忙。"

"你尽管说，只要我能够做的一定尽力。"启尔德表明态度。

"这事儿啊，不太好说……"对方又开始扭捏。

"如果关系到隐私，请你们放心好了，作为医生我有责任保护患者的秘密。"

"是这样？好吧，那我就说说，看您是否能够有办法。"

"你说。"启尔德起身把大门关上。

"是这样……"

金河街王爷府壁垒森严，门前的两个大石狮子更是威风八面。王爷今天很开心，老福晋居然可以下床了，他去请安的时候看得出来福晋是真的好了很多。居然还能够喝些稀粥。

"母亲大人，儿子给母亲请安了，您今日可是好多了啊！"

"托菩萨的福，多亏了……"老福晋话还没有说话，旁边的仆人模样的男子连忙打断她："老福晋本来就是神仙贵体，这点病痛算什么……"

"小五，老福晋是吃了谁的药给治好的？"王爷有点纳闷，这几天不断有郎中上门，他很想了解其中的缘由。

"小的回王爷的话，应该说是老福晋的命大福大，那些郎中不算什么的……"小五似乎在掩饰着什么。

回到自己的书房，王爷越想越不对，老福晋的病突然好起来，真是蹊跷，自己怎么一点不清楚，小五神神秘秘的样子他早就看在眼里。

"去，把小五给我叫来。"王爷吩咐门口的丫鬟。

不到两分钟，小五小跑着过来，微微前身："王爷，您有吩咐？"

"小五，你给我说老实话，到底怎么回事儿？"

"王爷，您的意思是……"小五揣着明白装糊涂。

"混小子，还能有什么！老福晋的病到底是谁治好的，你休想瞒我！"

"回王爷的话，我看应该是那些前后的中医开的方子起了作用吧，小的实在也不太清楚。"

"混帐，这么简单的事情我还看不出来吗？说实话，不然打断你的腿！"王爷有点生气。他认为一定出了什么事情，不然不会这么快峰回路转。

"王爷，小的真的不清楚。"小五一脸无辜。

突然听见有人敲门，启尔德开门一看是个气宇轩昂的中国人，后面跟着小五。

"你是启尔德医生？"来者面无表情。

"是，你是？"启尔德用眼睛看着来人，又转向小五。

"启尔德医生，这是我们王爷。"小五哈着腰，陪着小心。

"这么说是你看好了老福晋的病？"

"噢，你都知道了？王爷，这边请坐。"启尔德做个邀请的手势。

"不用了，今天我是来告诉你的，本来，我是十分痛恨你们洋人的……"王爷依然没有表情，"我要谢谢你！为了我的母亲！但是你别忘记了，我还是痛恨洋人！不过你除外……"王爷这时候才挤出点笑容。

"王爷，我也就是个医生。"

"小五！"王爷一个眼神丢给下人。

"是，王爷！"小五随身拿出一张银票双手递给启尔德。

"王爷，你这是？"启尔德没有接那张银票。

"医生，这是你应得的。"王爷转身走出大门。

小五最后也没能把那张数目不菲的银票送出去……

林则只在自己的诊室治疗病人，从不上门应诊。没想到这个规矩得罪了相当多的达官贵人，尤其是他们的太太小姐们，在成都的地盘上居然还有人敢跟贵族们叫板，你的诊所还想不想开了？渐渐电话里面多了很多恐吓的内容，威胁如果你林则不给面子有一天会后悔的。

麻烦终于来了。这一天林则正在看病人，走道上忽然闹哄哄像是涌进来好多人，一群长相凶狠的大汉朝四楼大摇大摆过来了，一路上还骂骂咧咧的嘴上带着脏字。

"哪个是林则医生？"几乎是吼着说的，一个黑脸恣意的东张西望，满不在乎的姿态。

"我就是，"林则停下他正在干的活儿。

"跟兄弟走一趟，我家老爷有令，请林医生前去给我们大人的令堂看病。"一副不容商量的口吻。

护士上前劝道："先生，林则医生他从不出诊，要不把您家老太太请到这里来。"

"啥子啊？你个女娃子家家的赖客宝打嗬嗨好大的口气，你晓得老子是哪个？这里没你说话的地方，我在跟林先生说话。"黑脸瞪了护士一眼，转身用挑衅的目光直视林则。他后面跟了一大群打手模样的伙计个个跃跃欲试。

"先生，我的确从没有出诊的习惯，看牙病需要有很多设备，不可能把这里的所有的机器全部搬过去，如果有病尽管到这里来，林则一定尽力而为！"

"洋先生，这个好办，我手下有的是人，只要你要的，要一座龙泉山我都给你搬过去！"

林则知道，今天遇到有背景的主了，不然不会有这么大的派头。他依然面不改色："我林则眼中只有病者，没有贵人和贱人之分！回去告诉您的主人，不能用你们对付老百姓那一套来对待林则，我不吃这一套！"

"啥子啊！你龟儿子想翻天了吗？搞醒豁，这里不是你们加拿大，这里是成都，老子先礼后兵，如果不听招呼，老子就不认黄了哈！"再次发出通牒。

"难道没有法律了吗？你们居然这样！"林则还不清楚当时的中国谁的权利大谁说话就是法律。

"法律，老子说的话就是法律！"

"但你也不能这样啊！"

"兄弟们，给老子砸！"黑脸发出指令。

护士一看不好，赶快给走廊上的清洁员使个眼色，让他赶快去找启尔德。护士是个不怕事儿的女子，她往黑脸面前一站："大哥，如果你要打尽管打，想砸就砸！看你今天走得出这家医院不！"

"咦！"黑脸奇怪了，这个死女子倒还不怕死，胆子还挺大，他一愣，心里也琢磨开了，她是什么来头，居然连罗大人的名号都吓不倒她。

黑脸正要对着林则和幺姑儿来硬的，这时候走廊上呼天抢地的传来一阵嘶喊"救命！救命！"大家一下子给怔住了。只见一群人抬着一个男子直奔四楼牙科门诊而来。

"医生，，救救……救救命，他他他……要死了！"一个满头大汗的汉子语无伦次。林则一看这男子口吐鲜血，奄奄一息，他一按脉搏非常细弱，口中的鲜血还在不停渗出。

"让开！"林则命令到，大家马上让到一边给他腾出地方，幺姑儿马上上来清场，"你们全部给我退出去，林医生要抢救病人！"大家老老实实退了出去，也包括那个黑脸，意外的事件让他脾气最终没有爆发出来。

原来患者是一乡下来的农民，他在街边找土郎中拔牙，谁知道拔完之后出血不止，土郎中一看也吓得不轻，一溜烟跑了，眼看就不行了，和他同来的乡亲才知道四圣祠有牙科医生，说不定抬过来还有救。

半个小时过去了，林则在诊室里面忙碌着，外面的人焦急的等着，这个人会不会死呢？咋个拔牙都会出人命呢，真是恐怖！

房门打开了，护士先出来了，林则也跟着出现了。

"死了？"门边的有人小心翼翼的问道。

"活的，血止住了。"护士说道。

"神医啊神医！"估计这是患者的老乡喊的，他们涌进诊室。

"老大，咱们还砸不砸呢？"黑脸的手下小心翼翼问道，声音很微弱。

"砸个屁！走！人心都是肉长的，老子不想死了下地狱！"黑脸几乎还是吼着说的，拉着脸带人扬长而去。

也不知道这位黑脸仁兄回去咋个回复罗大人的，反正他们再也没有来过，一个多月后还是老太太亲自上的仁济医院。当然这是在另外一件事情过后才发生的。

"启尔德老爹，你的那台电话我看还是拆了吧，好是好，麻烦也多，呵呵。"林则有点小小的牢骚。

"小子，这算什么，跟我当年比起来，简直是小巫见大巫。"

"怎么，您当年……"

"是啊……"启尔德若有所思。

他的福音诊所已经有了一些病人，自从王爷来过以后，人们似乎少了一些敌意，这是令人欣慰的地方，但大多数人眼中的目光还是冷漠的，启尔德知道这是民族和民族之间的那种隔阂，不是一时半会可以消除的。虽然他和斯蒂文森的脸上从来堆满了笑容，但在他们走过的街道上时不时传来咒骂的话语，他知道那是针对他们来的。

1895年5月28日，是中国的传统节日"端午节"，传教士赫裴丘、何忠义、启尔德和史蒂文森以及法国传教士杜昂受到官方邀请前去观礼。启尔德这批传教士万万没有想到的威胁正在一步步向他们逼来，然而洋人们还一无所知。

　　其实早在很早以前成都就已经开始流传开来很多的说法了，据说在成都东门锦江河里出现了一头母牛，一天从青城山下来的一个道士经过此地刚好遇见，那母牛居然开口跟道士说话了，说最近来的那些洋人都是魔鬼，必须将他们赶走，不然成都平原来年将发生大旱，还会不断发生灾祸。大部分人对此深信不疑。

　　无独有偶，1895年春天，美国传教士医生赫尔给一个患了水肿病的成都妇女看病，这个妇女的病一度有所减轻，最终却死了。这个妇女的家人认为是赫尔故意害死的，于是再次到赫尔诊所请他出来看病，目的是想要抓到赫尔。好在赫尔身强力壮，发现中计后奋力逃脱。这个妇女的家人就把死者的尸体放在街上，让来往的人观看赫尔动手术时在她身上留下的伤口。这无疑加重了传教士和市民之间的矛盾。

　　更为深层次的缘由是传教士们和当地政府之间的矛盾也在加深，按照清政府与西方国家之间的协定，外国人不得在通商口岸以外的地方购置房产，传教士们为了修建教堂和他们的居住地，变通地采取了"永租"的办法，实际上也就是变相购置房产。当时，成都四圣祠街和陕西街等地都有外国传教士购置的房产。为此，四川总督刘秉璋大为不满，在他发布的一张布告里宣称：外国人利用这种弄虚作假的手段非法收购土地，今后禁止使用永租这两个字。实际上官府是站在市民的立场上维护权益的。

　　这个古老节日里有老少皆宜的活动，大家都来抢李子，然后扔出去，据说得到李子的妇人能够生出白白胖胖的儿子，男人抢到李子，会娶到可人的妻子，姑娘得到李子会嫁个情投意合的郎君。喜欢热闹的成都人自然不会放过这个难得的活动。同时，这也是一个难得的社交场合，甚至比过春节还要热闹，连四川省督署各衙门的老爷们也加入其中，当然还有他们平时身在闺中难得出门的太太小姐们，还有平日里提笼架鸟的浪荡公子哥儿们，这些活动哪里少得了他们，典型的官民同乐的日子。

　　几个外国传教士站在东较场东、北两面的城墙高坡上看着具有浓郁异国情调的活动，指指点点好不开心。

"咦，洋鬼子也来凑热闹了！"有人发现了他们。

"洋鬼子，你们也来嚯，也来抢嚯！"有人故意起哄，惹得众人大笑不止。

"龟儿子，你们还喊洋鬼子来耍，真是他妈的丢脸，你们晓得不，金河街有个小娃娃被教堂骗去抽了脊髓，做成长生不老的药。你看看，那些洋鬼子个个长得又高又壮的，肯定就是吃了人脊髓才这个样子的。"

"我还听说他们专门挖小娃娃的眼睛来做药引子，残酷得很啦！"

"锤子，你骗人！哪有这种事情哦！"说得旁人不相信，毕竟太恐怖了。

"哪个龟儿子豁你！"刚才说话的那人信誓旦旦，好象是自己亲眼所见。

"老子咋个还是头回听说，到底真的假的？"旁人的情绪已经在开始变化了。

"我才不信哩！你生病的时候，还不是多亏赫裴丘神父送的西洋参。"

"叫我看那些洋和尚肯定不是啥子好东西，从来不把我们老爷子放在眼里，还霸占老百姓的房产、地产。天涯石北街的老百姓都把他们告了！"

这时，在北面城墙上的传教士们也在窃窃私语。

"赫裴丘先生，总督府这张布告对我们可是一个灾难啊！"杜昂主教对赫裴丘神父说。

"刘秉璋总督签署的公告，使用了对咱们不太有利的措辞，什么'外国人利用虚伪的手段来收买中国的土地，今后一律禁止永租'。也许我们应该考虑和当局改善关系，不然今后处境会更加的微妙。"

"杜昂主教先生，这张布告是想把去年中日战争失败后，在人民中间产生的仇恨外国人的思想集中在我们身上。什么教堂神父专门拐骗小娃娃，取他们的眼睛制药，从母腹里挖胎儿制标本；最近成都老是不下雨也怪罪给洋人。仇恨的情绪已经在四处蔓延了。"启尔德不无忧虑。

当几个传教士说话的当下，活动已经接近尾声，东较场上的人群开始渐渐地散去。

"神父大人，求求您了，把我的孙儿还给我吧！"经过城隍庙街的时候，一个老太太突然跪在几个传教士面前，让他们感到大惊失色。

"怎么了？什么孩子？"启尔德没听懂老太太的意思，这个老太太不正是帮教堂洗衣服的佣人吗？

"我的小三子不见了，他说他是去你的诊所看病的，走了就没再回来，求求您，大人，把我的娃娃还给我嘛！"

"什么小三子，他没有来过诊所的，你这是怎么了？"

"我的小三子不见了！不见了！他还能去哪里呢？呜呜呜……"老太太哭得凄惨。

"老太太，真的没有见过你的孙子，真的！我向上帝起誓！"启尔德感到蹊跷。

一个老太婆跪在洋人面前，哀求放她的孙子回家，更是稀奇事，过路的人们驻足观望，看看究竟发生了啥子事情。人越聚越多，把街道挤得水泄不通。

这位老太太叫尤庚女，家就住在成都桂王桥街。儿子和媳妇都死于瘟疫，留下一个七八岁的孙子，全靠给别人洗衣浆裳艰难度日。自从1892年四圣祠北街的福音堂建起来后，她经人介绍替传教士们洗衣服，以此挣钱维持祖孙二人的生活。

半个月前，孙子小三子发烧，她就领他到启尔德的诊所，他们给他几包白药片，回家吃下去效果不太明显。第二天，小三子见奶奶忙着洗衣服，便说自己去诊所看病，回来以后说洋大夫给他打了针，烧是退了，就是耳朵里像钻了一个小虫虫，在里头"吱吱吱"地直叫唤。过了一天，小三子又一个人去诊所，竟再也没有回来。她到教堂去找过几次，都说从来没有见小三子来诊所。她把所有小三子可能去的地方都找遍了，还是不见小三子。

老太太听说洋人拐骗小孩子的谣言之后更加惊恐，疯疯癫癫的在路上成天的嘶喊："小三子，我的孙儿啊，你快回来吧……"

"小三子，奶奶想你啊！"

没想到今天会在这里碰上赫裴丘，更没想到这么多的人来围观，询问她的遭遇。

尤庚女把小三子的失踪经过对大家诉说了一遍。

"早就听说洋和尚拐骗中国小孩，我还不信，原来是真的有这么回事。"听者开始愤慨起来。

"今年，我的姑姑得了肿病，就是叫洋大夫治死的。"

这时，一个高个子青年说："洋鬼子太狡猾了！张幺爸，你知道天涯石北街的洋教堂，那是在我家祖传的宅基和菜园地上盖起来的。开头他们要买，老汉儿说，祖宗留下的产业，咋个都不能卖给洋人，再穷也不干这种大逆不道的事。后来他们托人找老汉儿商量租给他们，没想到契约上写的是'永租'，永租还不同出卖一样吗？我老汉儿觉得对不起祖先，活活气死了。"

你一言，我一语，无形中在大街上开起了控诉会，众人的情绪开始失控。

"走，大妈，我们去告他们龟儿子些！"

"对，去告他！我们大家到省衙门去给大妈评理。"高个子青年的倡议，立即得到大伙的响应。

"去不得！"一个老者拦住青年，"衙门和洋教堂是通的，有个屁用"

"对的，我老汉儿到县衙门连告三状都被驳回来了，冤情难申呀！"

"难道我们能眼看着洋人把小三子拐走整死吗？"青年愤怒了。

"不能！当然不能！"群众怒吼着。

"到教堂去把小三子要回来！"另一个年轻人高声喊道。

"好！叫洋鬼子看看，我们中国人不是那么好惹的！有种的跟老子来！"青年振臂一呼，浩浩荡荡的人群，杀气腾腾奔四圣祠北街而来。

关于洋人拐骗小孩子的传闻在人群中飞快的传播着，人越来越多。

说是福音堂诊所的洋医生"杀娃娃"，把小孩子的眼睛挖了做药引子，其实本来是天大的谣言，可正是这一谣言让平时积累起来对洋教的仇恨在一瞬间爆发出来，

"弟兄们，我们不能就这么受洋人们的欺负！找他们算帐去！"人群中有人不断鼓噪。

"对，洋毛子烧了我们的圆明园不说，还抢了我们好多东西！这些龟儿子神父还把我们的娃娃当成滋补品！走！烧了狗日的洋教堂！杀死那些该死的洋鬼子！"

一行人马往四圣祠蜂拥而来，沿途更是参加者云集，大家听了都很气愤，居然在大清国的土地上出现如此骇人听闻的惨剧。

启尔德和几个传教士赶回教堂，把大门关得死死的，做梦也没有想到稀里糊涂参加一个节日活动竟带来如此巨大的风波。门外站满了愤怒的人群，把大门擂得振山响。

"龟儿子洋鬼子出来！"

"杀了洋毛子，为同胞报仇！"

"开门！再不开门我们不认黄了哈！"

通过门缝启尔德发现大势不好，外面的人像是疯了一样的怒吼着。本来那个失踪的孩子就不在教堂诊所内，这让启尔德哪里交得出来人呢？

"到底是怎么回事？"启尔德为这突如其来的事件给搞懵了。

"我也不知道啊，小三子丢了，他们怪我们……"斯蒂文森吓得不轻，这祸事来得好蹊跷。

"怎么办？"斯蒂文森惊恐万状。

"我们不能出去，他们情绪很激动，否则事情难以预料。"启尔德也一筹莫展。

门外的蜂拥而至的市民加大了敲击大门的力度，整个房子都在摇晃，眼看大门就要给撞开了。

"斯蒂文森，好象你那里有一支火药枪？"

"医生，您想开枪啊？那是要出人命的！"

"我不是这意思，我们用火药枪吓唬吓唬他们，朝天开枪。"启尔德紧张的从猫眼往外看。

"给你！"斯蒂文森找到了那把很久不用的火药枪递给启尔德。

"上帝，我不会杀人，我只是想把这些人吓走……"启尔德念念有词。

"砰砰砰！"启尔德对着天空就是三枪，震耳欲聋。

他们并不是真想要打死百姓，以为这样可以驱散人群，他们毕竟没有后援。但枪声并没有吓倒愤怒的人群，反而激起了更大的躁动，已经有人往教堂扔石头砖块，本来还算结实的大门也经不起众人合力撞击，眼看就要垮掉了。

"洋鬼子开枪了！杀人了！"众人更加激动。

"不要怕！不要乱，继续撞门！"

枪声并没有吓倒进攻教堂的人们，大家加大力气撞击大门。不知道哪几个大汉抬来一根碗口粗的圆木，众人抱着圆木使劲往门上猛撞。

"启尔德，怎么办？"斯蒂文森头上的渗出大颗汗珠。

"还是马上撤离吧，再不走就危险了。"启尔德决定从后门撤退。

就在大门被撞开的一瞬间，两人慌不择路地从教堂后门的小巷钻了出来，还好，附近没有人看见。幸好启尔德等人跑得及时，否则后果难以预料。群情激愤，愤怒的人们在教堂里里外外找了个遍也没有见到人。

"龟儿子，让他狗日的跑了！"

"咋个办？"

"哼，咋个办！烧房子！"领头的命令道。

在打打杀杀声中，教堂被付之一炬，熊熊烈焰一直烧到第二天凌晨，远处的启尔德捶胸顿足，怎么出现这样的结局啊！

及至深夜，群众又去平安桥、城南一洞桥(今向荣桥)，将天主堂和法国传教士住宅捣毁。次日又陆续捣毁了玉沙街基督教传教士住宅、内地会福音堂和陕西街美以美会教堂及诊所等。当时成都凡属与教会有关的房屋建筑，无一幸免。

"成都教案"犹如一个干燥的导火线，立即在全省引起多米诺骨牌效应，很快，乐山、宜宾、阆中以及重庆等府州县都发生了教案。不到两天，四川境内民众捣毁基督教堂30处，天主教堂40处。

面对此情此景，包括启尔德在内的许多传教士不明白：为什么我们带着爱而来，向这里的人民传播上帝的福音，但得到的却是极其不友好的回应？这些看似精明的传教士根本不懂得中国人心里在想些什么，对一个频频遭受列强欺凌的民族胸中的仇恨一直在寻找爆发的窗口，这种仇恨就像酝酿已久的十二级地震，一旦释放出来绝对是震天动地的。

5月30日，天主教川西北教区赫斐秋神父星夜赶赴重庆，向各国驻渝领事报告了发生在成都的教案。赫斐秋在重庆会见了英国领事及重庆关监督，提出赔偿损失、惩办官吏和肇事者，在成都设立代理领事，把成都、宜宾、乐山开放为商埠，派遣调查委员会驻成都等要求。这些要求表明，赫斐秋除了要得到教堂和医院被毁的补偿外，还要以此为契机，胁迫清政府开放更多的商埠。

两天以后，"成都教案"才慢慢平息下来。英美法等国政府迅即向中国清政府提出交涉，美国还派出两只炮舰由汉口溯长江而上抵达重庆，以军事力量为要挟，强烈要求清政府处罚四川地方官员并赔偿损失。清政府只能照此办理。在9月29日的谕旨中，清政府将四川总督刘秉璋、候补道周振琼革职；10月14日的谕旨中，又将包括邛州知州、大邑知县、冕宁知县、新津知县、灌县知县，成都知府、华阳、成都知县、乐山知县等11名地方官作了不同程度的处罚。参与此次教案的市民中，有6人被处死刑，17人被流放。"成都教案"到此告一段落。但是，"成都教案"并不是一起孤立的事件，在此之前和之后，都还有过多次教案发生。当西方人一手拿着《圣经》，一手拿着来福枪闯入中国的土地，于中国，那是遭遇了千古未有之变局；于洋人，他们将遭遇的是来自底层的抵抗和仇恨。

今晚的宴会是启尔德做东，毕启、客士伦和陶维新作陪，主宾是本省总督大人，他已经批准教会在成都南门南台寺华西坝上修建教会大学的申请。几杯剑南春下肚之后彼此少了些拘束，说话也随便了许多。

"总督大人，这所学校虽说是教会大学，但也是中国人自己的，校名也应该有中国特点，您意下如何？"毕启说话了。

"不错！这里平时老百姓都叫华西坝，那么就叫华西大学吧，几位洋大人觉得如何？"总督兴奋起来，脑子也转得快，"华西坝，原名南台寺，据传，这片平坝古名中园，曾是刘备游幸之地。五代时，这里成了王建的蜀宫，园内有百年老梅状如苍龙，故又称梅龙、梅苑。梅苑，梅林繁茂，草木清幽，南宋大诗人陆游居蜀中时常游于此，据他记叙说：'成都城南，有蜀王旧苑，多梅花，百余年古木'。有园林之美，野趣之幽的梅苑，在元明两代的战乱中毁于兵燹。张献忠入成都后，瞧中了这片大平坝，常在此屯兵、阅兵，昔日文人墨客游赏题咏之地，转瞬变成了舞刀弄枪的练兵场，中园、梅苑、南台寺名存实亡，最后取而代之的是新称号——御营坝。"

"大人真是博闻强记，我等洋人自愧不如啊！"启尔德由衷赞叹总督学问。

"哪里哪里，不才也是略有所知，跟在座各位博士相比，不过是井底之蛙。"总督话锋一转，"我得首先敬诸位一杯酒，华西大学开学在即，衷心希望大学能够促进本地农商发展，造福蜀地百姓……干！"

"干！"众人举杯。

晚宴的气氛十分热烈，宾主相谈甚欢，席间不时发出会心大笑。

"总督大人，我一直很奇怪，中国人为什么总是戴瓜皮帽，其中有什么寓意吗？"毕启好奇问道。

"博士，您觉得不好看？"总督笑笑。

"倒也不是，我看遍街都是瓜皮帽，这里面一定有什么说法。"

"瓜皮帽相传源为明太祖朱元璋所创的六合帽，取六和一统、天下归一之意。"

"嘿，还真是六瓣呢，你们中国人干什么都有来历。有意思！"

"毕启博士，你们西方人喜欢戴礼帽，帽檐外翻，这里面有什么来历吗？"总督也来了兴趣。

"西式礼帽是1850年美国人鲍勒尔发明的，称鲍勒尔帽，后来被男士用于正式社交场合。"

"有什么说法？"总督想探明究竟。

"哈哈，西方人没有你们这么多繁文缛节，也许这是文化使然吧，其实我一直在琢磨其中有什么真实的意图。"毕启也为这个感到困惑。

"不知总督大人有何高见？"启尔德觉得应该让客人发挥，虽然他心里早有答案。

"总督大人学富五车，听听您的弘论。"大家纷纷谦让。

总督被洋人们捧成这样，自然心花怒放："既然洋大人要我献丑，在下不妨班门弄斧，我看这瓜皮帽呢，它没有帽檐，是内收的；而你们西方的礼帽有帽檐，而且是外翻的，是不是说明你们西方人更加外露更加开放；中国人是内敛的，不张扬自我……如今在我城南华西坝兴建大学，西学东渐不正是将我中华文化和西洋文化加以揉合，相得益彰，相得益彰啊……"

"高见！的确是高见！"众人再次举杯恭维总督。

高谈阔论之余，总督侧身跟一旁的启尔德低声说道："博士，我这里有个私人请求，不知……"

"总督大人，您尽管吩咐。"

"不去不去，您让她自己来！"林则连连摆手。

"小子，你得跟我学学和地方各界搞好关系才行，不能成了个书呆子。"启尔德有点生气。

"启大人，您是知道的，我的家当那么多，搬起来……"

"人家是总督的闺女，自然身份不同，你就不能屈尊一次？况且开办大学少了总督的支持是很困难的……"

"让那千金小姐走几步路又不是下地狱！"林则倔强得让启尔德真想揍他。

启尔德还是耐心解释，他知道这小子吃软不吃硬："中国对于女人的态度你不是不知道，她们平时都在深宅大院里大门不迈二门不出，况且又是达官贵人的身份……"

总督虽然贵为朝廷要员封疆大吏，但也有自己的一番苦衷，生了一大群儿子，但个个不争气，气得总督直骂娘，"老子肯定是前辈子做了孽才会生出一群混帐东西来"。还好，此君有一侄女早年父母因病双亡，总督带在身边当成自己的女儿，此女生得花容月貌知书达理最得总督喜爱，被视为掌上明珠，可是不巧的是，女子身体瘦弱，尤其喜食甜食弄得满口牙齿真是难以恭维，牙齿坏了也没有什么，可是经常发炎，甚至不断发生严重的急性并发症，好好的一个脸蛋眼看就要给毁了，弄得总督好不开心。于是遍访天下名医，他放出话来，谁要给侄女看好了病，他想要什么就给什么。可是这益州天府竟无人敢上前接招。那是啊，看得好那自然荣华富贵，那看不好呢，万一医出问题那可是千金贵体，用一句四川话来说，"黄泥巴滚裤裆——不是（屎）死也是死（屎）"。

……

"格老子，这个龟儿子林则！"启尔德气得连成都话都冒出来了。他费了半天力气也没说服这小子前去总督府给那个千金看牙，林则放出话了"在上帝面前人人平等"，就是紫禁城的皇帝看牙也得到他诊所来，他不伺候那些贵族。这家伙是个典型的理想主义者。

启尔德一时想不出办法咋个给总督交差。

第二天早上林则刚到医院，他发觉周围的气氛不对，医院周围全是兵丁，荷枪实弹杀气腾腾。

"出了什么事情？"林则忙进到仁济医院大楼询问护士长。

"林则博士，你真的不晓得吗？总督的闺女要来看牙齿啊，官府提前来做点准备，估计上午谁都别想进来，除了医生。"

"不就看牙嘛，干吗搞出这种阵势！"林则不以为然。

"人家可是金枝玉叶啊，您赶紧做准备吧，人家能够到仁济医院来就已经不错。"

启尔德来了："小子，你给我好好看，看不好老子让你卷起铺盖走人！"说完哈哈大笑。

"启大人，您真是厉害，总督也让您给摆平了。"林则也嬉皮笑脸的回应。

"混蛋！你还好意思说！"说完离开查房去了。

"快看快看，总督府的人出门了！"市民奔走相告。

"好大的排场噢！"啧啧称奇的人们探出脑袋争相打量。

"总督的女娃子长得好看不？"

"听说长得很乖的，但听说一口烂牙，这不，她去仁济医院看牙。"总有消息灵通人士向众位观众发布最新消息。

"要不得哦，男女授受不亲嘛，总督的女娃子咋个能够让洋鬼子摸来摸去的啊！"有人表示了愤慨。

"你管那么多闹屁，人家总督都不怕，你操啥子心！"

四圣祠北街这时候已经显得十分拥堵，身着清朝官兵服装的一干人马鸣锣开道，手举"回避""肃静"字样的大汉个个趾高气扬。

"闪开闪开！没见这是总督府的官轿啊！"旁边维持秩序的地方小吏不停的驱赶看热闹的群众。

队伍行进得很慢，前面的兵丁不停的清道，神情肃穆敲击着铜锣，声音在空中扩散开来传向远方，后面几乘大轿子妆点得极尽奢华。后面还跟随一大群仆人模样的，男的女的都有。

整个上午仁济医院都是空空荡荡的，一个病人都没有，官兵们早就把医院上下围了个滴水不漏，安保工作堪称一流。

茶馆书场里那个说书人正在台上飞沫唾绽的讲着评书："……从前，有一对夫妻生来好吃懒做，两个人比赛着哪个更懒，男的从来不洗澡，女的从来不下厨做饭，家里的东西都发霉了也懒得收拾。一天晚上，家里来了小偷，夫妻也懒得起来抓贼。这小偷在屋里转了半天也没找到值钱的东西，临了踹开房门准备扬长而去，正在他要跨出门槛的时候，突然听那妇人说'劳驾小偷大哥，把门关一下'。"

"临到小偷走后，懒夫人问丈夫'你咋个不喊他关门呢？''老子才懒得喊呢！'"

场下爆出一阵笑声。

评书人继续："你说这算懒人吧？"他一拍惊堂木，"嘿！不算，差得远呢！"

"这一天，丈夫准备出门学艺，据说附近出了一个'懒王'，他得好好跟这懒王学习咋个可以达到'懒'的极致。他来到'懒王'门前禀告一声'屋里住的可是懒王'？对方答道'正是鄙人，请问门外何人求见？''师父，本人是前来学懒的学生，还望懒王收下弟子才是'，懒王说声'请进'。可是过了半天也不见懒人进门，懒王甚为纳闷，'门外前来学懒的先生，你咋个还不进来？''学生正在等待师父帮我把门帘掀起来我才好进来啊'，懒王大惊'还有比老子更懒的'。"

"哈哈哈，哈哈哈……"场下喝茶闲客们笑得前仰后合。

突然有人喊道："算了算了，老把子，老子耳朵都听起茧疤了，换一个，换一个！"看来他是这里的常客。

"换一个，换一个！"有人跟着起哄了。

"真的要换？"

"当真要换！"

"果然要换？"说书人拿腔拿调。

"果然得换！"场下人齐声呐喊。

只见那叼着长长烟斗的虬髯老者把惊堂木一拍，朗声说道："各位大爷大哥，各位来自三江五湖的朋友们，今天，老朽不讲别的，几千年的故事太远，孙猴子和白骨精的故事太玄，薛平贵征西太累，西门庆和潘金莲的鸟事太碎。那么，今天讲点啥子呢？嗨！不说远的，就说说咱们成都省这个塌塌现在而今眼目前的事情。各位可是要问了，现在有啥子好说的呢？各位有所不知，成都省最近发生的事情可是了不得了，你们还不晓得，今天我讲的这个人不是一个人，是哪个呢？就是从那西方来的蓝眼睛高鼻子黄头发的家伙，此人有个大号叫林则。你们晓得他是干啥子的？到底此君有何惊天动地的本事，好！哇呀呀呀！且听老朽给诸位细细道来……"老者一拍惊堂木，略作停顿，底下鸦雀无声，要听老者说出什么奇闻轶事来。

"话说这林则是何许人也？说来话长……"老者侃侃而谈。

隔壁茶馆此时也正熙熙攘攘一派兴隆的景象，台上表演者正在洋洋洒洒大唱快板书，一副摇头晃脑的神态真是逍遥得很，声音拖得悠长，味道摆得十足，四川人自然说的四川话，他们从来不管外地人听不听得懂：

"锦官城东风瑟瑟，四圣祠街了不得。

要问此景为哪般？原来此地有林则。

且问林则何许人，西洋那边来的客。

褐发碧眼高鼻梁，头上辫子没球得。

金丝眼镜很洋盘，看牙一直到天黑。

嘿，你说他技术到底怎么样哦？哼哼，了不得！……"

总之，成都人喜欢自娱自乐，他们喜欢把身边的事情拿到台面上整成唱词，这叫"黄连树下哼小调——苦中作乐"。

林则是高傲的，这种评价一直持续到他离开中国，不愿意屈尊前去总督府给千金小姐看牙令很多人对他颇有非议，不过精湛的医技也让他名声大噪，同时还让整个成都女性改变了就医习惯，与其说是女性改变了习惯不如说是她们的丈夫改变了根深蒂固的观念：女人原来是可以出门的，是可以去医院就诊的。因为总督府里的女人都这么做了，其他女人也没有必要故意装出一副道貌岸然的架势。

林则高傲胜利的背后不妨也算是女病人权益的回归。

"不行！我们必须考虑中国人的感受。"启尔德据理力争。

"启尔德博士，你别忘记了，这是一所教会大学，是传播和介绍西方文明的场所，自然应该是西式的……"

"其实我早就应该学会尊重别人，何况这里是中国的地盘。"启尔德明显抬高了声调。

"我看是多此一举！"对方也不让步。

"您难道忘记了1895年？"启尔德提醒对方。

"那又怎么样？中国政府不照样赔款道歉！"

"照启尔德先生的意思，我们应该在成都重新建圆明园或者紫禁城？呵呵……"说话的传教士一副鄙夷的表情。

"岂有此理！"启尔德准备离席抗议。

"启尔德先生，息怒！"毕启出来打圆场，"大家好说嘛，何必搞得不愉快……"

"西方的建筑风格很多，古希腊建筑、古罗马建筑、罗曼建筑、哥特式建筑、文艺复兴建筑、巴洛克建筑、洛可可风格，林林总总这么多，各有千秋，为什么我们不能采用呢？"陶维新如数家珍。

大家没想到在校园建筑风格的设计方面引起这么大的争论，简直是面红耳赤。

"这个教学大楼和各种辅助设施的设计方案很有问题！"启尔德决定不让步。

"有什么问题！我看就很不错。"对方据理力争。

争论越来越激烈，会议有点开不下去了。

"启尔德先生的建议不得不考虑，最近在中国教会传教遇到了很多的阻力，万一引起民众的不满……"毕启也颇有同感。

"难道中国人还敢来烧毁不成？"客士伦不以为然。

"未必就没有这种可能性……"

"防患于未然嘛。"

本次会议没得出任何结果，不欢而散。

成都四圣祠仁济医院门口。

一个尖嘴猴腮头戴瓜皮帽的小子在左右晃悠，不时凑上来对进入医院的人低声打招呼："大哥，要不要？"

"啥子？"外地模样的人好奇的问。

"号啊，牙科博士林则的号……"

"不要不要，我自己去挂。"外地人摇头，他知道这小子在高价贩卖。

"大哥，林则的牙科号早就挂没了，要等好多天的。去嘛，不信你就去挂！哼！"

果然，外地人失望的出来了，挂号室告诉他早就挂没了。他悻悻走出大门向瓜皮帽招手："兄弟，来来来，咋个卖？"

"这个……"瓜皮帽比划了个手势。

"师兄，抢人嘛咋个？这么贵！"

"我说这位哥子，您晓得我是咋个买到的吗？我是熬更守夜的不睡觉好不容易才排到的，再说您也该给点辛苦钱不是？"

"那也太贵了啊！"外地人不甘心被宰。

"您称二两麻线去'纺'（访问）一'纺'哈，都是这个价，哪个龟儿子豁你！"瓜皮帽一脸真诚。

外地人在四周转悠半天，旁边的"黄牛"也一样，把这牙科号居为奇货。

"老子明天早点来，就不相信挂不上！"

第二天早上他四点钟起床，五点钟赶到仁济医院，他想这回应该没什么问题，谁知到了医院门口知道坏了，这里早就人满为患，排队的人已经排到医院大门外面。

"我的妈呀！"外地人感到今天肯定没戏，"你们好久来排的队呢？"他发现排在前面的人居然抱着被子。

"昨天晚上就来了，没办法。"说话的也像是个外地人。

"啊？这样！"他算是开眼界了。

晚上八点钟他抱着被子来了，以为自己算是早的，谁知道前面已经排了十来个，不过总算有希望。

外地人是被一阵喧嚣给吵醒的，身边的几个大汉吵吵嚷嚷像要打架。

"龟儿子，你想咋个！想插队，老子已经排一个晚上了！"

"老子没插队！没有，刚刚上个茅房，你就说我插队！"

"算了，算了，都是来看牙的，何必吵架嘛！"年龄大一点的希望息事宁人。

"走开！老子在这里排了好久了，咋个没有看见你呢！"

外地人看出来了那个排在他身后两三个位置的后生的确是一直排队："我证明，的确他一直在排队。"

"你是哪个？管啥子闲事！"吵架的大汉转向外地人，面露凶光。

"真的，不能不讲道理！他真的是一直排在那里的……"外地人记得清楚。

"你龟儿子！老子让你管闲事！"大汉一把抓住外地人的衣领，"出来！你龟儿子也是插队的！"

"你不讲理！"外地人挣脱大汉的纠缠。

"老子不讲理！咋个！"大汉声音越来越大，后面还跟着几个小兄弟。大汉挥拳对准外地人就是一拳，正中面门。

外地人被突如其来的袭击给打蒙了，瞌睡顿时醒了一大半。"格老子，你欺负外地人！老子不怕你！"他扔开身边的被子，朝大汉猛然扑了上去，结果扑了个空。气得哇哇乱叫，"哪个怕哪个！"转身看准了大汉，他使出全身力气抡起拳头猛劈过去……

"哎呀！"一个高鼻子老外应声倒地。

"不好！打错人了！"外地人暗暗叫苦。

英国伦敦容杜易建筑设计事务所。

"大师，您的邮件！"秘书送来一封国际邮件。

"哪里来的？"容杜易眼皮没抬，目不转睛的盯住桌上的设计图。

"中国来的。"

"中国？"容杜易奇怪了，"我们在中国没有业务吧？"

"没有，大师。"秘书回答。

"你打开，我正忙着呢……你帮我处理一下。"他想不出中国难道还会有人找他设计房子，自己手上的活还干不完呢。

"大师，恐怕得您亲自出马，这事儿太大……"秘书递上打开的邮件。

"华西协和大学？成都？"容杜易有点困惑，"在什么地方？"

"我也不知道，不过可以帮您查一查。"

秘书急匆匆一出门便撞上容杜易弟弟，"干吗呢，这么不小心！"

"抱歉，先生，我要帮大师查个资料，刚接到一份国际招标邀请。"说完就走。

"回来，稳重点，这里是容杜易事务所。噢，对了，是哪里的？"

"中国，成都，是个大学的建筑方案。"

"是吗？中国人邀请我们帮他们设计？这可是新鲜事儿。"

接到从遥远东方中国的招标邀请，弗烈特·容特易这位闻名欧美的建筑学大师甚是兴奋，虽然他的大作早已布满欧洲，但遥远的东方国度至今还没有自己的艺术结晶，何不一试身手？

"我的大师，您可得看清楚了，他们的要求可是要中西合璧的，可您还没到过中国呢！"弟弟善意提醒容杜易。

"中国古典建筑有什么特点？"容杜易对这方面了解很少。

"其实我也知之甚少，不过从去过中国的西方人带回的照片上可以看出它的一些特征，一是以木构架为主的结构方式；二是独特的单体造型；三是中轴对称、方正严整的群体组合与布局；四是变化多样的装修与装饰；五是写意的山水园景。"弟弟娓娓道来。

"太抽象……"容杜易已经萌发了去中国的想法。

"您想放弃？"

"你说呢……"容杜易不置可否。

"出来吧，有人保你！"兵丁把外地人从临时关押处放出来，"不许再打架斗殴了，听见没有？"

"嗯……是哪个保的我？"外地人很奇怪，成都他有远亲，但这次他根本就没去找他们，亲戚不可能是知道自己为看牙排队打架的事儿。

"还有哪个，洋人嘛。"兵丁没好气的说道。

"洋人？"更是一头雾水，"我不认识洋人啊！"。

"龟儿子，你走不走噢！不走老子再把你关起来！"兵丁吓唬外地人。

门外站着一个头缠绷带的高鼻子，外地人有点害怕，他想"坏了，洋鬼子找他算帐来了"，当时他给气蒙了，本来想见义勇为可反受其乱。

"走吧，你还愣着干吗？"高鼻子说话了。

"去哪里……"外地人有点担心他可能随时会遭到一记闷棍，当时他那一拳打出去的份量他清楚，毕竟是个"练家子"。

"你不是来看牙的嘛，跟我走啊！"高鼻子笑得有点难看，脸是肿的。

"您……"外地人纳闷了，高鼻子居然没揍自己，"您是……"

"我是林则，牙医。"

"啊！"外地人大吃一惊，自己居然打了他，林则正是他要找的牙医。这不大水冲了龙王庙了嘛！

"走啊，我的病人多得很，不要耽误时间了。"林则催促外地人。

"哎呀，您就是林则医生啊，真是的！"外地人后悔得不轻，"林则医生，要不你揍我一顿吧，看我把你打成这个样子。"

"哥子，你难道想让我去尝尝牢饭是啥子滋味？呵呵。"外地人没想到这外国人的中国话还说得这么地道。

林则沿着锦江河畔加快了步伐，他要去找启尔德，他早想好了藏在心中的那个想法，或许启尔德会支持的。不小心一脚碰到一块石头，生疼生疼的，他飞起一脚把脚下的那颗石子踢得老远，"嗡"的一声掉进锦江，在清澈如镜的水面溅起一片涟漪，涟漪向四周扩散开来。

"先生，买花生吗？"一个小孩背着一个背篼在路边兜售他的产品。

"买买买，买两斤，我要让它开花结果。"林则像是自言自语。

"啊？！"孩子奇怪了，心想："我的花生都炒熟了，他还想拿去开花结果？"

林则的到来启尔德觉得很奇怪，他平时难得跑到自己办公室来闲聊，总在诊疗室和技工室里忙得团团转，但今天似乎是专门来和自己聊天的，海阔天空一阵神侃，也不谈正题，这好象不是他林则的风格。

"说，小子，来找我启尔德老爹有什么事情，我还有好多事情呢。"启尔德率先沉不住气。

"没事儿，就是来和启老爹聊聊国际国内的形势，如今的世界真是不太平啊，烽火连天的。"林则还是决定欲擒故纵。

"咱启老爹可不是加拿大驻华大使，更不是中国总统，也管不了那么多，只想当好医生。"启尔德不以为然，"小子你一定有什么事儿吧。"

"老爹，谁让您德高望重高瞻远瞩呢，我不求您我还求谁呢，本来咱们又是老乡。"林则笑得神秘。

"少来这一套，来中国这么几年，你都学会攀老乡了，也没有见你给老爹孝敬过什么呢，嘿嘿！你今天来一定有事儿，说，不要那么多废话了。"

"老爹，听说您一直在忙着华西协和大学的筹建，这事儿进展如何了？"林则开始进入正题。

"嗨，事情还多着呢，上面让我们尽快开始，但很难啊！哦，对了，成立这所大学虽说是综合性大学，其中最重要的就是要建立医科专业，里面肯定会有牙科课程，我们到时候会聘请你去上这门课，不过也只有你，我别无选择。这个你得答应我。"

"没问题啊，只要启老爹一句话，我林则自然是鞍前马后的伺候着。"

"小子，你嘴巴怎么变得油条啊？"启尔德做个夸张的表情，"好了，我还有事情，你也该滚蛋了！"启尔德发出逐客令。

"别急啊，我好不容易来一回，您还不陪我多聊一会？"林则赖着不走。

"那你有事儿尽管说，"启尔德突然有不祥的感觉，"哦，你小子是不是惹祸了，让我去帮你摆平？怎么，出医疗事故了？"

"哪有啊，林则的技术您又不是没有见识过，我还能是个庸医？"

"那你就不要浪费时间在这里和我磨牙齿了，还有好多正事儿要干呢。"

"老爹，我有个问题想请教一下……"

"看来你小子还真的有事儿，有话说有屁就放。"启尔德也是急性子。

"您的大学似乎少了个专业嘛，"林则笑笑，"您老人家想想。"

"已经不少了，文科、理科还有医科，已经不少了，得慢慢来不是，一口也吃不成个胖子。"启尔德对这个话题还是很有兴趣的，他多年的愿景马上就要变成现实。

"老爹，那我走了，您忙吧！"林则起身便要告辞。

还没有走到门口，就听启尔德叫道："小子，你回来！"

林则转过身回来问道；"老爹，您找我有事儿？"

"混小子，刚才你给我说句不阴不阳的话，是什么意思？"

"没有什么意思啊？"林则故作茫然。

"你刚才说了句'少了个专业'，我还没弄明白，来来来，给老爹说说，到底我们少了哪个专业？"被林则这样的一逗，启尔德果然上套了。

"老爹，您和毕启博士，陶维新博士都是顶天立地干大事的专家，哪能够听我一个小小的牙医胡说什么呢，您自己想想不就清楚了。"林则知道这话必须由启尔德自己说出来。

启尔德突然像是醒悟了："你小子说少个牙科专业？"他用手指着林则。

"这可是您说的，不是我说的。"林则笑笑。

"嘿！还别说，你还说的真有道理，为什么我们就不能开个牙科专业呢？反正不是有你小子在这儿嘛，听说还要来一个牙医。"

启尔德眼神突然凝固："这事儿我们得仔细斟酌斟酌，说不定还真的是个好主意。"他一拍大腿。

林则也不说话，只是笑眯眯的看着眼前这位老前辈。

"小子，你在故弄玄虚糊弄老爹，是不是你早就有此想法了？说说。"

"也不算是早有想法，其实在西方包括欧洲牙科的兴起也比医科要晚得多，但的确需要有这样的专业，毕竟牙齿疾患的病人实在太多，我一个人能够看几个呢？如果一旦在华西协和大学开设牙科专业，这一定是开先河的大好事。也许您会说条件还不具备，但只要努力，一切都是可以解决的，您说呢，老爹？"林则此时的态度变得非常的认真。

"不过此事我一个人说了不算，这事儿太大，你看这样好不好，回去立即准备一份详细的资料，把你的计划全部纳入其中，我请毕启博士和陶维新博士加上五差会的高层人士一起开会商议讨论一下，非常重要的是你的报告必须翔实可靠论据充分，不然很难通过。"

"好，我这就回去准备。"林则站起来恭恭敬敬向启尔德道别。

"这小子，真有你的！"林则走后启尔德自言自语，他拿起电话拨了起来。

一个长辫子老者坐在圆明园残垣断壁之间，看着面前这两个陌生的面孔，眼睛里闪灼着飘忽不定的弱光，嘴里不停自言自语重复着一句话："都没了，都没了。"

"真是作孽啊！"两个洋人站在废墟上感叹着。

"多好的皇家园林，一把火就没了！"

"你知道吗，就是那个叫格兰特的英军总司令干的好事儿！把咱们大不列颠的脸都丢光了……"

"法国人也脱不了干系！"

"犯罪，极大的犯罪，这不仅仅是中国的，更是世界的！"容杜易扼腕叹息，他在想象当年的被号称为"万园之园"的圆明园当初是何等的巍峨宏伟。

"大师，咱们还是去紫禁城看看吧，对了，还有天坛，也许在那里您会得到更多的创作灵感。"

"紫禁城？那不是皇宫吗，我们怎么进得去？"容杜易觉得那可是戒备森严的地方，不见得随便让人进去的。

"您忘记了，咱们可以通过英国公使想想办法，您想要彻底了解中国式建筑的精髓，不能不去紫禁城的。"

"你在干什么呀？"容杜易身旁来了个三岁左右的小孩子，头戴瓜皮帽，身穿黄色马褂，一脸稚气，手上还拿着个风筝。

"……"容杜易没听懂孩子的话，他在太庙的侧面蹲在地上不停的画着素描，看见孩子过来，不禁笑了笑，用半生不熟的中国话说句"你好！"完了又专心致志的画起来。他是经过特别允许才进入紫禁城的，这里面有公使的功劳，不过旁边的禁卫军和陪同官员让他感觉不舒服，他们像看罪犯一样望着他，似乎生怕他偷了皇宫里面的东西。

陪容杜易来的那个年轻官员见了小孩子，吓得赶紧跪在地上三呼万岁。

容杜易奇怪了："他是谁，干吗下跪？"

官员略懂英文，说："洋大人您不知道吗？这就是我们大清朝的宣统皇帝啊！"

"啊？皇帝！"容杜易好奇起来，不过他不用下跪，看着小孩子微笑着，"皇帝陛下，你在干吗呢？"

官员马上欠身翻译容杜易的话，小皇帝说了："我在玩儿呢，你画这个干吗？"他依然兴趣盎然。

"我在学习中国的建筑呢，您的土地上有一所大学要求我设计房子，这不，我得看看您的皇宫的特点我才好设计呢。"容杜易决定还是应该给娃娃解释一下，毕竟人家是国君。

"你原来是木匠？"小皇帝大概有点明白了，他遇到个洋木匠。

"木匠？"容杜易迟疑片刻，像是明白了，"噢，对对对，我就是英国来的木匠。"

"木匠，你慢慢画吧，修好了房子我要去看看，最好能够像皇宫一样……"小皇帝奶声奶气的吩咐道。

"遵命，尊敬的陛下！"容杜易调侃着。

1910年3月11日，在成都南门外二里许、锦江之滨、南台寺之西据传为古"中园"旧址的风景清幽之地——华西坝。毕启、启尔德和陶维新等人博士锦袍加身，神情凝重肃然。

华西协和大学就要正式开学了，创建者们的心情既激动又紧张。他们意识到："一件意义重大的事件正在发生"。激昂的热情，巨大的希望和对未来的憧憬，弥补了所有的缺陷，虽然经过大家的努力，只招收到11名学生。

这里曾经是三国时期名相诸葛亮挥师北上伐魏的点兵场，而今天华西协和大学在这里举行开学典礼，仪式非常低调，应邀前来的各方人士并不多，难免显得冷清，但仪式是庄重的。

校长毕启认为"在一个农业人口占绝大多数的地区，帮助大多数农民提高他们的生活水平显然是我们最迫切的任务。"因此在《发展四川省工业及改良经济状况的商榷》中他提出："积极提倡实业教育，以利本省天然出产，增进人民殷富。"他认为，为了发展种桑、养蚕、缫丝、造林教育、皮毛生产、制革工业、矿业开发、五金制作等方面的事业，必须培养人才，详细论述了办学准则、条件、方法、经费自力来源，以及现代工厂管理、技工培训等。同时，学校把实业教育与实验教育、生活教育结合起来，学生要"真正实用于社会"。

学校制定的基本宗旨是"借助教育为手段以促进基督事业"。规定"本大学之目的拟在中国西部于基督主办之下，以高等教育为手段促进天国的发展"；"为与华西各差会有关系的中国或其它国家人士提供教育设施,使他们能立足于当代受过教育的各阶层之间；为所有其它阶层青年提供受教育的手段。"

3月的成都繁花似锦，这座两千多年的古老城市终于拥有了第一所现代意义上的大学。宋朝著名诗人陆游曾经策马锦官，惊诧于妖娆美丽的风景，唱出"当年走马锦城西，曾为梅花醉似泥。二十里中香不断，青羊宫到浣花溪。"也许，这里本来就应该是灵秀之地，注定这里会演绎无数的蜀中传奇。在如烟的岁月中，华西坝的"钟楼映月"、"三台点兵"、"孤岛天堂"、"对牛弹琴"、"柳塘压雪"等景观曾是无数华西坝人终其一生也幽怀难忘的心灵家园。后来林则的高足吴廷椿教授回忆起华西坝，禁不住诗意澎湃："钟楼高耸，小桥流水，一池碧荷，丛丛翠竹。楼宇间木锦为篱，蔷薇满架，花圃片片，百卉争艳。几多水田，数椽农舍，春来菜花金黄，秋至稻谷飘香，柳荫深处倾听蝉鸣鸟语，夏夜星空喜看闪闪流萤……"成都人无不为拥有华西坝而倍感骄傲。

"一个好消息，一个坏消息，先听哪个？"启尔德作为教会负责人自然知道更多的不为林则所知的秘密。

"为什么不是两个好消息呢，老爹？"

"你这小子这么不知足，那我走了。"启尔德转身要做离开的架势。

"启老爷，我怕您了，说吧，坏消息，希望不要太坏。"

"你的那个在华西协和大学开办牙科系的想法被否决了，不过……"

"呵呵，看来真理只是少数人掌握。"也许林则早有感觉，"那好消息呢？"

"启尔德博士，启尔德博士。"楼下有人在高声叫喊。

"什么事？"启尔德窗户从伸出脑袋往下张望。

楼下的声音传来："毕启校长来电话请您马上去一趟，马上，好像很急。"

"马上去。"启尔德出门离去。

"唉，启老爷，您还没有说好消息呢……"林则被丢在一边。

启尔德赶到时校长办公室早就坐满了人，大家兴奋地议论着。

"这一次国际招标的方案回来不少，大家都看看，有什么建议尽管发表高见。"毕启把几大本设计方案递给参会者。

华西协和的高层管理者脸上洋溢着兴奋，看着那些图文并茂的一份份方案叽叽喳喳的说开了，好象都不忍舍去。

"我看还是这样吧，无记名投票，少数服从多数。"毕启给每个参会者发了一张小纸片，"诸位把看中的那个方案的作者名字写在上面。"

启尔德凑过去和客士伦交头接耳："这个方案不错，青砖黑瓦，画栋雕梁，点缀其中的是远古的神兽、怪鸟，给人以神秘古朴的东方美，颇有中国庙宇风格，这符合中国人的审美情趣。"启尔德非常重视其中的中国元素。

"嗯，在尽力渲染东方色彩的同时，又融入了西式风格，如楼基、墙柱、砖墙、门窗以及西式浮雕装饰等等，从室内看，欧式教堂式的宽敞大厅，拱顶壁炉，处处都散发出西式建筑的异国情调。而钟楼上，中式的楼顶又配以西式的时钟……正是这样，达成了东西方和谐与统一的美感，显示了中西合璧的文化价值。"客士伦补充道。

经过大家的热烈的讨论，所有的纸片都集中到毕启手中，他一张一张的翻看着，脸庞涨得通红通红。

"英国容杜易建筑师事务所的方案以压倒多数的得票中标！"

"这个，给你！"启尔德把一本建筑设计蓝图扔到林则桌上。

林则翻看了一下，他纳闷了："启老爷，您给我建筑图纸干吗？您们难道想让我当华西协和的校长，呵呵……"他知道最近大学正在广泛征集建筑方案，还有很多的教学大楼要修。

"这个，是你的。"启尔德眨眨眼睛，露出一丝诡秘的微笑。

"我的？您老人家葫芦里面卖的是哪副中草药？"林则奇怪得很，大学的建筑方案的定夺也轮不到他来发言，况且这帮人根本没有心思来筹建牙科系。

"林则，亏你还是成都的知名牙医，一点想象力都没有。"启尔德还是不揭开谜底。

"要说的话，这座大楼来做牙科系的大楼小了点……"他翻看着图纸。

"牙科系？休想，华西协和建牙科系也许得等到下个世纪。"

"那这是什么啊？"林则想不明白了。

"你的，牙症医院，林氏牙症医院！"启尔德一字一句的说道。

"啊！？我在做梦吗？真的？"林则敲敲自己的脑袋，瞳孔顿时放大好多倍。

"混小子，难道这不是天大的好消息吗！"

林则有点不相信这是真的，他觉得一定是启尔德在愚弄自己，走到自己这位长者身边，目光如炬："真的建一所牙症医院吗？"

"小子，你看我老启的样子是骗人的吗？"

"太好了！"林则兴奋得声音有点发颤，启尔德永远难以体会那种心情，本来是被赶走的，一件意外的事件让他留下来，这还不说，教会居然出钱给他修一所牙科医院，"启老爷，为了这个，您得让我亲一下！"

"算了算了，老子觉得有点肉麻，哈哈哈。小子，你就好好干吧，那事儿也还会去争取的。"

"什么事儿？"林则明知故问。

"你说还有什么事儿啊！为了你老子是殚精竭虑了。"

仁济牙症医院开建了，一栋高楼在四圣祠北街慢慢的耸立起来了，林则知道这是属于他的，可高兴的日子持续不到两个月就让一件事情给打断了，或者是给破坏了。

他没有想到这一年会在中国大地上掀起惊天巨浪，将这个占世界人口四分之一的多民族国家带入另一番新天地，这件事大得整个改变了中国的历史。

甲午战争之后，帝国主义势力进一步伸进四川，竞相觊觎四川的铁路主权，但一直未能得逞。1903年，新任四川总督锡良上奏清廷，提出"自设川汉铁路公司，以辟利源而保主权"。1904年，官办的川汉铁路总公司在成都成立，1907年改为"商办"，1909年在湖北宜昌举行了开工典礼。川汉铁路不借外债，不招外股。其股本来源主要靠"抽租之股"，亦称"租股"。抽租的办法，一般是随粮征收，值百抽三，带有强制性。这样，全川人民，无论贫富，都与川汉铁路发生了经济上的联系。

但清政府为了度过财政难关，不惜出卖路权以换取列强奴役性的贷款。1911年5月9日，清政府宣布将铁路干线收归国有，并与英、法、美、德四国银行团签订借款合同，将粤汉、川汉铁路拱手出卖给帝国主义。清政府夺路卖路的行径，激起全国公愤。保路运动首先在湖南兴起，而尤以四川最为壮烈。6月17日，川汉铁路公司在成都召集股东和各团体开会，一致决定成立四川保路同志会，拚死"破约保路"。接着，各州县纷纷成立保路同志协会或分会，风潮波及全川，声势越来越大。8月14日，成都开始罢市罢课。9月1日，发展到抗粮抗捐。

四川保路运动是由立宪派发动和领导的。他们力图把运动控制在"文明争路"的范围内，要人们只求争路，不反官府，不打教堂，更不得聚众暴动。同盟会虽然没有掌握保路运动的领导权，但他们执行"借保路之名，行革命之实"的策略，暗中联络会党，准备武装起义。

清政府一意孤行，撤了同情保路斗争的护理川督王人文的职务，任命赵尔丰继任四川总督，还一再严令赵尔丰武力弹压保路民众。9月7日，赵尔丰诱捕了保路同志会的领导人蒲殿俊、罗纶、颜楷、邓孝可、张澜等人，并下令军警开枪屠杀无辜的请愿民众，制造了骇人听闻的"成都血案"。

"鉴于目前四川局势甚为动荡，保路运动很有可能演变成为一场波及全国的内战，因此我代表教会最高当局宣布几项重要决定……"启尔德在传教士会议上郑重说道，"第一，凡是没有担任重要任务的传教士一律即刻启程撤回加拿大，除了医生，以免引起不必要的损失；第二，近期不得和中国人发生任何的冲突，凡事必须忍让……特别提醒，正在兴建的四圣祠仁济牙科医院即日停止施工，林则等人也马上回国……"

"停工？"林则喊出来，"这和保路运动一点关系也没有，为什么这么做？启尔德先生，请您别忘了我也是医生。"他十分不解。

"这是教会高层的决定，任何人不得违抗！"启尔德口气坚决。

"那……"林则有点不甘心。

"保证生命安全最为关键！"启尔德知道这批人很多不懂政治，不明白其中的奥妙，"虽然看起来是老百姓和他们的政府在斗争，但其中洋人们是难脱干系的，他们的皇帝希望和洋人们做生意，想摆脱财政困难，事情发展一定程度的时候，洋人们，尤其是传教士和教堂都会成为人们发泄的对象，成为牺牲品，1895年那次风波就是例子……"

启尔德的判断无疑是有先见之明的，果然事情发展得更加不可收拾。整个四川已经风声鹤唳乱成一锅粥。

"成都血案"成为同志军武装起义的导火线，成都附近的同志军首先揭竿而起，侯宝斋为南路同志军统领（总指挥），周鸿勋为副统领，围攻成都。各地同志军闻风响应，起义烽火燃遍巴山蜀水。9月28日，同盟会员吴玉章、王天杰等领导荣县独立，"首义实先天下"。10月10日，武昌起义成功，各省相继宣布独立。蓬勃发展的革命形势，鼓舞了浴血奋战中的四川人民，各府厅州县纷纷举义，推翻清政权，建立军政府。11月22日，同盟会发动重庆起义，成立蜀军政府，公推张培爵为都督、夏之时为副都督。川东南57州县相继宣布独立，接受蜀军政府的领导。11月27日，入川鄂军在资州（今资中）起义，捕杀镇压保路斗争的刽子手端方，通电响应武昌起义。

赵尔丰眼见大势已去，被迫释放蒲、罗等人，并与立宪派签订《四川独立条约》30条。11月27日，四川军政府在成都成立，由蒲殿俊任都督、朱庆澜任副都督。12月8日，成都发生兵变，蒲、朱仓皇逃遁。军政府陆军部长、同盟会员尹昌衡带领新军入城平乱，旋即改组四川军政府，由尹昌衡、罗纶分任正副都督。12月22日，尹昌衡派兵逮捕赵尔丰，将其枭首示众。至此，清王朝在四川的统治覆灭，辛亥革命在四川取得了胜利。

重庆、成都先后独立，一度出现两个军政府并存的局面。为了统一军令政令，防止旧势力复辟，双方开始合并谈判，于1912年1月27日签订《合并草约》11条，旋经双方盖印生效。3月11日，新任四川都督府都督尹昌衡、副都督张培爵在成都就职，并致电南京临时政府大总统孙中山，报告全川统一。四川保路运动和同志军大起义，是辛亥革命的重要组成部分。孙中山曾高度评价四川人民在辛亥革命中的历史功绩。他说："若没有四川保路同志会的起义，武昌革命或者要迟一年半载的。"

辛亥革命无疑是中国历史上一次伟大的革命，彻底推翻了几千年的封建王朝统治，使国家开始走上共和的轨道，它的历史功绩是不可磨灭的。

自古天下有一种民间说法"天下未乱蜀先乱"，"保路运动"的冲击已经波及到人们生活的方方面面，一时间成都风声鹤唳，各种传言真的假的铺天盖地而来，各种势力也开始博弈较量，搅得本来一潭死水的锦官城顿时人心惶惶。尤其是对于白皮肤的洋人们开始担心自己的前途命运。在中国人看来，洋人们在中国的蛮横行径应该遭到天谴，洋人们都是"头顶上流脓脚底下生疮"的无耻之徒，这样朴素的正义感在很大程度上妨碍了在华西坝上信心满满准备开创事业的有良知的外国传教士。金发碧眼的洋人们一下被推到风口浪尖，对生活现状深为不满的百姓自然把气撒在洋毛子身上，虽然传教士们见了中国人都是客客气气在胸口划着十字，但他们在背后被人扔砖头挨石子的事情屡见不鲜。

林则不明白启尔德让其他传教士医生留下来，偏偏让自己回国，他有点想不通。

"完了，完了，林则博士，您去看看吧，全完了！"仁济医院牙科刚来的技工哭着跑来找林则。

"不要慌，发生了什么事情？你慢慢说。"林则刚从教会开会结束正准备赶回医院。

"全被人砸了，一点都没剩下……"

"医院吗？"林则脑袋有点发闷，不过他马上镇定下来，"什么人干的？"

"不晓得，来了好多人，说洋人都是混帐，抢中国人的铁路……"

"人有没有受伤？"牙科还有几个工作人员，全是林则刚刚招聘的，毕竟一个人实在忙不过来。

"我们和他们抓扯起来的时候，有几个人受了轻伤，我这不来报告你嘛！"

"走，去看看！"

"林则博士，您还是别去了，他们打的就是洋人啊！"

"没关系，不会有问题的，走！"

他知道，启尔德的说法很有道理，这肯定是有人趁机搞破坏，发泄私愤。当他赶回医院的时候发现一片狼藉，所有的器械都被砸坏了，包括药品，一点也没有剩下。

事情还远远没有结束，甚至更加严重了。爱丽丝发现他们的住所旁边总有人在探头探脑。

"亲爱的，外面好像有人在……"

"亲爱的，别害怕，有我呢。"林则安慰妻子。

"砰砰砰……"突然想起一阵急促的敲门声。

"谁啊？"

"开门！不开门的话老子砸了哈！"一个凶神恶煞的喊声。

林则打开门，门外站着几个带枪的兵痞子模样的人。

"有事吗？"林则问道。

"洋鬼子，限你们马上给老子搬家，不准你们继续住在中国人的地盘上。这是老子的命令！"

"为什么？我们难道做错什么了吗？"

"龟儿子，都是你们这帮洋鬼子惹的祸，不仅抢我们的地盘，连铁路也抢，滚回去！"

"滚回去！"

"就是，滚回去！成都不欢迎你们！"兵痞子怒吼道，喷着满嘴酒气。

"先生们，别误会，我就是个医生，一个牙医而已，贵国人民和政府之间的事情和我无关……"

"只要是洋人，都不是好东西！"有人打断林则的话，显然是有人鼓噪他们才这么激动。

"给你们两天时间，如果再不走休怪老子们不客气了！"领头的气焰嚣张，挥舞着手中的长枪。

"可……"林则压抑着自己的情绪，他知道对这帮人不能来硬的，启尔德已经告诫大家必须保持冷静。

"哗啦"一声，不知道从哪个方向飞来一块石头，正好砸在门框上，人群中响起一阵叫好的声音。

"请你们离开，太过分了！"林则吼道。

"过分？你们才过分，我们又没有请你们来中国，是你们自己死皮赖脸要来的，你居然让我们离开，看来你龟儿子今天晚上是吃多了！来人啊，给老子砸！"

"砸！"兵痞子们涌了上来。

混乱的局势让所有的传教士人心惶惶，但启尔德压根儿就没打算离开成都，他是仁济医院的负责人，华西协和大学的高管。

"瑞塔，你赶紧收拾一下，马上离开成都。"

"亲爱的，那你呢？"

"我得留守，还有很多事情等着我。"

"我不走，留下来跟你在一起，亲爱的。"启西贤最危险的时候应该和丈夫在一起，而且她还有自己的仁济妇孺医院。

"不行，你得走，兵荒马乱的，你是女人。"启尔德不希望妻子跟着自己受罪，因为局势很不明朗。

"别忘了我也是个医生，医生此时应该在什么位置上？"

"亲爱的，发生战争了，我要去的地方很危险，很危险……"

"我知道，不仅危险，还有误解。中国人又开始在驱赶洋人传教士了……"

"你要相信，这只是少数人的行为，就让他们发泄吧，中国人没有宣泄的渠道，封建制度已经让百姓变得十分压抑，一旦爆发出来就像蕴藏了几千年的火山熔浆，不过熔浆也有冷却的时候。"

启尔德穿上外套准备出门，"亲爱的，你还要去哪里？外面非常危险，我不希望你……"

"别担心，瑞塔，我们永远在一起。"

"我跟你一块去行吗？"启西贤此时真不希望一个人在家，身边没有自己的丈夫。

"瑞塔，我很快就回来，我得到医院去看看，虽然医院被砸了，但还得看病人，战争会让更多的人生命垂危。我已经成立了一个保护医院的护卫队，我必须和他们在一起。"

"学校怎么样了？"

"大学刚刚开始上课，但不得不停下来。唉！"

"亲爱的，别灰心，这也许是暂时的。"

"希望如此！亲爱的，你好好在家待着吧。"启尔德亲吻妻子。

"不！我得去我的仁济女医院。"瑞塔，也就是启西贤，她主持的仁济妇孺医院在成都的惜字宫南路。

"我先送你吧。"

"嗯！"瑞塔笑笑，点点头。

成都东门外望江楼对面的码头上，寒风呼啸细雨纷纷。河岸上聚集了上百的外国人，各种风言风语不断揉成谣言传来，说是起义军和清军马上要在成都展开决战，这里将变成一片焦土，远处不时传来枪炮的轰鸣。大家都盼望早一点离开成都这个是非之地，他们惊恐不安的守着自己的行李，但此时他们走不了，一是没有远行的船只，还有一个非常重要的问题，如今的大清朝其实已经完蛋了，新的四川军政府和各国的外交关系还没有建立起来，他们的外交护照能否管用也是个问题，如果在路上万一遇到起义军或者是清军，他们的人生安全难以得到保障。林则也深为忧虑。

正在这时候，洋人们突然看见一个他熟悉的身影出现在锦江码头，他走上前去喊道："这不是汤先生吗？"

"汤先生，你这是去哪里啊？"

原来此君名叫汤存心，号仲桓。曾是四川总督赵尔丰任都督时的警卫营长，为人刚直果敢，深得赵尔丰信任。在四川军政府成立后依然担任警卫营长，但他对赵尔丰引发的"成都兵变"深为不满，他将自己多年的积蓄拿出来分发给属下，以免这些来自社会低层的官兵去扰民抢劫。后来他率部保护新都督蒲殿俊脱险，可谓大难不死。在新都督尹昌衡到任之后对汤存心人品十分敬重，希望他能够跟随自己，并想和他成为结拜兄弟。但汤存心感觉正值乱世，人心不古，还是婉言谢绝，他决定告假回常州武进伺候母亲。尹昌衡只得作罢。

"我准备返回老家常州武进，家母需要有人照顾。"

洋人们忧心忡忡的告诉汤存心："汤先生，中国马上要成立新政府，这是历史的必然。但是贵国皇上还没有完全退位，诸多的外国政府和大清朝政府的外交关系没有宣布结束，所以这么多的外国领事馆与四川军政府并没有外交关系。本来如今的成都已经是大兵压境秩序甚为糟糕，大家的生命财产毫无保障，他们走自然是上策。但是，有一个非常棘手的问题就是我们没有新的护照，如何敢走呢？沿途各地，有的地方是起义军的政府，有的还是归清政府管辖，情况非常复杂，我们无法保证路上的安全，如今都滞留在码头上，不知道如何是好，无论是走还是留，处境十分危险。汤先生，你看我们应该怎么办？"

汤存心本来也是一位侠义之人，自然他不能袖手旁观。"诸位，请不要着急，自然会有办法的。新任都督尹昌衡曾经留学日本，他是懂得外交惯例的，绝对不会为难你们！这样，我这就带你加上各位领事先生去面见尹昌衡都督，让他尽快办理新的外交护照。"

洋人们感到汤存心的侠骨柔肠："谢谢汤先生！"

都督府一听是汤存心拜见尹都督，立马放行，一干人马顷刻间来到尹昌衡的办公室。尹都督见到汤存心回来以为他回心转意，但一看，后面跟来一大队各国领事。

"尹都督大人，小人汤存心在锦江码头偶遇这帮外国客人，他们正要离开此地，但苦于没有新的外交护照，正在一筹莫展，让这么多人困在河滩上又没有船只送他们离开，安全得不到保障，万一出现意外事件恐怕会影响新政府和各国关系，还请大人体谅为盼。"

"仲桓，你说得很有道理。这件事情必须尽快办理。"尹都督大声安慰各位领事，"11月22日建立的重庆军政府已经下令设置外交部，江潘为首任部长，11月27日四川军政府已经成立，也设有外交司，蒋寿眉为首任司长。革命政府非常乐意与各国政府建立新的外交关系，请大家放心，当然我作为四川都督一定要保证外侨的安全，我会马上授权批准颁发给外侨人员新的护照，这一切将由汤营长具体负责。由于本人近日公务繁忙，抱歉得很！"说完向各位领事致礼后离开。

很快各位外侨领到了新发的护照，大家稍稍安心，这时候还有一个很大的麻烦，那就是没有船只，没有船，怎么走呢？汤存心这时候也很为难，虽然他曾经是都督府的人，但如今也是马上要走的人了，而且很多船只已经被起义军征用，哪里还有供外国侨民使用的船呢？这是一件很棘手的问题，大家都尽力想办法，可是消息传来还是令人失望。

眼看林则门前就要发生事端，突然人群中有人喊声"住手！"

"你是哪个？咋个帮洋人说话！败类！"说话的人满嘴酒气。

"我是中国人，不是败类！这是林则博士，他是仁济医院的牙医，他可是个好人啊，救了好多中国人的性命的，你们要有点良心！"小伙子声音越来越大。

"凡是洋人都是来中国抢东西的，都不是好人！不是！"

"我们要有良心！良心！不能这样为难曾经帮助过我们的人，人心都是肉长的嘛！"另一个声音响起来。

"就是，林则是好人！好人！"旁观者中间仍有清醒的。

"龟儿子些，你们都咋个了？都来帮洋鬼子说话！"领头闹事的人推搡一下帮林则说话的人，"滚开，老子们今天就是要赶走洋鬼子，顺带把你们这帮洋人的走狗一起收拾了！"

"你他妈的敢！"被骂成走狗的中国人火气也上来了。

"揍这小子。"话音未落他的拳头先飞了过去。

人群顿时骚动起来，双方开始发生身体接触，你来我往动起手来。"君子动口不动手"，有人在喊。

"格老子，你喊洋人不要动手！洋鬼子跑到中国人地盘上抢东西不说，还杀人，你有本事让他们不动手！"

人越来越多，把林则的大门围了个水泄不通，一片混乱，打骂声不绝于耳，林则被涌上来的人群挤到一边。

"林则博士，林则博士，"林则感觉有人在拉他的衣角。

"你是？"林则转身一看是个老者，想起来了，他是王家的管家，"你……"

"老爷让我来的，请您赶快到王家去，那里安全……"他低声说道。

"这……"林则感觉自己很难脱身，但心里涌上一阵温暖。

人群中的喧嚣仍在继续，双方你来我往互不相让，彼此的口角立马变成一场群殴，很明显袒护林则的这一方几乎都是本地人，他们了解林则。对方全是外地口音的兵痞子，刚刚从酒馆出来，不分青红皂白的闹事。

事态在继续恶化，已经有人受伤了，双方混战在一起分不清楚敌我，打得难解难分，还不断有人加入进来。

"林则博士，带上您夫人赶快走吧，这里不安全！"管家催促道。

"啪啪！"两声凄厉的枪声。

"哪个都不要动！动一动休怪子弹不长眼睛！"不知何时又出现了一队整齐的人马，领头的骑着高头大马，满脸胡须，很显然刚才那两枪是他朝天鸣放的。

顿时大家迅即安静下来，惊恐的看着突然发生的情况。

"你们在干什么！"马上虬髯男子跳下马来，走到人群中间。"你们这是干什么？啊！"大家被这突如其来的吼声给震住了。

"这是哪个？"人群中有人嘀咕着。

"有点像是川北圣人……"

"你说是张澜？"

"有点像。"

虬髯男子厉声说道："不是早就说好了吗，此次革命是针对清王朝的腐败统治的，是保护咱们铁路权益不受侵犯的，但绝不驱赶洋人，不攻击教堂。而你们在这里闹什么！？"

"是哪个领头的？"男子厉声喝道并环顾四周。"是你？"他走到领头闹事的兵痞子面前。

"来人，给我铐起来！"两个穿着整齐的士兵上前下了兵痞子的长枪，被押到一边。

众人安静下来，望着这位长须男子，不知他会干什么。

男子转身对着林则："林则博士，您是医生，是中国人的朋友，您放心，我们不会伤害您的。"说完转向众人，"大家都散了吧，散了！"

四川百姓的情绪已经被点燃，他们喊响了"灭清、剿洋、兴汉"口号，成都的气氛是诡谲的，这里既有赵尔丰的残部嫡系，还有号称十万之众的"哥老会"的袍哥人家。身着奇装异服旧居山林的草莽英雄们一下子进了省城，可是开了眼界，散兵游勇们打家劫舍浑水摸鱼把整个古老的锦官城闹得乌烟瘴气。

此时的成都已经不再安全。

"林则，你带上夫人马上去上海。"启尔德命令道。

"那您呢，老爷子？"

"我得留下来，事情还多。"

"我陪着您，老爷子，行吗？"

"你必须清楚，加拿大成都教会的负责人是我，你必须听从安排。"

"老爷子，我知道您是老大！但谁都清楚，此时留下来很危险，说不定还对洋人怎么样呢，我这么一走了好像不太仗义吧？"

"你懂个狗屁，子弹不长眼睛，龟儿子，听话！"启尔德笑笑，他心想有你小子这句话就够了。

"小的陪您一起挨枪子儿噻！"林则嬉皮笑脸。

"我真的有重要事情要处理，快去吧，晚了船就没了。"

林则还是赖着不走："说说，您留下来干吗？"

"我的事情不要你管！走走走！再不走老子用耳巴子煽你了！"

"老爷子，您不说我也猜得出来，您是想成立红十字救护队吧，哼哼！"

"跟你没关系，你就是个牙医，混球，滚吧，战场上不需要牙医……"

"老爷子，别那么轻视咱'手艺人'，我林则倒是要给您说道说道了，王家的事儿……"

"你少给老子表功，那是给了你个机会，给你点颜色你就想开染坊……"

"啥子染坊？"林则没懂启尔德的意思，毕竟他的国学水平比老爷子还差一截。

这时候助理送来一封信，启尔德打开看了看，脸色变得凝重起来。"林则，我告诉你，你必须马上去一趟上海，然后从上海回加拿大……"

"怎么了？"林则想启尔德说这话一定和这封信有关系。

1911年11月5日凌晨，从成都东面的龙泉街上的武庙里传来一声清脆的枪声。随着这划破寂静夜空的枪声，龙泉整个街道上乱哄哄的闹成一团。哭爹叫娘般的嘶喊声此起彼伏。这一枪是非同凡响的，它是打响辛亥革命四川地区的第一枪，开枪的的人叫夏之时。

这位出生于1887年的四川合江人，17岁时受邹容革命思想的影响，为寻求救国救民之道，东渡日本进入东斌军校学军事，1905年在东京参加同盟会。1908年奉命返川，策动革命，他当时在四川新军十七镇（师）任步兵排长，随部队进驻龙泉街上。

当时，为维护赵尔丰在成都的政权，清新军第十七镇（师）三十三协（旅）东路卫戍司令部驻扎在龙泉，防范四川保路运动成员从简阳来攻打成都。其指挥中心设在上街武庙。当时武庙由大门万年台、大殿及两边厢房构成四合庙院，坐南向北，占地1500余平方米。院内石板铺地，光洁平滑，庙额竖写"武庙"二字。

这天夜里，夏之时先令人控制了武庙院坝左侧那座高七八米的石砌字库，然后带人直奔卫戍司令魏楚藩巢穴。一路上在内应的帮助下，缴了两个站岗士兵的械，又暗杀了魏的两个死党。厢房里间中正呼呼大睡的魏司令还未明白咋回事，就被夏之时甩手一枪击毙。这一枪，就是辛亥革命时期在四川境内，以革命党身份为推翻满清政府而打的第一枪。

也正是夏之时这一枪顿时让整个巴山蜀水烽烟四起，清王朝的统治即将覆灭。

王老爷子算是帮了林则的大忙，关键时刻居然搞来几条船，这可是救命的船！此时城里的炮声已经越来越密集。

"汤先生，你跟我们一起走吧。"林则和众领事提出邀请，本来他就是行伍之人，懂得中国各地的情形，本来他也要回江苏武进老家。

"一起走吧，有汤先生同路，一定会安全很多。"大家纷纷相劝。

汤存心望着大家期待的眼神，"好吧，中国有句古话叫同舟共济，那我们就同船而行吧。"

"从成都到上海，路途遥远，情况非常复杂，不但有起义军，清军，还有土匪水寇。船只必须统一编号才能上路。"汤存心不愧为是一个有指挥方略的职业军人。

按照汤存心的部署，所有木船进行了统一编队，每条船上都安排负责安全的人员，统一由汤存心调度指挥，大家非常有序的按照事先的安排鱼贯上船，船工在一声高声的吆喝中，船队启航了。

"亲爱的，我们还会再回来吗？"爱丽丝看着江中的波涛，有些不舍。

林则想都没想："回来啊，肯定回来的！"他知道此行的责任不小，绝不是在逃难。

船队首尾相接航行在滔滔的岷江上，众人的心才稍稍放宽，经历十天的颠簸，木船抵达合江县境内。

"嘭嘭嘭嘭！"寂静突然被打破，江面上掀起了十多丈高的水柱。

"怎么了？发生了什么事情？"众人被惊呆了。

"炮是哪里打来的？"林则也立起身子往岸边瞭望着。

"不好！是合江城的炮台上打过来的。"汤存心马上做出判断，"我们的船队肯定被当成军队了……"

"怎么办，汤先生？"船工们惊恐万状。

"别慌，赶快迅速通过！"汤存心命令道。

此时革命军正在攻打合江县城内的清军，双方打得难解难分。这时候双方都见江面上驶来一支长蛇般的船队，都以为是对方的增援部队，于是双方一齐向船队密集开火，一时间船上大乱。一发炮弹正好击中船舷，顿时引起剧烈颠簸，船上的人员惊慌失措，林则紧紧抱住夫人不至于被掀落掉进滚滚长江。

"不要乱！不要乱！"汤存心大声喊道。

"不好，船已经进水了！"

"不要慌，不要慌！"林则大声吆喝，"赶快转移到其他船上！"

此时正在旁边船上的汤存心也心急如焚，"不要乱，东西行李先不要管，先把船上的人救过来！"

"嘭嘭嘭嘭，嘭嘭嘭嘭……"炮弹不断的像雨点般的飞了过来。

"卧倒！卧倒！"汤存心嘶声吼道。几条木船上的人拼命抱住自己的脑袋趴在甲板上不敢动弹。

启尔德推开房门，惊呆了，他落寞地坐在门槛上不知道该作何反应。

"这都是怎么了？"启希贤也进门了，她是刚从医院回家的。

"家被人抄了，东西也没了……"启尔德低声说道，他知道肯定是那些过激份子干的。

"啊！他们怎么能这样？"启希贤发现家里什么都没剩下，一片狼籍，墙壁上还写上几个刺眼的带有侮辱性质的文字。

"上帝！"启希贤不敢相信眼前发生的一切。

"亲爱的，这算是我们替他们赎罪吧，别在意！"启尔德扶住妻子。

"为谁赎罪？"

"还能为谁，为我们那些同胞啊，他们在中国犯下了无数的罪恶，这就当是我们帮他们赎罪吧！"

启希贤泪水不知不觉地流满脸颊，她转身紧紧抱住丈夫，还好，身边有自己最亲近的人。

"走吧，亲爱的。别难过，一切会慢慢过去的……"

"回国？"

"为什么要回国？"

"那还能去哪里？"

"回医院。"启尔德苦笑一声。

"我也要加入，红十字救护队。"

"我批准！启希贤医生。"

成都早就被远处的枪声惊醒，有人飞也似的来报告启尔德教授，说是成都东面龙泉方向革命军和清军战斗开始了。一时间仁济医院上下一片慌乱。

"启尔德教授，我看您和夫人还是赶快躲一躲吧，你是个洋人，革命军反的就是清王朝和洋人！"他的学生好心劝道。

"大家一定要镇定，不要乱！"启尔德命令手下的医务人员，"马上召集全医院的同仁到大门口，我要讲话。"

很快大家就簇拥在医院大门口，等待院长训话。

"各位同仁，今天是一个特殊的日子，也许你们会觉得恐惧，因为战争开始了，就在距离我们很近的地方，开战的双方都是中国人，我感到十分难过！虽然我是一个传教士，不懂得其中的缘由，到底谁对谁错我也分不清。但我知道只要是战争就会有人受伤，就会有人死亡。这不是我愿意看到的。因为每个人都是主的子民，都有获得生的权力，我很难过，真的难过！作为一个传教士，一名医生，我知道我的位置应该在哪里！你们和我一样，都是生命的捍卫者。刚才有人劝我赶快离开，因为革命军反对的是洋人，但职责告诉我，我必须留下来去尽一个医生所必须履行的职责！"启尔德饱含感情的大声喊道。

"启尔德教授，我们跟着您去！"底下已经有人在呼应。

"启尔德院长，您还是走吧，也许革命军来了会砍了你脑壳的。"有人为他的安全担忧。

"大家安静安静，"启尔德挥手示意，"听我说！我决定马上成立一支战地红十字医疗救护队，去救助那些在战场受伤的人！愿意跟随我的请举手，我事先声明，这是一个医生的请求，而不是院长！"

"我跟您去！"

"算我一个！"

底下的人群情激奋，大家纷纷举手响应。

"还有，我有个要求！大家不能违背！那就是，只要是伤员我们都必须救治，无论他是清朝军队还是革命军，一视同仁！听见了吗？"

"听见了！"

岸上射来的炮弹不时在江面上爆炸荡起冲天水柱，几条木船上的人个个被吓得魂不附体，直在胸口上划着十字，口中念念有词。

"上帝！上帝！我的主！"

"我主耶和华！我的耶稣基督！"祷告声不绝于耳。

"木板，把木板架起来，对面的船就要沉了，马上把他们转移过来！"汤存心心急如焚。

被大炮击中的木船已经在开始倾斜，进水了！大家发出绝望的声音。

"完了！"

"救命！"

"救救我们！"绝望的呐喊撕心裂肺。

"亲爱的，别慌！他们来救我们了！"林则抱着妻子，妻子的身体在微微颤抖着。

"稳住了，不能慌张！"汤存心已经声嘶力竭，他举起木板艰难地伸向那条破船，木板伸了过去，但怎么也搭不到对面的船舷，江水让整个船摇晃得太厉害。

船上所有男人都上来协助，好不容易木板被搭在了对面的船舷上。

"让女士先上！"

"一个一个的来，小心！"大家空前的团结，惟有团结才有生存的希望。

"噗通！"江中溅起一阵浪花。

"不好！有人落水了？"

"行李，我的行李！"一个妇人喊叫着，原来是一个大包裹掉进了江中。

"别管了，赶快过来！"船工使劲抓住走向船边的妇人，硬把她拽了过来。

大家先将女士扶持着输送到临近船上，所有的男人断后。好在三位船工水性很好，动作灵活，把一个个洋人像拎小鸡一样给送上了旁边木船的甲板。

爱丽丝在摇晃中攀上了船舷，林则用力托住妻子。

"好！过来了！"爱丽丝上了甲板，她已经精疲力竭。

"亲爱的，你赶快过来！"爱丽丝转身嘶喊道。

"别管我，我马上就来！"林则抓住对面甩来的绳子，摇晃着走上架在两条木船之间的木板。林则是最后一个上船的，他还没有完全站稳，炮弹像雨点般的飞了过来。

"趴下！"汤存心话音未落，爆炸产生的气浪迎面袭来，林则一个趔趄，被掀倒在船舷上。

"抓稳了！"

可惜晚了，气浪的力量太大，林则根本不能掌握住重心，从船舷上翻身跌入江中。

"哎呀，有人落水了！"船上顿时一片混乱。

四川荣县。

革命军和清军的战场排开了，双方正虎视眈眈的望着对方的阵地，战事一触即发。

革命军蹲在树上的哨兵发现了新的敌情，他正猫在高高的黄桷树上做瞭望，"报告，前方来了一支几十人的队伍，还摇着一杆白色旗帜，好像是清军的增援部队。"他往树下喊着。

"给老子看清楚，到底是干啥子的？清军拿的不是白旗。"长官命令道。

"白旗上咋个还有红十字呢？"哨兵继续报告。

"龟儿子，那不是清军的增援部队，那是救护队！"长官自然见多识广。

"不好！里头还有洋鬼子哦！"

"洋鬼子？几个？"长官有点纳闷。

"好几个，高鼻子洋人，我在成都见过的那种洋鬼子！"

"咦，龟儿子的洋鬼子咋个来看热闹呢？奇怪了！"

"那打不打呢？"旁边的副官请示道。

"打个屁，龟儿子你等会受伤了就有人救你了！你还打！"

"那是哪个派来的呢？"副官不解。

"老子也搞球不清楚，反正那些人不能打！"

这队人马正是启尔德带来的战地医疗队，他们选择了一个距离双方都不远的茅草屋，把那面红十字旗帜插在屋顶上，也许交战的双方都能够看得清楚，他们可能会把受伤的人送来。

战斗终于开始了，一时间炮火连天，双方的火枪里的愤怒的子弹无情射向对方，呐喊声和枪声混在一起把大地震得要蹦起来。

"你们注意观察，凡是有人倒下就尽快向他们喊话，说我们是医疗救护队，伤员都可以受到救治。"启尔德命令到。

"很危险，院长，我们刚好处在他们的中间，万一出了问题怎么办？"

"不会的，我们有红十字的标记，他们不会朝我们开火的。"启尔德心里有数。

清军本来还气势汹汹，仗着凌厉的炮火攻势朝革命军发起了攻势，可是很快他们就给压了下来，他们哪里知道这些革命军都是一些不怕死的主，一个个冒着炮火只管往前不要命的冲锋，很多革命军倒在血泊中。

战斗在残酷的进行着，很快清军开始溃退，革命军开始移动自己的战场猛追穷寇，战场上留下了一片片死者和伤者无人顾及。

"马上派人过去把伤者抬过来！"启尔德命令一出，几个抬着担架的男子就冲了出去。

伤员源源不断的送来了，启尔德和几个医生用木架搭起了简易的手术床，开始给伤者清创缝合，太多了，一时间也分不清楚是革命军还是清军，反正只要是伤者都一律救治。

天公并不作美，刚才还艳阳高照，这时候突然下起了滂沱大雨，本来已经是深秋，四川这个时候是很少下这么大的暴雨的，也许上天为这可怕的杀戮而悲惜，瓢泼大雨一发不可收拾，差点把启尔德的小木屋给掀翻，好在大家拼力保护才没有坍塌。但脚下早就一片泥泞。所有人的脚陷在深深的淤泥中，想动一动都很困难。

此时的启尔德还在手术台上忙碌着，实在太多了，很多人还没有来得及缝补他们的伤口就一命呜呼了。所有的救护队员都全身湿透，启尔德也不例外。

远处的战场上还有人在呐喊，他们还有生命的迹象。

"快去！只要有人的地方，必须检查一遍，不要留下死角！"启尔德这时候在寒风中大声呼喊，他从来也没有见过如此惨烈的战争场面，也许他们都疯了！这可都是自己的同胞啊！为什么有这样的仇恨！启尔德难以理解。

天渐渐暗下来，战斗也结束了，革命军胜利了，清军死伤过半，剩下的残兵败将已经逃之夭夭。

革命军的长官来了，他一脸疲惫，脸上全是泥水，身上的衣服全都撕破了。他走到茅草屋前，启尔德也没有注意到他的到来。

"你是……"长官打量着启尔德。

启尔德这才注意到对方，他有点看不清楚对方的真实面孔，"我是仁济医院的启尔德。"

"哦，哪个叫你来的？"长官有点奇怪，自己并没有得到通知自己还有医疗队。

"我们自己来的。"启尔德平静的答道。

"老子们可是没得钱给你哦！"长官有点气紧，也许是给这场战斗给闹的。

"我们不要钱。"

"为什么？"

"为了生的希望，只要是伤者，我们都一律救治。"

"嗯，有点意思！"长官像是听懂了什么，"启尔德医生，我代表我的将士们感激你！"

"不用感激！因为我们是医生，这是天职。"

"长官！快过来！"一个士兵像是发现了什么。

茅草屋旁边的一棵黄桷树下横七竖八的躺了好多清军士兵，个个已经奄奄一息，身上裹着绷带纱布，惊恐地望着眼前的革命军军官。

长官快速走到士兵那边，士兵喊道："长官！您看！他们还救治了好多清兵！"士兵的表情十分愤慨。

"哦！还不少啊，来！给老子拉出去，一个个给我劈了！"

"救救林则，救救他！"爱丽丝声音已经变得嘶哑了，绝望地喊叫道。

"林则落水了！"大家焦急的看着江面，隐约有个脑袋随着水波在起伏。

"留一个船工划船！赶快靠岸！剩下的船工跟我来，下水救人！"汤存心衣服也不脱飞身跃入江中，炮弹依旧在他身边不停地掀起水柱。

林则是会游泳的，可从来没在湍急的江水里游过，他本能的划着水，脑袋有点发憷，喝了好几口水，他告诉自己不能死，他的任务还没完成。

启尔德收到的那封信带来了坏消息，说是从加拿大慈善机构捐助的好多牙科医科设备出了很大的问题，在上海靠岸的时候被人给查封了，说是走私物品，要给全部没收，他必须尽快赶到上海斡旋此事，这是何等艰巨的任务！启尔德在林则离开的时候甚至没告诉他到了上海应该找谁想办法，一切都是未知数，这关系到未来的牙科医院，关系到华西协和大学的未来，上面还有很多的教学设备，如果全部损失了，是无法估量对这所大学今后命运会产生何等严重的影响。

启尔德还告诉他，从加拿大随船来的还有一位牙医，这位牙医是来支持成都仁济牙症医院的，自己必须尽快和他接上头。

他还得从上海启程赶回加拿大，至于处理哪些事情他有点记不清楚了，肚子有点装不下，已经胀得难受，这江水实在不太好喝……

林则听说了，最近一位叫埃尔利希德国医生在经历605个化合物配方实验的失败以后，在第606个配方实验中取得了成功，这个代号"埃尔利希606"，它既能杀死侵入人体内的梅毒细菌，又不伤害宿主。据说这个药物的问世，将开创化学药物疗法的新纪元。他想回母校去请教病理学的教授，如果药物能够对抗细菌，那将是划时代的进步，很多病人没有死于原发疾病而是死于感染……他是很奇怪，自己在冰冷刺骨的长江中居然会想到这些。

"抓住他！"林则感到附近有人在说话，上面不远处还有些影影绰绰的东西在晃动，好像是爱丽丝在挥舞手中的围巾，喊的什么他听不太真切……

"抓住了！"

"抓紧！不要慌，往岸边游……"林则这次听得很真切，是地地道道的四川话，还有个人在说普通话，他感觉到自己的身体已经不属于自己，自己这是在哪里啊？刚才发生了什么事情，怎么一点都想不起来了？

我的那个计划还有希望吗？

应该还有希望，启尔德答应想想办法，我当教授的样子是个什么样子呢？一定不错，感觉很爽！

启尔德说加拿大又来一位牙医，他会是谁呢？说不定自己认识的，到底是哪位呢？

来吧，都来吧，多来几位牙医我就不会这么累了……市民也不至于每天晚上深更半夜卷着被子去排牙科号了，他们为了个牙科号没少打架呢。

要说同学当中我还是最欣赏汤普森，这家伙的手上功夫很是了得，和自己的有得一拼，这小子居然还会打毛衣，都是给谁学的啊……这家伙干吗去印度啊，来中国多好，不过他说自己要去恒河里沐浴，洗涤自己的心灵，真有意思……

我看见您了，老爹，老妈，我在成都过得还不错，就是东西有点麻辣，不过习惯了就好了，什么时候你们也来中国看看？……不来？为什么？没关系的，没那么严重，我和爱丽丝不是好好的嘛……

我得在门前栽一棵枫树，这是爱丽丝的建议，我看行的。您说水土不服，栽不活？应该不会的，这里气候潮湿雨水很丰沛，栽一棵，栽一棵，到了秋天的时候就有红红的颜色妆点我在成都的"豪宅"了。我想给房子起一个有点中国的名字，就叫"枫巢"好了，怎么样？嘿嘿……

嘿嘿，他们当初想赶我走，不过我还是留下来了，我的目的主要不是传教，好像中国人不太容易改变信仰，我还是当牙医吧，这个我更喜欢。

好困，好困，让我休息休息吧……

"你们要干什么？！"后面传来启尔德的怒吼，

"启尔德医生，就是这些清兵！他们早就该死了！"长官口气轻蔑。

"长官，这是我的病人！"

"他们是革命的敌人！"

"可也是你们的同胞！"

"这些龟儿子杀了多少革命军吗？你还可怜他们！这些皇帝老儿的走狗，如今天下已经不是皇帝的天下了，清王朝就要垮台了！来，给老子抬出去扔进河里喂鱼！"

几个士兵上来就要拖清兵的伤兵。被启尔德拦住，"长官，请你冷静！你这是在犯罪！"

"犯罪？！哼，笑话！"

"不能杀俘虏！"

"滚开！"

"请你不要杀死你的同胞！"启尔德没有松手。

"格老子！你龟儿子不想要命了！？"长官顺手扬起巴掌就给启尔德一个大嘴巴，把启尔德打了个四脚朝天倒在地上，"你龟儿子搞清楚，这是在中国的土地上！"

他掏出手枪抵住启尔德的脑门心，"你给老子听好了！如果不是看在你救了我这么多兄弟的份上，老子就一枪崩了你！"

"你也搞清楚，如果你要杀他们的话，就请先杀了我！"启尔德气喘吁吁，脸上满是泥水，他的眼镜也给打得不知去向。

"好！那就让我先送你上西天！"长官就要扣动扳机。

"长官！不要！不要啊！"仁济医院的医生护士冲上来要拦住长官不要动粗。

"滚开！不要让血把你们的衣服搞脏了！正好，龟儿子洋人和清军勾结起来欺负老百姓，我今天就给那些死去的百姓们报仇了！"

"长官啊，不要开枪！不要！"吼声来自革命军的一个伤员。

"长官，不要杀启医生，不能杀啊！他是我们的救命恩人啊！"躺在地上的革命军伤员一起喊道。

"你们这些龟儿子，你们没有看到他在救护那些杀你们的清兵吗？他就是个破坏革命的恶棍！你们晓得吗？"长官也许被刚才的战斗给震怒了，他对清兵有刻骨仇恨，因为有那么多的革命军将士死在了敌人的枪口下。

"你们在干什么？"一个威严不可抗拒的声音。

大家还没有注意到，这时候茅草屋前又来了一大队人马，领头的骑着高头大马。

"夏长官！"长官一个立正。

"发生了什么事情，闹哄哄的？"被叫成'夏长官'的人跳下战马。

"是这样，这个洋鬼子医生在救清兵……"

"是吗？他不是也在救我们的人吗？"

"是的，他是这么做的，但是……."

"但是什么！"显然夏长官已经知道了发生的一切。

动粗的军官不说话了，头埋得低低的。"不像话！这算什么？啊！"夏长官生气了，"你没有看见这是红十字的标记吗？他们有权利收治一切伤者，这是国际惯例！你还敢把枪口对准救治伤员的医生！来呀！给我绑了！"

夏长官走到启尔德面前："启尔德博士，我夏之时管教下属不严，多多抱歉！非常感激您作为红十字的救护队来到战场！"然后"啪"的一个敬礼。

启尔德这才从惊恐中缓解过来，只是微微点头。

"启尔德博士，我希望您不要就此停下你的神圣工作，也许救治的不单单是他们的身体。"夏之时意味深长的说道。

"我会的……"启尔德点点头。

……

林则醒来的时候发现自己躺在木船的甲板上，周围围满了人。

"上帝，你醒了！"爱丽丝焦急的神情终于松弛下来。

"我这是在哪里？"他的脑子还是晕晕的，把刚才的事情都给忘记了。

"你刚才掉江里去了，是汤先生救的你……"爱丽丝脸颊红红的，显然是刚刚哭过。

"汤先生，谢谢您……"林则对着汤存心露出微笑。

"林则先生，算你命大！"汤存心也以微笑回应。

汤存心命令船工加大力度划桨，危险还没有排出，炮弹还在头顶上呼啸而过。

"不行！得让岸上的军队知道我们不是参战的队伍，否则他们不会停止炮击，我们将葬身江底！"汤存心作为上过战场的军人，此时他头脑十分清醒。

"怎么办？"外国领事们还从来没见过如此阵势。

"我来，向岸上打旗语，也许部队中间有人懂的。"汤存心拿过两杆小旗就往木船桅杆上爬，他也顾不得随时射来的炮弹。

"汤先生，危险！"有人在喊他。

"全部卧倒，不许站起来，太危险了！"汤存心用双脚夹住桅杆，腾出两只手不停的摇动手中的旗子向岸上飞舞起来。

"汤先生，他们看不懂你的旗语，你还是下来吧。"船工发现岸上发射的频率并没有汤存心的旗语而有所减弱。

"砰……"汤存心感觉右手发麻，不好，他知道自己中弹了，殷红的鲜血从上臂渗透出来。

"快划船！我们必须赶快离开炮弹的射程范围。"他只能从桅杆上下来，躺在甲板上用手按住自己的伤口大口喘粗气。

"我来帮你。"林则爬到汤存心身边。

"伤点皮毛，不碍事儿。"

终于船队在炮火中冲出重围，四周渐渐恢复了平静。

长江上的夜是寂静的，但此刻好多人内心并没有从刚刚经历中解脱出来。

"汤先生，多亏有你啊！"林则躺在船舷边，旁边是受伤的汤存心。

"小意思，我打过的仗多了，这不算什么。对了，林则先生，给我说说你的国家……"

"……在16世纪，法国已经是个很强大的欧洲国家了，他们梦想在世界上能够发现并统治更多的疆域，扩展他们的贸易范围，让法国成为主宰世界的中心。1535年，法国国王弗朗索瓦一世命令航海家杰克斯·卡蒂埃去探寻'新世界'，以求找到一条通往远东的航道。卡蒂埃尔首次探险来到了圣劳伦斯海湾。这时他并不知道会在这里发现什么，但他希望这是大洋的一个分支，能够通往印度中国征程的必经之路。于是他沿圣劳伦斯河逆流而上。然而他并没有到达所期盼的亚洲，却来到了魁北克，当地的印第安人称它'Stadacona'。Canada一词源于印第安语的'Kanada'，是'群落'或'村庄'的意思。卡蒂埃尔在向法王报告时，首次使用了'Canada'，来指他所到达的魁北克。加拿大原为印第安人与因纽特人居住地。16世纪沦为法、英殖民地，1756年—1763年期间，英、法在加拿大爆发'七年战争'，法国战败，1763年的巴黎和约使加拿大正式成为英属殖民地。1867年，英将加拿大省、新不伦瑞克省和诺瓦斯科舍省合并为一个联邦，成为英国最早的自治领。此后，其它省也陆续加入英联邦……"

"历史总是用鲜血构筑而成的……"汤存心感慨道。

"真盼望有一天世界上再也没有战争。"林则望着滚滚东流的江水。

"也不知道仗要打到什么时候……"汤存心叹息着。

夜深了，偶尔有零星的枪声传来，外面早已淅淅沥沥下起了大雨。战地救护队的人都没有入睡，大家围坐在一起，中间点起篝火。

"启先生，能问一个问题吗？"年轻人很好奇。

"你说。"启尔德点燃一支雪茄。

"为什么您会到中国来？"

"救赎。"启尔德答道，显然胸中早有答案。

……

"要不我给大家唱个歌吧。"启尔德也许觉得气氛太压抑了。

"好！"众人一致叫好。

启尔德清清嗓子，开始低声唱起来：

"O Canada! Terre de nos a eux,

Ton front est ceint de fleurons glorieux!

Car ton bras sait porter l' é p é e,

l sait porter la croix!

Ton histoire est une é pop é e

Des plus brillants exploits.

Et ta valeur, de foi tremp é e,

Prot é gera nos foyers et nos droits.

Prot é gera nos foyers et nos droits. ”

"啊，加拿大，我们古老的父母邦，

您头上的花冠闪着美丽光芒。

十字架的圣光照亮四方，

您的儿女在光辉下诞生成长！

我们坚勇顽强，捍卫家乡，

无悔的历史辉煌悠长！

万能的主！我们呼唤，

保卫民权，保卫国邦！

保卫民权，保卫国邦！”

启尔德用沙哑的声音庄严的吟唱着，四周的炮火声音似乎也被这悠扬的歌声压了下去，大家安静的聆听着，启尔德唱完了，周围一片寂静……

"真好听！启尔德博士。"有人由衷的赞叹。

"这是加拿大的国歌……"启尔德轻声说道。

这时候却有人在低声抽泣，慢慢声音越来越大……启尔德知道，这是苦难国家的人民在哭泣，这么多年了，一直战乱不断，民不聊生，大家看不到希望，这个国家早就不是什么"金瓯"了。

"早点结束吧……"启尔德喃喃自语。

"小子，是你啊?"林则有点不敢相信自己的眼睛，没想到在上海接到的加拿大来人真的是自己的大学同学汤普森。

"哥们儿，是我！你还好吧！"两人紧紧拥抱在一起。

"你小子不是去印度了吗，这是怎么了?"

"嗨，一言难尽啊！有时间慢慢说，我得去成都加入你的团队，据说你小子在那边干得不错。"

"凑合吧，牙症医院马上建好了，这不是刚好遇上战乱，而且加拿大运来的设备出了点问题，我赶来上海处理。"

坐在上海外滩附近饭店旁边的咖啡馆，两人都有些激动，毕竟分别快四年了，彼此都发生了很大的变化。

"汤普森，都到了中国了，你该有个中国名字。"林则提议道。

"林则，有点意思，你这个名字是谁给你起的? 有什么来历? "汤普森打趣道。

"嘿嘿，我这个名字在中国可不一般哦，中国曾经出了个大英雄，中国人都很敬仰他，他的名字叫林则徐，这位林则徐曾经是中国的一代名臣，为中国戒除鸦片可谓居功至伟。我的名字发音跟这位英雄的名字非常接近，于是另外一个加拿大英雄就出现了，他就是林则。"林则说得津津有味，故作神秘的笑笑。

"哈哈哈哈，你就吹吧，小子！那这林则徐的名字有什么讲究吗？"汤普森还是不依不饶。

"话说1785年8月30日，林则徐诞生在福建侯官（今福州）。林则徐的父亲林宾日是位多才而正直的私塾先生，他对当时为官清廉而颇有作为的福建巡抚徐嗣曾十分敬佩。恰巧他儿子诞生时，正遇徐嗣曾巡查归来路过家门。林宾日十分高兴，认为这是个吉照，于是便给孩子取名"则徐"。"则"在中文中是"效法"的意思，也就是说他父亲希望儿子象徐嗣曾那般成为一个对社会有用的人才。"林则娓娓道来。

"你小子不错嘛，居然对中国文化这么了解。"汤普森赞叹道。

"这都是那些牙病患者告诉我的，我在中国这四年没有白呆呢。"林则颇为自豪。

"那你说我应该起个什么中国名字呢？"汤普森正有此意想有个中国名。

"按照你的英文名字发音，我早就想好了，就叫唐茂森吧！发音接近，文字也很有意境，茂是葱笼繁盛的意思，森就是高大参天的密林，不是很好吗？"

"好！就这么定了。"

从此中国牙科历史上少了个汤普森，多了个唐茂森。

1911年10月10日首义路打响武昌起义第一枪，辛亥革命爆发，南方各省纷纷宣布独立。北洋新军成为清室唯一可以抵抗革命的力量，于是再用袁世凯，先任其为湖广总督，旋任其为内阁总理大臣。

袁世凯是个聪明人，一边以武力镇压南方革命，一边暗中与革命党人谈判。革命党人也认为袁世凯是能领导中国走向共和的政治领袖，是可以团结的对象。12月29日，南方十七省选出孙中山担任中华民国第一任临时大总统，1912年1月1日在南京宣布民国成立，孙中山就任。刚成立的革命政府还相当脆弱，革命军节节败退，武汉三镇已被袁世凯北洋军攻下两镇。

1912年1月16日，袁世凯在北京东华门丁字街遭到同盟会京津分会组织的炸弹暗杀，炸死袁卫队长等十人，袁世凯幸免于难。

为了结束南北对立，1月25日，袁世凯及各北洋将领通电支持共和。2月12日，袁世凯逼清帝逊位，隆裕太后接受优待条件，清王朝彻底寿终正寝。

2月15日，南京参议院正式选举袁世凯为临时大总统。依据中华民国临时约法，改总统制为内阁制，大大削减袁世凯的权利，袁却于3月10日于北京就职。袁就职之后，坚持一个强有力的中央政府，同时积极与列强交涉。

北京紫禁城外，一个高鼻子洋人已经敬候多时了，他在门口来回踱步。

"不就一个传教士嘛，我看就不用见了吧……"

"大总统，我看还是见一见吧，毕竟对方是美国人，又有美国公使卫理的推荐信……"幕僚杨度觉得应该和西方列强搞好关系，"如今西方教会在中国影响力不算小。"

"对了，他从哪里来的，叫什么？"袁问道，见的人多了他也有点记不清楚。

"他叫毕启，从成都来京，他们在那里建了一所教会大学，还需要不少银子。"

"好吧，让他进来吧。"袁终于松口了。

……

"……大总统，积极提倡实业教育，以利本省天然出产，增进人民殷富，这是强国立民的根本。……发展种桑、养蚕、缫丝、造林教育、皮毛生产、制革工业、矿业开发、五金制作等方面的事业．必须培养人才……"毕启详细论述了办学准则、条件、方法及现代工厂管理、技工培训等。

经过毕启的一番陈述，这位大总统知道了来意，心想，还是给点钱打发走算了。

"毕启先生，好，非常好！办大学这是为苍生黎民着想，支持！我个人首先捐助4000大洋……"袁大总统没想到这个美国传教士这么能侃。

"多谢大总统慷慨！"

作为总统，袁世凯认为有必要在洋人面前显示一下自己的威仪和才华，居然把毕启带到自己的书房，让下人备好文房四宝，然后洋洋洒洒写下了以下文字："美国毕启博士为宗教大家，寓吾国四川境，凡十有五年，与其贤士大夫相习。自蜀至京者，咸乐道之。比集英美士人，在成都创立华西协和大学校。愿力宏大，至可钦佩。方今环球棣通，学术思想，日趋大同，充博士之志，愿同文同伦，不难企及，兹之设教犹先河也。"

这一次虽然没有得到自己所期望的那个数字，但毕竟人家大总统还是支持的，毕启也不算很失望。

短短几年间，城南那片土地完全成了另一番景象，顿时变得热闹起来。

客士伦给远在大洋彼岸的亲人写信说道："我们安居在华西坝上的新家，大家都很喜欢这里，农田里大豆花散发出令人喜爱的芳香"，夫妇俩是华西坝的第一批定居者。

从这里经过的高鼻子洋人个个西装革履，哼哼哈哈说着让人听不懂的怪腔调，外国女人们花枝招展，嘴唇上抹着妖艳的口红，偶尔还会听到小木屋传来的阵阵琴声，还有人"声嘶力竭"的呐喊，后来他们才知道那叫"美声"，总之和川剧高腔大不相同。

每天清晨，外国"洋娃娃"骑着小马，从捉泥鳅的农村小孩身边跑过，到城里的"加拿大小学"上课；偶尔"洋娃娃"们还冒出几句听得懂的成都官话让人忍俊不禁。

一到周末，精力过剩的外国男男女女，做出让老乡们百思不得其解的"古怪行为"，在刚刚修好的泥地上来回狂奔，不时传来嬉笑的声音。他们还在草坪上支起一张"渔网"，把一个圆圆的球打来打去。

"洋人如果必须把球从网的一边打到另一边去，为什么不雇苦力来拍打呢？"头戴瓜皮帽身穿长袍马褂的老乡绅路过网球场时，看见洋人精力充沛地来回奔忙，奇怪得很。

"老爷子，这叫网球，他们在比赛呢。"有见识的人向众人解释。

"怪糟糟的，这是吃饱了没事干的玩意儿。"旧式乡绅们不以为然。

大清朝彻底覆灭了，孙文本来当了总统，不过他为国家社稷大局考虑，让位于袁世凯，袁不久居然在北京称帝，一时间舆论大哗。率先起来反对的便是名震天下的蔡锷将军。1915年袁世凯在紫禁城称帝的时候，他由北京潜回云南，与唐继尧等人于12月25日宣布云南独立，组织护国军，发动护国战争，蔡锷任护国军第一军总司令。1916年春率部在四川纳溪、泸州一带击败优势袁军，迫袁取消帝制。

袁世凯死后蔡锷担任四川督军兼省长。

蔡锷这天坐在官邸阅览下面呈上来的文件，其中的一份吸引了他的注意力。这是一封用小篆写成的类似奏折的书信，上面罗列了不少洋鬼子在四川的罪恶行径，说是洋人们在中国内地到处广置地产修缮教堂传播邪教，而且还兴办所谓的"教育"，其中让人感到"愤慨"的是居然还在省城南门兴建一所大学，这明明就是传播异端邪说，毒害中国未来之青年，视我泱泱中华如草芥。

文章写得洋洋洒洒，引经据典，并奏请蔡锷大人警醒！蔡锷一看落款是某某清王朝的举人。

"你看看这个，说说你的看法。"蔡锷将此信递给旁边的幕僚。

幕僚飞快的浏览一番，用疑惑的眼光望着省长"督军，您的意思是……."幕僚一时半会还闹不明白将军的意思。

"谈谈你的看法。"年轻的蔡锷并不马上表明态度。

"上面说的不是全无道理，但似乎显得偏激……"幕僚小心翼翼道出自己的想法。

"何止是偏激！是无知，尤其对洋人们开办学校一项。我们必须清醒的认识到，中国已经大大落后于西方，如果不奋起直追只怕还要继续受人欺凌！"

"是啊是啊！督军说得一针见血。"幕僚终于清楚了蔡锷的意图，"这个华西协和大学我去过，教授的西洋知识，但其中也教授国学，并不完全像这位先生说的是异端学说。"

"百年大计，教育为本啊！他们连这个都不懂。中国要立于世界之林，裹小脚缠辫子，固步自封只有死路一条！"蔡锷奋笔疾书，"你把这位老先生给我找来，再加上一些本地的士绅儒学，我们一起去一趟华西大学！"

"是，在下马上去办！"幕僚转身退下。

得到本省省长的召见当然是十分荣耀的事情，很快这批士绅们云集省府，希望蔡将军的接见勉励。

"各位前辈，各位父老！我蔡锷初来本地，一直忙于公务，无暇亲自拜会本地各位，多有得罪，今天蔡锷特地相邀各位一叙，感激大家捧场了！"蔡将军率先致辞。

"蔡将军日理万机，我等多有打扰！"领头的士绅上前施礼。

"今天邀请各位来的目的只有一个，那就是春游。"蔡锷笑吟吟态度和蔼。

"春游？"士绅们颇为不解，没有想到蔡将军还有如此雅兴。

"不知道蔡将军钟情哪里的风景？锦官城内外去处甚多。"

"就去华西坝吧，听说那里风景如画，以前曾是诸葛孔明北伐点将阅兵之处。"蔡锷笑道。

"蔡将军有所不知啊，那里虽说风景别样，但如今成了洋人的地盘，在南台寺建起了所谓的华西协和大学。已经不成样子了！"说话的那位便是给蔡锷上书的前清举人。

"不妨去看看，再怎么也是中国的地方嘛！"

一行人跟着蔡锷信步往华西坝而来。

"蔡锷今天借春游之机倒要向各位前辈请教一点问题……"蔡锷边走边说。

"蔡将军才高八斗，又是留日太学生，我等老朽哪里敢斗胆和蔡将军比肩。"士绅们摆出一副谦卑态度。

"诸位不必过谦，蔡锷是真心求教。我泱泱中华几千年辉煌灿烂，可如今落得国破民穷，受人欺凌，实在让人唏嘘，中华的出路在何方啊？"他抛出问题，看着这帮老儒。

"只要有蔡将军这样的栋梁基石，中华不愁没有出路啊！"有人开始拍马屁。

"难道单单靠一两个蔡锷就能救民族于水火？"蔡锷目光如炬。

"蔡将军的意思是……？"老儒们显然在揣测将军的意思。

"蔡将军，国家强盛，需要更多的人才，得健全教育，兴办实业，休养生息，让百姓尽快富裕起来。"

"说得好！"蔡锷大声赞许。

这时候他们已经到了华西坝，绿油油的禾苗中间掩映着几座高大的建筑。

"你们知道为什么我们在鸦片战争中会全军覆没，为什么龙子龙孙们在坚船利炮下成了缩头乌龟，成了任人宰割的羔羊？"

"……"鸿儒们不敢说话，等着蔡锷的下文。

"就因为西方列强掌握了最先进的知识，最先进的理念！而我等民族已经大大落后了！你们看这里是什么？"他遥指华西大学。

"华西协和大学，英美加五个教会兴办的学堂。"有人说道。

"那你们相信这所学校教授的难道全是异端学说吗？"

无人回答。

"西学东渐，我们现在必须要做的就是向人家学习，而不是一味的拒绝先进的思想！如果继续闭关自守，最后挨打的只有我们自己！"

"鄙人曾经游学日本，这个曾经是咱们学生的东瀛扶桑，已经变成了庞然大物，连我们的所谓无敌舰队也被人家打得七零八落。可就是这个国家，也曾经受到美国'黑船舰队'的欺凌，被迫开放通商口岸卑躬屈膝。可是，他们却作出了跟我们大不一样的反应，日本派出了自己的大批官员、学生西渡欧美，向曾经欺负过他们的人学习，正是因为他们的这种精神才使得弹丸岛国迅速崛起！"

蔡锷看着旁边的这些老朽们，继续阐述："我们，又为什么不能学学日本，收起自己的虚荣心，奋起直追啊！你们看看，这是一所多么美丽的学校，但是在很多人眼中，它成了一个传播异端学说的场所，这样的见识只会让我华夏民族永远仰人鼻息，被人瞧不起！糊涂啊！"

鸿儒们这才明白蔡锷将军请他们来的目的，其中不乏反对学习西洋文化的国学大师，他们此时默不作声，或许是在思考，或许慑于蔡将军的权威。

作为一方最高行政首长非常清楚教育是何等重要，这位日本留学生知道教育是强国立民之根本。留学扶桑的经历对他的刺激太大，曾经给中国当了几百年学生的日本已经走在世界的前列，科技水平一日千里。而自己国家的人民尚在蒙昧中，俨然不知道天高海阔。如不开发民智，国家将再次陷入万劫不复。

蔡将军亲临华西的消息很快传到学校，作为校长的毕启和校董会主席启尔德当然十分重视，赶忙迎了上来。

"毕启校长，你的学校办得不错嘛！"蔡将军握着洋校长的手。

"还请蔡将军多多指教点拨才是。"毕启颔首笑道。

"指教谈不上，我们是学生，你们才是老师啊！这不，我给你带来了成都市各界的鸿儒雅士来给您助兴来了，何不妨带我们瞻仰一番？"

"那好那好！诸位这边有请！"能够得到省长的莅临赏光毕启等人自然是喜出望外。

一群长袍马褂虬髯横须的老者们在身着戎装的蔡将军带领下一一参观了四川第一所现代意义的大学。

走到事务所门口，蔡锷望着这中西合璧的雄伟建筑顿时诗意大发，喊声："有请文房四宝！"他提笔给华西协和大学留下遒劲珍贵的墨宝：

"立国之本，曰富与教。富以厚生，教以明道。原人之素，维身与心。心失所导，厥弊顽冥。贤哉西哲，有教无类。万里东来，循循善诲。文明古国，中华是推。文明大邦，英美是师。宏维西贤，合炉冶之。我来自滇，共和是保。戎马倥偬，未遑文教。瞻望宏谟，深慰穷喜。我有子弟，何幸得此。岷峨苍苍，江水泱泱。顾言华西，山高水长。"

非常遗憾的是蔡锷将军没有看到华西协和大学的最终辉煌，他在这一年的11月8日不幸病逝于日本福冈大学医院，年仅34岁。

情况远比启尔德想象的严重，不但他得不到梦寐以求的东西，还差点没被人给打出来，好不郁闷。

"龟儿子，你要我干伤害祖宗的事情？老子不干，你们给老子滚出去！"这家人的男主人要对"洋鬼子"动手。

"洋毛子就是稀奇古怪的，拿死人整起好要吗？"邻居也上来谴责这个外来的"和尚"。

"造孽啊！哪能干这样伤天害理的事情嘛！"围观的绝大部分人对此嗤之以鼻，或者说是愤慨。

于是成都有的父母为了吓唬不听话的小孩，说了："你砍脑壳娃娃不听话嘛，不听话把你送到华西坝给洋医生去开肠破肚！"往往能够起到吓唬小孩子的奇效。

启尔德的医学院连一具供教学使用的尸体也没有，他无能为力，实在找不到，中国对于"死"的态度甚至超过了"生"，后来他听说过"死者为大"，身体授之父母不能随意"破坏"，死了必须入土为安。

秋日成都的凌晨寒意婆娑，约莫两三点钟，负责管理医科楼的工人迷迷糊糊从床上爬起来正要到厕所小解，他发现停电了，于是点着马灯，在昏暗的灯光下往厕所摇摇晃晃的踱去。半梦半醒之间，走路难免高一脚低一脚。还没有到厕所门口，工人突然感觉身体重心全失，整个躯体已经不听指挥的倒向前方，结结实实跌了个嘴啃泥，马灯也摔在地上稀里哗啦破了，里面的火苗也在瞬间熄灭。

"哪个龟儿子……"工人像是突然清醒过来，他想肯定是哪个在路上放了个垃圾桶之类的障碍物。他摸索着爬起来，忍住身上的疼痛，准备先找到马灯，再看到底脚下是个啥子东西。他蹑手蹑脚小心翼翼摸着，天色很暗，什么也看不清楚。突然，他摸到一个软乎乎的东西，好大一坨，冷冰冰的，不对，是啥子呢？他继续摸着，不好，他摸到一只脚，再往上，哇！还有手。顿时工人毛发顿竖，迟疑片刻，起身拔腿便漫无目标的飞奔起来，一路狂嚎："鬼啊！鬼啊！有鬼，有鬼！"

他的嚎叫划破夜空，粉碎了华西坝方圆几里地的寂静，他也不知道被摔了多少跤，手上脚上被划了好多长长的口子。跑了半天，他自己也找不到方向，还是不停的喊叫着，一副惊恐万状的惨状。这时候住在附近的好几户人家亮起微弱的灯光，也许他们也被这凄厉的喊声叫醒了。

"出了啥子事哦？"医科楼门前来了两个男子，拉住那管理工人，想问个清楚。

"有鬼！有鬼！就在厕所那边，还把我拌了个跤子……"工人见人来了，但还是气喘吁吁，一脸恐怖。

"龟儿子，凭白无故，哪来的鬼哦！"这时候学校的几个洋人也来了，他们也想来看看到底发生了什么事情。

"你们不信？真的，有鬼！吓死我了！"

霍尔在家里接待了从中国回来的传教士毕启，对于有远大理想的人霍尔从来是以礼相待。

"霍尔先生，我希望得到您的帮助。"毕启已经将教会在中国成都成立教会大学的计划和实施情况向霍尔做了尽量详细的介绍。

"看来是个不坏的想法……"霍尔盯着毕启的眼睛，也许他想从这位年轻人眼中找到什么东西。

美国化学家霍尔位于佛罗里达州德托纳比奇的府邸十分的阔绰，他的富有不是依靠巧取豪夺得到的，而是他的聪明智慧。霍尔曾在奥伯林求学，1885年在那里毕业，年轻时就对化学发生了强烈兴趣，由于受到老师一次偶然间谈话的鼓励，使他在一生中作出了重大发现。霍尔的老师说过，任何人如果发明了一种廉价的制铝方法，他就会变得富裕和出名。1886年霍尔23岁时，他在实验室工作，设计出一种用电解来生产铝的方法，他实际做这项实验时正是他大学毕业后只不过是8个月的时间。实验中关键的发现是将氧化铝溶解在一种称做冰晶石的矿物溶融体中，并使用碳质电极。同年，在另一处独立工作的法国的埃鲁设计出了相同的方法。因此，这一方法通常称做霍尔–埃鲁法。

霍尔于是变得富裕和出名了。

"在适当的时候，我希望您能够去那里看看……"毕启也盯着霍尔的眼睛，他发自内心尊敬这位伟大的发明家。

"尊敬的毕启博士，您知道我不是个贪恋财富的人，不过……"他站起身，"你募捐是为了在中国成立一所大学，这是为什么？我知道你是个美国人……"

"为了救赎。"毕启简而言之。

"救赎？"

"是，救赎。"毕启知道毋须解释太多，霍尔是个极其聪明睿智的人。

"此乃基督教重要教义之一，谓基督拯救世人之道。"

"因为我知道，您也是个虔诚的基督徒。"

"毕启博士，这是50万美金……"霍尔从怀里拿出一张支票递给毕启，显然支票是他早已准备好的，"告诉你，博士，这些钱是我在中国赚的，现在把它交还给中国人。"

华西坝居然发现了死人，而且就躺在医科教学楼门前。

"你带我们去看看，反正人多，不怕！"几个汉子壮壮胆子说道，"走嘛，老子这辈子还没有见过鬼呢，最好是个女鬼，哈哈哈。"他强开玩笑给自己壮胆。

"就在厕所那边，你们要去自己去，我是不敢去。"工人惊魂未定。

洋人和两个中国汉子相视而笑，意思是老子们去看看？"不行，最好准备一根棒棒，"有人提议。

"有个屁用，如果真的是鬼，你拿个棒棒也打不赢的。"另一位反对。

大家还是犹豫了很久，这时候来的人越来越多，终于他们围成一群往厕所方向慢慢移动，有人提来了马灯。在昏暗的马灯灯光下，远远看见厕所门口有个黑乎乎的东西，但看不真切。

"走近点看。"胆大的人提议。

"莫慌，看清楚再说。"也有人表示应该谨慎为妙。

大家犹犹豫豫半天，还是不敢轻易靠近。

"出了啥子事情？"启尔德不知道啥时候来了。

"他们说医科楼里面出来鬼，在厕所门口。"

"走！我们去看看。"启尔德接过马灯，径直往厕所门口走去。他发现这里的确有个像人一样的东西横卧在厕所门口。走近一看，果然是一个用土布包着的，还露出一只手和一只脚来。"不好，有人病倒在这里了！"这是他的第一个反应。后面的人终于在启尔德的带领下战战兢兢的围了上来。

启尔德掀开地上的布包，里面果然躺着一个人，是个大约四十多岁的男子，他立即查看此人的生命体征，不好，身体都已经冰凉了，早就没有呼吸脉搏。这是哪里来的死人呢，是被人谋杀的还是……大家满脑子狐疑。

"需要报警吧？"有人问道。

"那是，人命关天，马上通知本地的警察局，马上派人来检查，看是不是刑事案件。"启尔德立即吩咐那位工人和几个年轻的洋人传教士，必须马上封锁现场，以免破坏了破案的线索。

等了两个时辰，才有两个警察模样的人慢条斯理出现在医科楼楼下，这年头死人多了，到处都有饿死病死的穷苦人，他们早就见怪不怪，还抱怨报案的人打搅了美梦。

此时天已经慢慢亮开了，楼下围了这群人还没有散去，警察们草草看了看，"像是乞丐，饿死的……"

"黄包车，过来几个，"警察吆喝着在附近拉黄包车的车夫，"帮忙拉到乱坟岗子去埋了算了，给你们算钱。"看来以往出现类似情况都是照此规矩处理的。

"就这么埋了？"启尔德感到很是奇怪，他们对着警察像是说这么处理未免太草率了。

"是啊，不埋了还要咋个弄呢？"警察觉得洋人们真是麻烦。

"你们要不要通知死者家属吗？我想他家里的人一定很伤心。"

"洋大人，说得轻巧当根灯草，这么大的世界，你说我到哪里去找他家里的人？"警察说的也是实情，这些乞丐很有可能是外地来的，他的家人在哪里谁也说不清楚。

"那你们就随便找个地方给埋了？"

"不埋了还能咋个办，洋大人？"

"警察先生，能不能给你商量个事儿。"

听完启尔德的要求，警察的头摇得像个拨浪鼓："啊？！这个咋个要得呢？要不得，要不得！"

毕启根本没想到刚到印第安纳波利斯就遇上一场暴雨，淋得跟个落汤鸡似的，不行，得找个地方等衣服干了后才能去拜见本地的万德门家族的老大。

虽然他这是第一次来，但在芝加哥的一个宴会上他和那位位高权重的商界巨贾有过一面之交，而且也得到了他的认可，万德门的这位掌舵人已经答应无论如何替自己想想办法。毕启希望这次不会白来，华西协和作为一所大学欠缺的实在太多了。

"你好，我是毕启，我和贵府的老先生事先有约。"毕启给开门的仆人解释道，万德门家族的庄园气派非凡，这让毕启感到了信心。

"噢，毕启先生，您请进吧，不过很不巧，先生他生病了，是昨夜突然发病的，他昨天曾经说过您要来这里。"

"噢，真是不幸……"毕启在犹豫要不要进去，"老先生的病情严重吗？"

"反正不轻，不过先生您请进吧，这会医生正在给先生看病，您可能要等一会。"

毕启坐在宽敞豪华的大客厅里静静的等待着，四周墙壁上挂满了各种油画，油画上的人物男性个个神采飞扬，女性都是雍容华贵，毕启知道，这一定是万德门家族历史上的风云人物，他们一定是这个庞大商业帝国的缔造者。

"你就是那位传教士？"身后传来一个声音。

毕启回头一看，是一位年轻的绅士，他面无表情。"是的，先生，我叫毕启。"他站起身来伸出右手。

对方没有理会毕启的反应，冷冷的说道："你是来募捐的吧，总有像你这样的人来这里大谈什么基督事业……"毕启从他眼中看到了某种敌视的成份。

"噢……"毕启不知道怎么回答，"您是？"

"我是这个家族的继承人之一，至于叫什么对你来说并不重要，我是想说的在我祖父病重的时候不希望有人打搅，我知道您是位绅士……"显然他在逐客。

"对不起，我事先和老先生有约，不过我不知道他病了。"

"传教士先生，你来的目的就一个，那就是要钱，万德门家族被外界看成是个摇钱树，只要有需要就来这里缠着我的那位慷慨的祖父大人，他总是那么大方……"

"先生，抱歉，我不希望和您争论什么，不过我得说明，那并不是为了我个人，而是为基督，为了那些百姓。"

"说得多好听，传教士的口才都那么好，都是为了看不见的那位主。你们都快把万德门掏空了……"年轻人越说越气。

"先生，对不起，看来我不太受欢迎，看来我还是告辞吧。请向您祖父问候，我就不打扰他的休息了。"毕启不想在老先生生病的时候和他家族成员发生冲突。

"不送了，传教士先生。"年轻人嘴角露出鄙夷的微笑。

毕启走出大门发觉天已经放晴，空气也变得很清新，他在想下一站应该去哪里，这次募捐之旅已经持续了三个月了，还不知道学校那边怎么样了，或许还好吧。不过肯定好不到哪里去，虽说是所大学，其实条件还比不上一间美国的中学，做试验的酒精灯都没有，甚至用煤油灯代替；教科书严重短缺，几个学生合用一本书，很快就被磨得破旧不堪了；教授们住在低洼潮湿的房子里面，每月的薪水也就够糊口，他们拿不出更多的费用来；从加拿大美国捐助来的好多设备在半道上就被偷了，运到成都的那些都是一点用处也没有的垃圾。

不过让毕启高兴的是总是不断有人申请来华西，而且还没人说受不了糟糕的环境而要求离开的。毕启喜欢启尔德，喜欢林则，尤其是林则，他总想在华西开设牙科专业，在中国普及牙科治疗，可经费从哪里来？还有那个叫丁克生的加拿大人，总想把西方的良种鸡和奶牛引进到中国……

"先生，您发烧了！"旅馆服务员是个老太太，打扫卫生的时候发现新来的年轻人躺在简陋的房间里很虚弱，脸色潮红。

"不要紧，躺一躺就好了。"毕启睡在床上，感到浑身疼痛，他知道是淋雨的原因。

"你可是要小心啊，容易得肺炎的，前不久……"

"太太，麻烦给我一些开水。"

"喝水还不如去好好看看医生，我们这里有个不错的医生。"

"没事儿，太太。"毕启婉言谢绝。

老太太送开水来的时候带来一个消息，万德门庄园的人在到处找他。

警察对启尔德医生的要求严词拒绝了，他不可能同意这具无名尸体用来做解剖，天底下还从来没出过这样的事情。这些洋人真是奇怪，对死人身体很有兴趣。

"要是拉出去埋了肯定没得问题，但你们要用来做尸体解剖我不敢保证……"

"警官，埋了也太可惜了嘛，你能否请示上面把他给我们。医学院需要尸体标本用来教学，请无论如何你帮帮忙！"

"死人也曾经是人，也要入土为安。请示不请示都一样，洋大人，您看呢，还是埋了算了。"

"来人，拉走拉走！"警官吆喝手下人过来动手抬尸体。

"警官大人，你再等等，等等，拜托了！我们真的很需要，真的！"启尔德差点给警察跪下了。

"格老子，洋大人，您帮帮我好不好！我也为难得很啦，要是老百姓晓得我把尸体给你做了解剖，还不剐了我，您又不是不晓得……"他想说十多年前那场"教案"的血腥。

"算我求你了！"启尔德坚持着。

"那你们找找我们头头儿，他说咋个我照办就是。"警官松口了。

警察局的头目认识启尔德和莫尔斯，一见面就打哈哈："两位洋教授，此事非同小可，万一让老百姓晓得了他们要闹事的。我做不了主啊！"

"那谁可以做主？"

"得请示上面。"

"上面是哪个部门？"

"省里。"

"好的，局长大人，我们就在这里等您请示吧。"启尔德和莫尔斯干脆坐下来不走了。

"洋大人，不要着急啊，这请示也需要有个过程嘛，你们先回去，我请示好了就通知你们。"

"局长大人,这无名尸体已经放了好多天了,再不处理恐怕就腐烂了。"莫尔斯十分恳切。

"也是啊,那你们等等,我干脆亲自跑一趟省里,电话里面也说不清楚。"

"我们也一起去吧。"启尔德不想耽搁太久。

谁也没有想到一具无名尸体惊动了省里的官员,到了省里谁也不敢做主,说是从来没有遇到类似问题,必须通报督军大人,这下可难坏了两个洋教授。

"你们总得有个说话算数的人啊!麻烦给我禀报最高长官。"启尔德要见督军大人。

"督军大人正在开会。"办事人员说的也是实情。

"我们就坐在这里等……"

好不容易终于等到督军大人回来,听了莫尔斯等人的一番述说,他犹豫半天,低声和幕僚叽咕了几句,然后说到:"既然你们想要这无名尸体,我看干脆这样吧……"

两个洋人一听,觉得更加不可思议:"这个办法行吗?督军大人。"

毕启从重庆朝天门码头刚下船,就听见有人在叫他:"毕启博士……"

"您是……"对面走来一个身穿长衫的中国人,约莫四十来岁,毕启在想这人好象在哪里见过。

"毕启博士,您不认识我了?我是刘子如啊,哈哈,您忘记了,我们见过的,在基督教的重庆庆典上。"对方提醒道。

"噢,想起来了,您是胜家公司的刘总经理啊,您好您好!"毕启伸出手和对方握在一起。

"毕启先生是刚从哪里归来。"

"这不,刚从美国回来,正要赶回成都呢。"

"嗨,都这么晚了,还是在重庆稍稍歇息一阵子再回去,干脆您就去我家里住吧,怎么样?"刘子如真诚的邀请。

"还是不打搅了吧,刘先生。"毕启谢绝道。

"毕启博士,您知道我是个虔诚的基督徒,我们都是上帝的子民,都是兄弟姊妹,干吗客气啊。走吧,平日里请还请不到的贵宾,干脆您多在重庆住些日子,顺便也和在重庆的同道们聚会聚会,机会难得啊!"

"那……好吧。"毕启推迟不过只好答应。

"您这次去美国一定收获不小吧,我们都听说了,您在成都建立了一所大学，叫华西协和，这是好事，是千秋功业……"

"不值得一提，困难还多得很，学校虽然建起来了，但维持正常的教学还是个麻烦，此次回美国，顺道去加拿大就是为了学校经费的事宜。"

"情况如何？"

"还算不错，美国不少的企业家已经答应捐助，只要有了这些支持，我想学校还是大有希望的……"

刘子如，重庆巨商、著名企业家、慈善家和爱国知名人士。綦江县金灵乡青山石窝寨（今万盛区金桥镇新木村）人。刘子如从小聪明好学，锐意钻研，在上海胜家公司工作期间学会了缝纫的整套技术，公司派其回渝开辟市场，他将一座小寺庙改造成经营胜家公司缝纫机的地址（后迁道门口），自任经理，经过不懈努力，发展成规模巨大的总公司，在西南各省开设分公司数十家，成为了重庆地区巨商。

第二天早上，也许这一路实在是太过劳顿，睡得过头了。

"毕启先生起床没有？"刘子如在门外低声问家里的仆人。

"还没有，可能是太累了吧。"仆人回答。

"没关系，你让他睡吧，等他起来之后好好安排早餐。"

毕启听见刘子如来了，赶快起床穿衣出来："不好意思，刘先生，让您这么关心。"

"哎呀，毕启博士，您尽管休息嘛！"

"醒了，醒了，我今天得赶回成都去了，学校那边事情多得很。"

"真的要走？"

"是的，刘先生。"

"毕启博士，这是我的一点意思。"刘子如从怀里拿出一张银票递到毕启手中。

毕启吃惊不小："刘先生，毕启这次不是来跟您募捐的，您这是……"

"博士，我是个中国人，如今连那些外国人都在为这所学校募捐，我等义不容辞。"

"刘先生，您已经做了不少了，我知道您一直大办慈善事业，创办重庆私立孤儿院、綦江青山孤儿院、中华基督自养美道会、重庆市中华基督教青年会……"

"这算不了什么，钱财无非是身外之物，毕启博士您务必收下，刘某如今的生意虽说遇到一些麻烦，但这点钱还是拿得出来的。等我宽裕一些的时候，我还希望在贵校捐建一座教学楼，还请毕启博士一定给刘某这个机会……"

毕启感觉自己的视线有些模糊……

林山腴、龚道耕和成都各界的其他社会名流都同时收到一份请柬，落款是华西协和大学，但请柬上并没有说明此次活动主题。

"嘿，奇怪了，这所洋学堂请我们干什么？"林山腴刚好前来拜访和自己年龄学识相仿的国学纯儒龚道耕。

"也许就是一般的礼尚往来，毕竟教会大学也需要和各界搞好关系。"龚道耕不以为然，这样的活动太多了，他已经见惯不惊。

"未免太耽误时间，与其参加这样的繁冗聚会，在家品茗养神岂不更妙？"林山腴才高八斗，对那些所谓的中国人的"礼节"十分厌恶。

"山腴兄，向农倒是想去凑凑热闹，虽然本人不是特别反对西学东渐，但对一味崇洋不敢苟同。我倒要看看那洋人玩出什么花样来。"

"也是的，在下倒是听说一件新鲜事儿，那所教会大学居然要开国学课程，他们已经向廖平廖老和豫波先生伸出橄榄枝……"

"是吗？洋人葫芦里面卖的是哪副药呢？"

"嗯……那咱们就去吧，看看也无妨。"

省政府市政府各个机构的诸多官员也收到了华西协和大学的邀请函，不过让他们真正感兴趣的不是会议内容，而是活动的压轴节目。

"奇怪了，邀请函上面只是写明在何时何地开会，至于何时何地用餐，这邀请上也没说清楚啊！"

"嗨，跟着去就是，不是正兴园就是荣乐园，少不了您吃的，哈哈哈。"

"千万不能整西餐啊，那些刀刀叉叉的老子不习惯。"

"那可说不准，洋人还能整出啥子花样来，他们又整不来回锅肉的，说不定真的是西餐。"

"那就算了，老子不去，不如回家喝点小酒舒服。"

"走嘛，连省长都去，你娃敢不去撑个面子？"

督军说了："你们希望尸体解剖能够得到广大民众的认可其实不难，首先应该让更多的社会名流明白其中的道理，慢慢就顺理成章了。"

"督军的意思是……"莫尔思还是没听懂督军的意思。

"这样嘛，你们发个邀请，让成都各界派出代表参加尸体解剖课程不就结了？"

"啊！这样啊？"启尔德和莫尔思吃惊不小，他们在想那么狭小的教室不知道要拥挤成什么样。

"到时候我也去，诸位觉得如何？"

"那敢情好啊！"两位洋教授如释重负，督军如果莅临参加，闹事的可能性自然没有了。

"督军大人，课后要不要安排宴会？"毕竟启尔德知道中国人喜欢会后聚餐。

"他们来看您的'表演'，到时候就不晓得他们吃得下不……"督军说的也是实话。

莫尔思，这位1865年出生于美国的传教士，1907年来华后曾在四川宜宾行医7年，任过宜宾仁德医院院长，后在英国伦敦大学研究一年，在美国研究人种学、解剖学二年。1914年秋即以文学士、医学博士、法学博士、美国外科医师学会会员、通讯院士的资格来到华西坝任教，在同年11月2日启尔德主持的会议上他被选为医学院教师团的秘书，1916年他回国休假期中获得Rockeffeller基金会的资助并第一个授予他China Medical Board Fellowship（中华医学会会员）证书。

今天，莫尔思担任此次会议的主持人。

成都社会各界人士纷纷来到华西坝，鱼贯进入早已安排好的医科大楼会议室，大家惊讶的发现今天居然会场上没有悬挂横幅，也不像是搞什么庆典，在会场中央的黑板上贴了一张大胡子外国人的画像。

"这是哪个？"有人窃窃私语。

"不晓得，有点像托尔斯泰。"

"不对哦，应该是个传教士，说不定是传教士的祖师爷也有可能……"

"今天开这个会是啥子内容？"

"不晓得，不过听说督军也要参加啊，看来来头不小啊！"

"龟儿子，洋人整事情就是玄，请帖上也不说清楚。"

"啊呀，等会就晓得了，不要着急嘛。"

会议室门口突然变得吵吵嚷嚷的一阵骚动，大家知道一定是督军驾到了。破天荒的今天督军没有身着戎装，穿的一件中式长衫，头戴礼帽，在众人的簇拥下神采奕奕的走进会议室，启尔德等人引领督军来到前排就座。

启尔德给莫尔思使个眼色，莫尔思迅速到讲台上，清清嗓子，说道："尊敬的督军大人，尊敬的成都各界名流……首先，我们用热烈的掌声邀请督军大人致辞！"

会场上顿时响起雷鸣般的掌声。

督军走上前台，脱下礼帽，微笑着："诸位……我，身为四川督军，有责任……"

"龟儿子洋人的面子就是大哈，把督军都请来了。"下面仍有人在开小会。

"老子看这家伙也是个怕事的主，成天跟在洋鬼子屁股后头转……"

"老子听了半天都不晓得他龟儿子说的些啥子，今天到底要干啥子都搞不清楚……"

"莫慌，好戏肯定在后头。"

督军演讲的内容无非就是华西协和大学是中西文化交融的结晶云云，大家应该珍惜这样的机会云云，西学东渐是好事情，中华之邦是泱泱大国，讲"仁义道德"，每个人都要拿出实际行动来增强中美、中加和中英之间的友谊，让友谊之花常开不败等等。总之，督军说的每句话都是值得鼓掌的，很自然他的讲话多次被掌声打断。

大家好不容易盼到督军长篇大论的演讲到了尾声，好在督军讲完话后表示"公务繁忙"，必须即刻离席，这是大家很盼望的，毕竟这所在此让众多的下属感到紧张和不适，于是督军在众人景仰的目光中信步走出会议室。

启尔德和莫尔思知道，真正的大戏开场了。

二十世纪二十年代，英国伦敦，议会下院。

"今天的主题是什么？"议员们在私下议论。

"好像是讲中国问题。"消息灵通的回答。

"来了个从中国回来的传教士，这家伙在英国到处演讲，很有煽动性的……"

"一个狂热的热爱中国的家伙……"

主席看看时间，然后走上讲坛，喧嚣的听众席顿时安静下来，主席清理一下嗓音，然后对着话筒宣布："女士们先生们，早上好！今天我们荣幸请到一位远道而来的客人给大家做演讲，他演讲的题目是'中国问题'，请大家用最热烈的掌声欢迎克利福德·斯塔波斯先生。"

掌声顿时响彻下议院的演讲大厅。一位身着正装儒雅潇洒的英国人信步走上讲坛，向在座的人们欠身致意，拿出他早已准备好的发言稿放在演讲台上，不再看稿子，朗声说到："女士们先生们，大家好！我是克利福德·斯塔波斯，和你们一样是个地地道道的英国人，同时我是中国成都华西协和大学的一名教师，但我还有一个中文名字，苏道璞。在我开始演讲之前要做一个调查，请问你们中间有多少人去过中国？请举手……"

台下稀稀拉拉有几个人举起手。

"……我在中国已经快十年了，"他充满深情的，"……我热爱中国，中国是一个具有五千年悠久历史的国度，具有深邃的精神财富让全世界分享……而我们的军队在那片土地上都干了些什么？"

"……包括我们英国在内的西方国家在那里划定租界，不让中国人入内，甚至写上'华人与狗不得入内'这样羞辱中国人的话语……这难道是高尚的基督精神在世界上的真正体现吗？……"

"……十字架啊，我的主，背负的何止是爱，是信任，是和平，是独立……"

"……已所不欲，勿施于人，英国和中国应该建立平等互利的关系，应该建立相互信赖的关系……"

刁钻的议员们把热烈的掌声送给这位克利福德·斯塔波斯先生，送给了这个叫苏道璞的同胞。他让这些高傲但又目光短浅的人多少了解了远方的国度。

他的妻子玛格瑞特和大女儿茹丝也迎上前来送给他紧紧的拥抱。

"亲爱的，你讲得真好！"妻子由衷赞叹道。

"爸爸，我们下一站去哪里演讲？"女儿知道他们这次环英国旅行的目的不单单是玩儿，这样的演讲她已经听过很多次了。

克利福德·斯塔波斯他自己也没有想到这是他最后一次在议会演讲了……

克利福德·斯塔波斯还记得十多年前的那一幕。

"说说你的情况，克利福德·斯塔波斯先生。"见面的地点在伦敦的一家咖啡馆，身为华西协和大学副校长的石恒励(Harry T. Silcock)微笑地望着对面这个俊朗的年轻人，副校长这次是回英国休假的，顺便会见几位希望致力于基督事业的志愿者。

"我，1888年11月出生于英格兰的中部，父亲是基督教长老会的牧师。7岁时，全家移居到新西兰，15岁，母亲就去世了。1909年毕业于新西兰大学，在荣获文学硕士后，又到英国利物浦大学继续深造并获得理科博士学位……"克利福德·斯塔波斯简要说明自己的履历。

……

经过一番交谈，石校长站起来握住年轻人的手："克利福德·斯塔波斯先生，我建议你向英国公谊会提出申请，我会在大洋彼岸等着你！"

"谢谢石校长！"克利福德·斯塔波斯略显激动。

"不要谢我，要感谢华西协和。你的到来将让华西翻开新的一页，我们将会多出一个化学系。"

"我马上出发。"

这一年是1913年。同年，这位叫克利福德·斯塔波斯的英国绅士抵达了成都华西坝，他多了一个中文名：苏道璞。

中国的故事那么吸引人，很多人听得入迷了。学生们对于遥远中国的想象变得这么具体，这么生动，林则讲述的那些事有些像是天方夜谭，但也那么活生生，为了基督事业，那么多的西方人前赴后继去了，这中间不乏自己的校友。

林则给他们讲了好多的故事，其中有启尔德的，有客士伦的，有甘来德的，还有毕启，那位不停漂洋过海到处拉赞助的美国传教士。

"这么说来，你是中国的第一个牙医？"多伦多校园的石凳上围满了年轻学子们，大家七嘴八舌的跟这位师兄请教着。

"从现代意义上说，算是吧。"林则一一回答大家的问题。

"哇呀，您就是中国牙科之父了啊！"

"哥们儿，别那么夸张，早得很呢！我连一个学生都没培养出来，凭什么当'牙科之父'？"

"和中国人相处怎么样？"一个女生关心的问道。

"还不错，那里的人很善良。"

"你会说中国话吗？据说那是世界上最难学的语言。"

"当然，要不我跟你说几句？呵呵。"

"听说你您刚去的时候差点被赶回来，有这事儿吗？"

"的确是的。"

"那您是怎么留下来的？"

"我记得父亲给我说过一句话，只要你认定了的目标就一定不要改变，就这么简单。"

"您真伟大！"学弟们由衷的赞叹。

"这也算伟大？不值得一提，差得远啊！"

"那您的理想是什么？"哈里森（Harrison J.Mullett）问道。

"那你的呢，哥们儿？"

"要是我的话，我就成立牙科系，在中国普及牙科教育，培养更多的中国牙医。"

"哥们儿，你叫什么？"

"哈里森·马利特，牙学院二年级学生。"

"怎么样，毕业后来成都吧，我们一起干，实现你的理想！"林则眨眨眼。

"您真的要我？

"不是我要你，而是那所大学，是那里好多的牙病患者，我正愁势单力薄呢，你来吧，咱们成立牙科系，干他个昏天黑地！"

"以主的名义起誓，我毕业后一定前往中国，去西部，去成都！"

林则上船了，他必须尽快回去，唐茂森已经来信催促他了，病人多得看不完。

站在高高的甲板上，看着码头上送行的人群挥舞着手中的毛巾或者手帕，他突然有点感动，这么多人都像是来送别他的，今天的林则已经不再孤单。

突然人群中打出一条长长的横幅，是好几个年轻人举起来的，不过他看不清楚上面的字母。

"林则，林则！"有人在喊他，他听清楚了，是那个叫哈里森的小子，他正一手挥舞着帽子，一手举起拽住横幅的一角。

"哈里森！"林则也挥手向他们致意。

"林则，等着我！等着我！"哈里森在嘶声呐喊着。

"为什么？"林则回应道，他已经用尽他最高的音量。

"为了希波克拉底，为了救赎！"

"什么？"林则没听清。

"希波克拉底的救赎！"

"希波克拉底的救赎！"林则回应道。

"尊敬的女士们先生们，大家一定非常奇怪为什么今天我们邀请这么多成都的社会贤达来到这里，不过我们很快就会揭开谜底。在揭开谜底之前我要请教诸位一个问题。"莫尔思停顿下来看着会议室黑压压的人群。

"这洋教授到底搞什么名堂？"

"你听他说。"

莫尔思微笑着："有谁知道哥白尼？知道的请举手！"

会场上参差不齐的有人举手，"莫尔思教授，那不是波兰天文学家吗，他创立了'日心说'，他的伟大著作有《天体运行论》……"有人高声发言。

"这位先生说得非常好！谢谢您！不过，今天我们不说哥白尼，我们要说的是和哥白尼同样伟大的一位先贤，请看这位……"他指着黑板上张贴的那张大胡子外国人的画像，"请问有谁知道他是谁？"

场下一片寂静，显然没人知道此君是何方神圣。

"他的名字叫安德烈·维萨里，是著名的医生和解剖学家，近代人体解剖学的创始人，维萨里与哥白尼齐名，是科学革命的两大代表人物之一……"

"1514年12月31日维萨里生于布鲁塞尔的一个医学世家。他的曾祖、祖父、父亲都是宫廷御医，家中收藏了大量有关医学方面的书籍。维萨里幼年时代就喜欢读这些书，从这些书中他受到许多启发，并立下了当一个医生的志向。他曾就教于意大利的帕多瓦大学，精通古罗马医学家盖仑的著作，但他不拘泥于书本知识，认为必须亲自解剖、观察人体构造，创立了当时少见的理论联系实际的生动教学局面，受到学生尊敬和爱戴。维萨里的主要贡献是1543年发表了《人体构造》一书，该书总结了当时解剖学的成就，哥白尼的《天体运行论》于同一年出版。维萨里与尼古拉·哥白尼一样，为了捍卫科学真理，遭教会迫害。但他建立的解剖学为血液循环的发现开辟了道路，成为人们铭记他的丰碑……"

莫尔思的演讲在继续……

"莫非今天莫尔思教授给咱们上解剖课？"

"解剖？啥子是解剖？"

"这个都不晓得，就是解剖死人……"

"啊？！这么恐怖啊！"

"尊敬的各位先生，我，莫尔斯，首先对大家的到来表示感谢！也许今天的活动会让你们中间的部分人士感到不安，但我作为一位从事医学的人士要向诸位说明几个问题，希望得到理解。第一，我们解剖尸体不是对死者的不敬，相反，我们会从他身上发现死亡的原因，找到原因才能够更好的治疗生者；第二，只有彻底了解人体的构造，才能做好防患于未然的措施，这是现代医学的基石……"

"……作为西方医学和贵国的中医有着不同的研究方法，中医有着悠久的历史，而且在中国历史上也曾经涌现了不少的医学大家，他们的研究成果也是世界人民的宝贵财富……西方现代医学讲求实证，需要利用现代科技手段来诊断和治疗疾病。我衷心希望西医和中医能够互相学习，相得益彰……"

"尸体解剖作为一门科学，在最开始的时候也许是不会得到广大民众的认可，认为这是对死者的不敬……但死者的身上需要承载生者的希望和梦想，为了这个梦想，我们应该勇敢的了解我们自身，自身的结构是上帝赋予的，上帝允许我们这么做……"

　　人群中似乎有人在轻轻的点头，也有人在摇头。

　　莫尔思在台上继续他的"课程"，而启尔德紧张的观望着局势的发展，他最担心的事情似乎还没有发生，不过他还没完全放心……

　　不好！已经有人开始离席了，启尔德紧张得有点不敢看那人的表情，不过那人没有发出要进行抗议的举动，只是默不作声的离开。

　　还好，大部分人还在，"也许那些离开的人是真的有事"，启尔德只能这么想，他已经做好了最坏的准备，万一……

　　参会人员被邀请到了隔壁的实验室，也就是医学院的解剖室，他们将在这里见证成都历史上第一次极其特殊的课程——人体解剖学。

　　十几位神父鱼贯而入，他们穿着庄严肃穆，手捧《圣经》，口中在念叨着什么，那是在给死者祈祷……

　　启尔德看看四周，一切都那么安静，虽说有人不敢进来，但大部分人还是勇敢的迈出了这一步，进到了狭窄的解剖室跟他们在一起。

　　启尔德和莫尔思的眼神交织在一起，"莫尔斯教授，我们可以开始了吧？"启尔德穿好白大褂，征询莫尔斯的意见。

　　"开始吧。"莫尔斯回应道。

　　莫尔思接过启尔德递过来的手术刀……

　　这节课一直持续到第二天凌晨，这一课也注定将载入史册，因为这是华西协和大学第一堂真正使用尸体标本的解剖课。

　　1913年秋天，克利福德·斯塔波斯抵达上海，这里外国人之多完全出乎他的意料，英国租界占据了最好的地盘，里面充满了印度巡捕，英国人在这里趾高气扬成了当然的贵族。

　　在克利福德·斯塔波斯的客房楼下，大胡子印度巡捕发现一个衣衫褴褛的中国人在垃圾堆里面翻检着什么，好象是在找剩下的食品，于是大声呵斥"中国猪"，那个惊恐的中国人掉头跑了。

　　"先生，为什么你叫那个人是猪？"斯塔波斯问印度巡捕。

　　"中国人，都是猪！"

"先生，他身上的器官和您别无二致，请不要侮辱中国人，因为这样也是在侮辱您！"斯塔波斯觉得巡捕的行为是荒唐的。

"中国人都是小偷，惯犯，他们身上充满了懒惰和愚昧……"巡捕想和斯塔波斯理论。

"先生，不要忘记这是中国的土地……"

"不对，这里是英租界，是大英帝国的国土。"

"是吗？"

"是啊，不信您去问朱迩典爵士。"

朱迩典爵士在他的办公室迎接这位远道而来的英国传教士："尊敬的克利福德·斯塔波斯先生，我代表英国驻沪领事馆所有人员欢迎你的到来，怎么样，年轻人，好吗？"

"尊敬的朱迩典爵士，感谢您盛情款待，我很快就要出发去中国的西部。"

"刚来上海，有什么感受？"朱迩典爵士不免说些客套话。

"爵士，这里和我想象的不同……"

"克利福德·斯塔波斯先生，我们来这里让中国人知道和学会了很多，上海英租界是中国最早的现代化地区。这一租界设立以后，便开始进行现代化建设，以后的公共租界仍然如此，这种现代化表现在城市管理、城市规划、城市建设、城市生活等的各个方面，导致了上海市中心最繁华地区的出现，外滩、南京路等您不觉得和大不列颠是那么接近了吗？"

"是这样……"克利福德·斯塔波斯含糊回应。

"克利福德·斯塔波斯先生，您到来的目的就是把我们最好的东西带给这些愚蒙的人们，去改变他们，您时时刻刻要告诫自己，的的确确您和他们不一样，真的不一样，只有这样您才会……"朱迩典爵士的确是位绅士，而且口才极佳。

"也许您的工作的确是卓有成效的……"

"博士，你来中国，去西部准备做什么？"

"做一个中国人！"

"啊？！"朱迩典爵士相信自己一定是听错了。

"先生，您最好买英国或者美国法国公司的船票，这样您的安全可以得到保障……"码头售票员告诉克利福德·斯塔波斯。

"不，我要买中国轮船的票，不要其他的。"克利福德·斯塔波斯坚持着。

售票员算是第一次碰见这样的怪人，凡是去内地的外国人无一例外的要坐外国轮船公司的船，船上面悬挂着船只所属国籍，沿路没人敢惹，而这个外国年轻人莫非有病？"先生，我事先声明，中国的船只……"售票员悻悻的办理着。

长江上充斥着各国的船只，的确如售票员所说，外国客轮条件的确好得多，他坐的中国客轮显得狭小阴暗潮湿，速度也慢得多。

克利福德·斯塔波斯突然感到一阵剧烈的颠簸，差点没站住，他没明白长江上怎么还有如此巨大的波浪。放眼望去原来一艘挂着英国国旗的大客轮正呼啸而过，如过无人之境，把旁边的小船掀得来回摇晃。

"哇哇哇……"他实在忍受不住，奔向厕所剧烈的呕吐起来，这是从伦敦出发后第一次发生。

"怎么样，哥们儿，体验当个中国人不容易吧？"旁边和他一起上船的中年人笑笑，"来，喝点水。"

"挺好，挺好！"斯塔波斯擦干脸上的水珠，苦笑一声，"多谢！"他接过脏兮兮的水杯。

"你一个外国传教士，干吗跟我们一块受罪？"中年人能够说点英语，勉强能和他交流。

"在耶和华上帝面前，你和我一样，都是平等的……"

"话是这么说的……"中国人的意思斯塔波斯没完全听懂。

重庆朝天门码头。

"洋先生，去哪里，这里有滑竿。"一个伙计上前招揽生意，他发现对方是个外国人，感觉是个不错的主顾。

"去成都。"

"正好正好，这里到成都还远得很，来，坐上滑竿保证你舒舒服服的……"他开始动手帮老外搬行李。

"不用不用。"斯塔波斯连忙拒绝。

"不贵的，你就放心吧，我是常年跑这段路的，好多传教士都坐过我的滑竿。"

"先生，我不坐滑竿。不过我可以找个挑夫帮我搬行李。"

"那你咋个办？"对方不明白，"难道走路？"

"是啊，我跟着走。"

"啊！？"码头工人不相信自己的耳朵，"先生，从重庆到成都有好远的，接近一千里路，你真的……"

"真的，我坐滑竿头晕。"

工人奇怪了，这洋鬼子坐船不晕，倒要"晕滑竿"。"龟儿子，抠门儿，肯定想省钱……"他嘟囔一句。

崇山峻岭之间，不断有抬滑竿的民工上来招呼这个老外："怎么样，坐滑竿儿，洋先生？"

"不坐，我晕。"克利福德.斯塔波斯摇头拒绝。

"我们抬得四平八稳，保证你舒服得跟在床上一样。"

"不坐，还是走路舒服。"他继续赶路。

"像你这么走要走到猴年马月了？"对方不太死心。

"我不喜欢被人抬着……"洋人耐心地解释。

"哥们儿，你终于回来了，差不多快把我唐医生累死了！"林则回来无疑对唐茂森来说是个好消息。

"怎么，想念我了？哈哈，不错嘛，小唐先生，据说你在成都牙科医学界干得风生水起的。"林则笑笑。

"想你？哼！老子成天忙得像个孙子，哥们儿你倒是在加拿大潇洒得很。"

"小唐医生，这可不好，到成都时间不长，这些市井俚语学会了不少嘛。话不能这么说，我在那边也没闲着，你就看着吧，不久还会来一大群牙医，呵呵。"

"怎么，你去那边欺骗学弟学妹们去了？"

"咋个能说是欺骗呢，我林则可是真心实意的。他们盼着过来和咱们一起开展牙科教育呢！"

"啊呀，小林医生，牙科系的事情八字还没有一撇，你就到处吹嘘？"

"告诉你，这是迟早的事情，只要有咱俩在，就一定能够开起来。"

"教会上层不见得同意，就是开医学院也是捉襟见肘，他们哪有这心思？"

"事在人为嘛，不能放弃信念！"

"对了，这是聘书，有你的课，是给医学院的学生上的。你赶快准备一下。"唐茂森递给林则一份盖有毕启大印的聘书。

"你呢？"

"我也有，就我们俩和尚，谁也跑不掉。"

针对医学院学生开设的牙科课程正式开课了，第一堂课由林则主讲。

他早早来到教室，在教室一侧卷起袖子不停捣鼓着一些泥巴，三三两两的学生进来都觉得奇怪"这老师在干吗呢？"这林老师也笑而不答，只管弄自己的活儿。讲台上摆着好多的小镜子，这老师真是奇怪，到不像是牙科老师，有点艺术家的味道。

开始上课了，教室立马安静下来，林则也不说话，对着全班同学开始微笑，弄得同学们好生奇怪，这老师是咋个了？莫非神经有毛病，话也不说，只是看着大家笑。

"同学们，"终于他说话了，"刚才你们都看到了什么？"

大家相互交换眼神，这是什么问题？今天是怎么了，这个闻名遐迩的林则咋个是这么个怪人呢！

"刚才看见老师在微笑。"胆大的同学冒出一句。

"好，诸位的视力不错。"林则的话引来一阵笑声，"那么你们看见老师我的微笑有什么感受？"

"怪兮兮的……"

"感觉到了友好。"

"还有开心……"

"快乐！"

"幸福的感觉……"

大家七嘴八舌的议论开了。

"不错，诸位的感觉极其正常和健康的，很好！那么请各位同学每两人一组，面对对方开始微笑。"

"啊！"大家觉得真好玩，这林则老师上课"玩微笑"，于是邻座的开始做起了"微笑"游戏，一时间教室里传来阵阵欢声笑语。

一个教室的"微笑练习"整整持续了十分钟，大家好像忘记这是在上课，跟幼儿园玩游戏差不多。

"好了！停止，"林老师依然微笑着喊停，"接下来我想请几位同学上来讲讲你们自己微笑的感受和见到别人微笑时候的体会。"

"我来。"

"我来！"

大家情绪开始被调动起来，争相上台谈感受，同学们说什么的都有，总体说来用"美好"高度概括。

"那么请问同学们，为什么你们有微笑的权利和功能？"

"因为我们有脸。"

"还有面部的肌肉。"

"对了，因为我们有健康的牙齿！"有人开始走上正题了。

"很好！"林则开始诱导了，"这位同学说得很好，我们请两位同学来模拟一下没有牙齿的老人的微笑或者吃饭。"

台下早就有等不及的学生，两人上来就装老太太瘪嘴的模样，滑稽的表情引来哄堂大笑。

"现在，我再请两位同学上来谈谈牙齿对于我们每个人的重要性。"林老师继续引导着课程的进展。

上台的学生洋洋洒洒开始长篇大论"首先牙齿有咀嚼功能，如果没有牙齿，肯定嚼不了胡豆花生，还有回锅肉，猪蹄膀等等。然后，还有美容功能……"

"还有，没牙的人说话漏风……"

"还有，门牙掉了漏财。"

"还有，亲吻的功能没了……"

"哈哈哈，哈哈哈……"引来众人大笑不止。

……

"请问大家，一旦你想起牙医，他会是个什么形象？"林则继续提问。

"匠人。"

"师傅。"

"手艺人。"

"工匠。"

"游医。"

"还有骗子。"不停的有人在补充。

"请问，为什么牙医在人们心目中是这么个形象？"

场下鸦雀无声。

……

"早在公元前2900年，埃及人首先就委派专门医师治疗牙齿。公元前460年~前377年，希波克拉底建议使用羊毛蘸蜂蜜清洁牙齿，然后用莳萝，八角，消毒药和白酒的混合液漱口。希波克拉底还写下了有关钳子的第一部书面参考资料，那是最古老的牙科工具,用于拔牙……"

"……时间一晃就是两千多年，牙科的治疗一直没有得到突飞猛进的发展，究其原因在于牙科没有被当成一门科学，而只是被看成一门手艺，这不能不让人感觉到遗憾，但谁会愿意把自己的牙齿去给铁匠木匠这样的手艺人当成一种器械去修理呢？我想在座的各位都不会这么做，毕竟人之身体是神圣的，身体上的每个器官也是神圣的，牙齿和心脏没有什么不同，牙齿和肝脏一样，牙齿和眼睛何来区别？自然都应该得到科学的尊重，都应该找出其中的规律，其中的生理和病理变化到底是如何按照一定的规律发生发展的。而如今在贫穷落后的中国，在我到达之前连一个正规的牙科医生都没有，他们一直在忍受着牙痛带来的折磨而无人能够挽救他们……"

"今天的课就上到这里，不过我要安排大家一个作业，请用镜子仔细观察自己的牙齿，然后用泥巴塑造出各自的牙齿模型来……"

一群官兵模样的人，他们吵吵闹闹用门板抬着一具尸体奔华西协和而来，一路上不断有人跟着看热闹。

"啥子事情，咋个这些丘八抬个死人呢？"

"你不晓得啊，刚刚在南门外敲了个'沙罐'，犯人的脑壳还挂在城楼上示众。"

"那把尸身抬到哪里去呢？"

"好像是送到华西坝去搞解剖，医学院不是专门解剖死人嘛。"

"啊呀，好恶心咯！"

"人家西医嘛，不搞解剖咋个教学呢？"终于有人开始理解西医的门道了。

"莫尔思先生，启尔德教授！"官兵们来到华西医科教学楼门前，当兵扯破喉咙开始叫喊。

"莫尔思教授，启尔德院长，你们出来！"

"他们不在，你们有啥子事情？"门口的工人出来招呼官兵。

"洋教授不是要死人嘛，我们给你们送死人来！"

"啊！"工人见状大惊，"你们等一等，我马上去找。"与其说是去找洋教授，还不如说是他害怕看见血淋淋的死人，他看清楚了，是个无头的尸体，还流了好多血。

华西坝上的闲人们都围了上来，看死人比看活人似乎更有趣，何况是送来给医学院做解剖的。

"咋个没得脑壳嘛。"

"自然得很啊,杀人都是砍头,自然没得脑壳了。"

启尔德得到消息甚为兴奋,放下手中的工作就跟着赶过来。

"诸位官兵辛苦了,辛苦了!没想到你们还给送来……"启尔德迎上来和领头的打招呼,他看见一个没有脑袋的尸体横卧在一块门板上,少了头颅的脖子上的血液已经凝固。

"启大人,在下奉警察局长的命令给你们送来死囚犯人的尸体,说是你们用得上……"小头目开始表功,他相信这伙弟兄们的烟酒钱肯定少不了的,洋人们有的是钱,就是缺少死人。

"啊!这个尸体咋个没有头颅呢?"启尔德一头雾水。

"是啊,就是没有脑壳的,脑壳我们已经拿到城门上示众去了。"小头目倒是希望启尔德拿到尸体总该给点茶水钱,咋个还这么挑三拣四的呢?四川人喜欢脑袋叫成脑壳。

"啊呀,我说老总啊,没有脑壳就少了好多用处。"启尔德和同事们感到万分惋惜。

"先生,我们这里处死犯人都是砍脑壳的,历来的规矩。要不这样,我叫人到城楼上把脑壳取下来给你送来就是。"小头目满不在乎。

不到半个时辰,手下的人回来报告:"不好了,城楼上的脑壳不晓得是哪个龟儿子偷跑了。"启尔德等人真是不知道说什么,只好将就使用了。

"启先生,反正都是脑壳,猪或者牛的脑壳行吗?"小头目的话差点没把启尔德给气晕过去。

"这怎么行呢,必须是人的颅骨才有医学价值。"启尔德耐心解释。

"启先生,你要脑壳不是嘛,这个好办得很,马上我回去给你弄一个来。"

"啊?!难道可以这样吗?"启尔德大惊。

"反正死囚牢里有的是罪犯,早晚都是个死,我再去砍一个脑壳来不就行了嘛。"他满不在乎的样子。

"算了,算了,还是不要了,不要了!"吓得启尔德毛发横竖,连忙推辞,你们官兵居然可以随意处死罪犯?这是什么世道!启尔德让人送来点钱给了小头目,早点打发走算了。

警察局长见莫尔思和启尔德上门求见,赶忙让进办公室。"两位洋大人,死人不是给你们送去了嘛,你们这是……"

"送去的尸体我们收到了，非常感谢！今天我们专程上门致谢的！"启尔德顺带递上自己的礼物。

"哎呀，我说两位大人，不用这么客气，小意思嘛！呵呵。"局长假意推辞。

"不过，局长大人，我们还有点小小的请求，不知是否能得到您的支持？"

"请讲无妨。"

"要说死刑犯人给我们医学院作为教学之用实在是贵局的大恩大德，不过我们希望……"莫尔思看看启尔德，他在想如何措辞。

"莫非你们嫌不够？你们尽管放心，今后凡是这类犯人无一例外的都送给你们，连督军都这么支持你们，卑职自然要尽到责任。"

"局长大人，我们不是这个意思，是这样，我们有两个小小的要求，第一，我们希望死者的家属能够同意，否则我们不敢收，毕竟是人家亲人的遗体；第二，你们这个执行死刑的方法很是特别，不过呢，掉了脑袋的尸体少了很多的解剖价值，能不能够……"

局长的脑子转得快："嗯，你们的第一个要求没得问题，肯定要死者家属同意。至于第二个嘛，您的意思是今后对死刑犯不要砍脑壳？"

"呵呵，大概就是这个意思吧。"启尔德陪着笑脸。

"咦，这倒是个难题，我们中国这么几千年都是砍头这个规矩，那您让我砍哪个地方呢？"

"不砍脑袋行吗？"莫尔思惴惴的问道。

"关键是砍手或者砍脚他砍不死啊！"

"亲爱的玛格瑞特：我是你的斯塔波斯。我刚刚抵达成都就给你写信，此时我坐在远离你上万里之遥的东方国度思念着你。这里的夜晚很安静，想必在大洋彼岸的伯明翰还是阳光明媚，在静谧的夜空中我似乎看到了你的身影，但我走近仔细凝视的时候你却消失了，你知道那是我太想你的缘故，真的很想你，我亲爱的玛格瑞特！"

"这一趟旅途实在太艰难，我足足走了半年才到，你知道这是为什么吗？说出来也许你会笑话我，但我一点都不后悔，因为我曾经给你说过，既然我要去中国，就把自己当成一个中国人看待，我不会享受凌驾于中国人之上的特权。我刚到上海的时候就见到我们的同胞在这里趾高气扬，恣意凌辱中国人，我真为他们感到悲哀和耻辱，相信主不会让他们这么做的，肯定不会，我们万能的主是仁慈的，是宽厚的，是博爱无私的。中国人身处水深火热，连印度人都可以随意的欺负他们，世界并不是我们在学校想象的那样，到处充满了欺诈和仇恨，这不是你和我愿意看到的场景，希望他们能够早日脱离苦海。"

"我拒绝了公使先生为我安排的舒适的西部之旅，我也知道如果坐自己国家的轮船在长江上航行一定要安全得多，得到的服务也一定是一流的。但我还是拒绝了，因为我希望和普通中国人一样，和他们在一起我才能体味到他们的酸甜苦辣，感同身受才是最大的幸福，这才是我来中国真正的目的，我曾经说过我要把自己的一生献给神圣的基督事业，那就从现在开始做吧，我一点也没感觉是痛苦，相反我得到了别人不能得到的很多很多……"

"亲爱的玛格瑞特，我一路上给你写了很多信，想必你已经收到。因为身在旅途我却无法收到你的来信，这很无奈。我知道，你一定也在深深的思念着你的斯塔波斯。这下好了，你可以给我来信，我有了固定的地址，一切都会安定下来的。"

"亲爱的玛格瑞特，我来了中国才知道，这是一个很大的国家，面积比美利坚还要大。最先到达的城市上海在它的最东面，而我现在身处的成都却在西南边陲，距离上海还有好几千英里的路程。客轮从上海出发只能抵达到一个叫宜昌的城市，然后从宜昌再坐轮船上行。这一次我在宜昌耽误的时间最久，整整等待了一个星期，因为买不到中国客轮的船票，这里的人实在是太多了。本来有英国的客轮上行，但我没有选择悬挂米字旗的豪华游轮，我一定要和中国人一样不享受特权。虽然很多英国人笑话我很'傻'很'呆'，但我宁愿成为这样的'傻子'和'呆子'，我不是来享受的，是来感悟中国人的，是来帮助他们的，我没有权利把自己看得比任何人高贵。高贵的只有灵魂而不是权利。亲爱的玛格瑞特，我想你一定为你未婚夫感到由衷的自豪。"

"亲爱的玛格瑞特，长江三峡的美丽一如我高贵的玛格瑞特，看着那座座奇峰山峦禁不住都想你的倩影，我亲爱的的玛格瑞特，静静安详的山峰就像你梳妆时候的安宁，风情万种雍容华贵媚而不俗；山间荡起的层层迷雾就像你美丽的折叠裙摆，华丽神秘但不张扬；山间时不时传来潺潺的流水声响，那是悬挂在天上的瀑布，真像你长长的细发，随风灵动；雨过的晚霞好美丽，彩虹中我似乎看到了你迷人的眸子，她在说话，在向她的斯塔波斯倾诉着离别的衷肠；船儿在缓慢的移动着，一江的波涛轻轻拍打着船舷发出清脆的声音，像是我的玛格瑞特在钢琴边弹奏舒伯特舒缓的小夜曲，弦弦拨动着斯塔波斯的心房。"

"亲爱的玛格瑞特，你应该为那个叫斯塔波斯的年轻人感到自豪，他干了一件对他来说极其'伟大'的事情，他居然从重庆走路到了成都，整整花了他半个月的时间。真的好累，脚被磨破了，那双你送给我的鞋子也穿破了，不过我不舍得扔掉了，扔掉是不应该的，我会永远保留它。亲爱的玛格瑞特，你一定会嘲笑你的未婚夫的迂腐，为什么不坐汽车或者是船什么的。我可以告诉你，这里连路都是那种羊肠小道，哪里来的汽车？这里不是在大不列颠。不过很多人可以不走路，这里有'滑竿儿'，'滑竿儿'有点像是轿子，中间是一把躺椅，绑上竹竿由两个人抬着走的那种，坐在上面是很舒服的。但我放弃了，我不愿意让人抬着走，抬'滑竿儿'的中国人都是山民，我不愿意把他们当成自己脚下的牛马，我和他们在灵魂上是平等的。斯塔波斯的这种做法想必玛格瑞特也是赞许的吧，因为他们的心灵是相通的。"

"亲爱的玛格瑞特，此时我比任何时候都想你！我的亲爱的，我多么希望早一点见到你啊！来吧，亲爱的玛格瑞特，来中国，来成都，我会在锦江边上等你，我会用芙蓉花扎成的花环来迎接你，把花环戴在你的头上，把你妆点成一位天使，你是我心中永远的天使，甚至比天使要更加的美丽更加的无暇。来吧，我亲爱的玛格瑞特，我在华西坝等待你，我们要生好多好多的孩子，就像我们当初说好的那样……

"亲爱的玛格瑞特，已经很晚了，但我是那么的思念你！不过我要暂时收起对你思念，因为明天我就要开始我的事业了，为了我的化学系，为了我的学生。他们告诉我，这里很缺老师，尤其是化学课根本就没有开设，我很有可能还要担任这里的教会中学的课程。这些都是我乐意去做的……"

"亲爱的玛格瑞特，我得休息了，明天才有充沛的精力投入到工作中去。亲爱的玛格瑞特，让我深深的吻你！吻你！"

"爱你的斯塔波斯……"

"今天医院挂号室排队的时候又发生了冲突，有人受伤了。"唐茂森看着林则，两人刚刚加完班，今天两人的病人又创了新高。

"想要改变民众看牙困难的办法只有一个，开设牙科专业，培养更多的牙医，像你我这样的。"林则很疲惫，不过精神却很振奋。

"他们已经拒绝了多次，说是精力顾不过来。"

"也许是的，困难太多，但必须那样去做，必须……"

华西协和大学校董会高层会议已经开了好几个小时，他和唐茂森已经在门口等了不少时间，马上轮到林则发言了，这是他争取很长时间才得到的机会。

林则环顾四周，他发现已经有人在打哈欠，这些头头们实在是太辛苦了，清清嗓子说道："尊敬的各位华西协和大学校董会的先生们，此时我想诸位一定非常疲惫了，也许您心里在说，真是不幸，还要听林则这小子在这里啰嗦。是的，我可能会很啰嗦，但我想是值得的，本人来到成都已经好几年了，牙科的发展经历了从无到有的过程……"

"……以第一流牙医教育为目的，成为一个示范中心，毕业生可以和美、加各国的牙医毕业生在学业上竞争。"林则说完冷静的看着全场。

会场突然变得嘈杂起来，大家低声议论林则刚才这句话。唐茂森在后面竖起大拇指，不过他也觉得林则的话说得有点过了。

几位高管面色冷峻的低声交流"狂妄！林则有什么本事办成世界一流？"

"痴人说梦！"有人附和。

"如今连走都不会，就想大步流星的狂奔，我看这小子是疯了！"严重的信任危机。

"大家请安静安静，"毕启发言了，"还是让林则博士把话说完。"

"也许诸位先生觉得林则自不量力在此白日做梦。无论如何，这是林则的梦！"

"林则博士，你的想法很好，我想也许还会有好几年的准备工作，你希望什么时候开始牙科系的正式运作？"

"我希望是在1917年。"林则认为这是客观的。

"也就是说还有三年时间进行准备了？"

"我认为没有问题。"

"我来说几句，"启尔德要发言了，众人开始安静下来，启尔德在此德高望重，他的意见最能代表权威。"首先，我对林则医生有如此前瞻性的想法表示支持，我想不应该仅仅是他个人的，也应该成为整个华西协和大学的，成为世界一流应该是我们共同努力的方向。林则刚来成都的情形至今还在我脑海里不时荡漾，在如此艰难的环境中他都能挺过来，卓有成效的工作已经得到了来自社会各方的认可。对于这样的人如果我们不去积极支持，我们还能够做什么呢？……"

林则眼前亮起第一道曙光。

就林则的提案会议没有得出最后结论，每个人都很清楚不是随便开开会就能决定的事情，还必须报回各国教会总部予以批准。但引起的争论却给华西坝上的人们留下了深刻印象。

从会场出来林则发现自己大汗淋漓，连忙把外衣脱掉"好热！"

"精彩！哥们儿，相当精彩！"唐茂森由衷的赞叹。

"更精彩的还在后面！"

"不是还没最后批准嘛，你总是那么乐观！"

"八九不离十，你走着瞧，呵呵……"

"为什么这么肯定？"唐茂森有点不明白。

"一切尽在我掌握之中，嘿嘿！老子从来就没输过……"

"此话怎么讲？"

"你没见启尔德很支持我？还有……"

"不过毕启作为校长并没有表态。"

"这你就不懂了，启尔德的人际关系不比毕启差，在成都是老资格的。不过更重要的问题还不仅仅于此。你仔细看看，虽说在中国已经兴办了不少教会学校，但如今还没有一所大学有牙科专业，这帮老爷们不喜欢干人家已经干过的事儿，如果牙科专业兴办起来就是中国惟一的，这一点从虚荣心上来说他们是乐意的。"

"嗯，有点道理，你小子还很会揣摩人性的。"唐茂森点点头，"不过，哥们儿，你刚才那话是发自内心的吗，难道不是即兴吹牛？"

"哪一句？"林则明知故问。

"让牙科成为一个世界级的示范中心。"唐茂森知道这小子存心装傻。

"你说呢？"林则笑笑。

"中国有句古话叫'吹牛不犯死罪'，你小子多半是糊弄这帮老头的吧，嘿嘿！"

"取法乎上，得乎其中，取法乎中，得乎其下。"

"什么意思？"

"嘿嘿，你去看看中国的古书吧……"

"狗屁！你小子说点人话不好！"

"中国古典哲学，够你小子好好学一阵子的。"

"出大事了！"毕启在电话里面急吼吼的样子，医学院院长启尔德放下电话就往校长室赶。

"什么事情？"启尔德气喘吁吁到了毕启面前。

"几个学生被人抓住了，说他们去挖农民的祖坟，给当地的人抓住了，你赶快去处理一下。"

"学生呢？"

"全在警局，刚才他们局长给我打来电话，"毕启也着急上火，"本来我也想去的，可临时从美国教会来了几位贵宾，必须亲自接待，只好麻烦你跑一趟。"

"竟然出现这样的事情？"启尔德觉得不可思议，"学生挖祖坟干吗呢，他们难道……偷东西？"

"具体情况你去了也就知道了。"

"不会是文学院的学生吧，他们在学习考古？"

"不是，就是你医学院的学生，警局的人说得很清楚，是你的人，这事儿得你出面处理，本来你和他们也熟悉。"

"真是混蛋，医学院没上完，赶上学考古了！我这就去。"启尔德转身就走。

"你需要帮手吗？"毕启从办公室伸出半个头来。

"不需要，又不是打群架。"启尔德已经下了楼梯，小跑着骑上了被成都人叫成"洋马儿"的自行车往警察局飞驰而去。

启尔德赶到警察局时发现门口好多人围观，群情激奋，大家议论纷纷，有人在叫骂，还有人在呼天抢地的哭泣。启尔德正要往里面挤，谁知很快就被人认出来了："这不就是那个洋人嘛！据说还是医学院的院长，叫啥子启尔德的。"

"是他？"

"对的，那些挖墓的学生就是他学校的！"

"拦住他，找他赔！"

"狗日的洋鬼子，教的学生成了盗墓贼，个个都不是好东西！"

众人把启尔德团团围住，动弹不得。大家七嘴八舌开始声讨学生们的盗墓行径。

"龟儿子，你就是校长吧，让你的学生赔老子祖宗的尸骨！不然老子放火把你学校给烧了！"

"诸位，诸位，请息怒，本人就是华西协和大学的启尔德院长，也是刚知道这件事，我还没有闹明白是咋个回事儿，你们好好说行吗？"启尔德对着众人打躬作揖。

"你学校的学生深更半夜在我家坟地里把我老汉儿的坟给掘了！天杀的龟儿子！"

"先生，请息怒，他们为啥子挖坟？"

"鬼晓得，肯定他们想偷坟墓里的东西嘛。"

"赔起！"帮腔的人很多，个个愤慨得像要撕了启尔德。

"实在对不起，诸位，等我把事情的真相搞清楚后一定给大家一个说法，该赔偿的一定赔偿，学生如果触犯法律就应该接受应有的惩罚……"

"挖祖坟就该杀头判死刑！"

"就是！天底下哪有这样的事情！"

"诸位父老乡亲，请大家息怒，我一定负责到底，有什么问题尽管找我，好不好？"启尔德陪着小心，他知道众怒难犯。

众人已经在开始推搡，启尔德有种不祥的预感，他真害怕此次事件让1895年的那次"教案"重演，如果真的变成那样后果是严重的。必须尽快搞清楚事情的真相。

警察见启尔德来了，赶快派人把众人隔离开来，让启尔德才挤进警察办公室。

"我是华西协和大学的校方负责人，请告诉我发生了什么事情。"启尔德向警察亮明身份。

"你们总算来了，这几个学生差点让人打死，我们去得快才避免了恶性事件。"警察头目开始表功，"这几个学生娃娃太不像话了，好好的学不上，深更半夜去挖别人的祖坟，这还了得。"

"到底是怎么回事儿？"

"洋大人呢，还是您亲自问吧，我把人全都关在里间，这事儿要平息下来不容易，您看着办，事主正想闹事儿呢。"

"能让我见见他们吗？"启尔德很担心学生的安危。

"去吧，门口那些农民还在，他们要我们拿出个说法来，扬言如果不妥善解决就杀了这些学生。"

"警察先生，能先让我搞清楚事情的来龙去脉好吗？"

"那你跟我来吧。不过赔偿是一定的，不然事主不会善罢甘休的。"

看见学校的院长，几个满身泥泞一脸疲惫的学生马上涌了上来："院长，救救我们吧！"几个学生哇哇大哭起来。

"别哭啊，说说到底是怎么回事？"启尔德问道。

"亲爱的玛格瑞特，这是我在中国第一次收到你的来信，你可能会笑话我，收到你的信的时候我激动得都差点哭了，不过还是请你别笑话我，那是因为我想你，想我亲爱的玛格瑞特，你的来信比什么都珍贵！"

"亲爱的玛格瑞特，得知你即将在明年学业完成之后来中国和我相聚，我真的很感激你，我们内心深处是想通的，为了伟大的基督事业，为了我们的爱情，我真的希望你立刻出现在我的面前，真的好想好想！希望这一天能够早点来临，我相信我们会在中国在成都过得很幸福，我会让你，玛格瑞特，成为世界上最幸福的女人！"

"亲爱的玛格瑞特，让我们来畅想一下美好的未来吧。我希望我们能有五个孩子，三个女孩，两个男孩，他们长得和你一样的聪明美丽，也像你一样勤劳和大度，我们就在中国的土地上培养他们，甚至让他们也懂得说中国话，虽然很难学，但小孩子一定学得很快的。噢，对了，亲爱的玛格瑞特，我差点忘记给你说了，我终于有了自己的中国名字，叫苏道璞。也许你会觉得怪怪的，为什么起这么个名字。首先来说说其中的涵义，‘苏’是我的姓，顺应了我英文名字的发音，‘道’既是‘效法’、‘践行’的意思，‘璞’的涵义很深，本意是‘未曾雕琢的含玉的石头’，有‘天真纯朴‘之意。也许经过我的解释你就大概清楚‘苏道璞’的本来面目了。这个名字不是我自己起的，你的未婚夫还没有那么高深的中国文化的底蕴，而是我的中学同学起的，你觉得怎么样？我想你来了中国之后也一定会有个中国名字，按照中国人的传统，你就该姓苏了，因为我亲爱的玛格瑞特的夫君叫苏道璞……"

"亲爱的玛格瑞特，让我来给你谈谈我的工作吧。我已经紧锣密鼓的开始筹建华西协和大学的化学系了，我得到了很多人的支持，包括毕启校长、客士伦和启尔德等等，他们都是很不错的人，你来成都的时候我一定给你引见。他们还曾经问起过你，也希望你能够早点来成都。你知道化学是一门实践性很强的科学，需要非常多的设备材料和试剂，可这里一无所有，甚至连试管和酒精灯都没有，简陋的校舍还四处透风。不过你不用为我担心，一切会慢慢好起来的，没有试剂没有设备我们可以自己制作，虽然很简单，甚至是穷酸的，但一切困难都可以克服的，这难不倒那个叫苏道璞的年轻人……"

"亲爱的玛格瑞特，我可以说一些简单的中国话了，而且是四川味道很重的中国话，这里有专门的语言学校，不过我也给中国人学，他们很热情，教我这个外国人说他们的话让他们也很开心，甚至是乐此不疲的。我也教给他们说一些英文。我已经会自己做饭了，这一点你没想到吧，那个利物浦大学的化学博士居然能够炒四川味道很浓厚的回锅肉，嗨，味道真不错，你来了我一定做给你吃。我在不断的进步，甚至还去了菜市场买菜，很幸运的是这里的小贩很厚道，从不对我短斤少两，菜贩们都叫我‘苏老师’。他们甚至开玩笑说怎么没见‘苏师母’，你知道什么是师母吗？在中国老百姓把老师尊称为‘师父'，享受父亲的待遇，那么师父的夫人也就享受母亲的待遇了。我真想早点让大家见到这位漂亮可爱的'师母'，那就是你，我亲爱的玛格瑞特……"

"亲爱的玛格瑞特，这里的条件说实话不能算好，但我心情非常的愉快，特别是想到你就要来了我就更加的激动。不过，亲爱的，在你来成都的时候可能要麻烦你帮我带很多的关于化学方面的书籍和设备，可能很重。但我一定要求你帮个忙，学生们太需要这些了，尤其是书籍，相当的欠缺，每次从加拿大或者英国寄来的东西都在路上被盗了，真是遗憾。我真的很希望能够把化学系带上一个正确的轨道，能够为四川为中国培养更多的化学方面的人才……"

"亲爱的玛格瑞特，我一边做化学系的准备工作，一边担任华西协和中学的化学老师，这所中学也是教会兴办的，从这里毕业的学生很多能够进入华西协和继续学习。孩子们很聪明很勤奋，对我也很友善，他们中间很多都来自贫困家庭，能不能上大学还要看各自的经济实力，但愿我也能够帮到他们才好……"

"亲爱的玛格瑞特，我是不幸的，在十五岁的时候母亲就去世了，在我的印象中母亲是个非常善良勤劳的人。但我也是幸运的，因为我认识了你，玛格瑞特，于我生命又赋予了新的意义，我爱你，亲爱的玛格瑞特……"

"亲爱的玛格瑞特，吻你！永远爱你的苏道璞……"

"林则博士，您的电话。"护士来诊疗室通知林则。

"你没见我正在看病人吗？"林则正在专心致志治疗永远也看不完的患者。

"电话是校长室打来的，你要不要接？"

"急吗？"

"好像是毕启校长。"

"嗯？是他，请转告你校长大人，林则医生正在看病人走不开，我等会打过去。"

"啊？"护士没想到这林则连校长也不放在眼里。

林则从校长室出来就连夜去找唐茂森。

"哥们儿，都快一点半了，你让不让人睡觉了啊！"唐茂森睡眼朦胧的起来给林则开门，"有事情不能明天说啊！"

"老子无事不登三宝殿，呵呵！"林则和唐茂森之间毕竟是同学，说话随便得很。

"深更半夜来找我，有天大的事？"唐茂森累了一天有点直不起来腰了。

"你猜猜。"

"龟儿子林则，老子不猜，你说！"唐茂森故意板起面孔。

"那我走了。"林则起身装着要走的样子。

"格老子，你回来，林牙医，说话，肯定是大事。"唐茂森的胃口刚被吊起来。

"你说说，唐茂森大师，你也不想想，我林则难道有病吗，这么晚了来找你，屁大的事情用得着咱林则教授这么劳顿吗？"

"你说嚓，到底是啥子事情？你龟儿子自己给自己封了个教授，真是'厚颜无耻'。呵呵。"

"莫非你真的想知道？哈哈哈！"

"快说，你把我的瞌睡都给搞没了，明天还要上班呢。"

"过来。"林则凑到唐茂森耳朵边如此这般的说了一大通。

"真的？"唐茂森情绪有些激动。

"光荣与梦想！"林则认真起来。

"不过毕启说得也对，是有点捉襟见肘，咋个办呢？"

"今晚我就是来找你商量的，你有什么高见尽管奉献出来。"

"有什么要求，老的还是少的？"唐茂森也挪动步子思考起来。

"总之我们的目光应该开阔，凡是有水准的尽管去请，条件就是这个条件，凡是想发大财的咱们不能要，肯定要能吃苦，用文艺界的话来说，那叫德艺双馨。"

"这就难了，哪里去找，咱们又出不起钱，还要人家干活？"

"林则和唐茂森。不是这样的吗？"

"那另当别论，咱们有高尚的情操不是，呵呵。"

"别人没夸你，你自己就美上了！你娃娃脸皮真是厚得跟城墙一样。"林则笑笑。

"我看啦，今晚咱们谁也别想睡觉了，干脆把能够想到的人列个名单，咱们写信去请，文章还是你来写，你小子很会煽情。"

"噢，对了，你这儿有酒吗，咱们是不是该喝点庆祝一下？"

"没有。"

"走，咱们上街。"

"喝酒？"

"好多年了，没喝过酒呢，今晚应该是不眠之夜，今夜你我无人能睡不是？走！"

　　"这么晚，早就关门了。"

　　"成都这个城市是永远不睡觉的城市，走吧，唐大师。"

　　"你说说，咱们在哪里？"林则用红红的醉眼余光看着唐茂森。

　　"你醉了，我们不是在成都吗？在华西坝上嘛！"唐茂森两颊泛光。

　　"不……对，不对，我们不是……在成都，不是……"林则摇晃着脑袋。

　　"那……你说，在……哪里呢？"

　　"我们在自己的伊甸家园，伊甸家园……"

　　"伊甸家园？"

　　一股紫霞，从太平洋的云隙中迸射下来，辉映着大海上漫无目的的那道目光。孤舟在颠簸着，随着汹涌的浊浪，那双眼睛在寻觅，想辨清自己的方向。

　　他要去的那个归宿在哪里？

　　他到底要去向何方？

　　紫霞，告诉我，我该怎么前进？

　　紫霞只是照耀着那双眸子，它没有发出一点声响。

　　晚风中紫霞魔幻般斑斓地罩向这条小船，船上的那个人心海汤汤。"看，海面那个地方！前面就是大洋的彼岸！"一个感觉敏锐的人，突然在旁吟唱。那双眼睛惊觉了，前面就是了，原来一切都是那么简单，并不苍茫。

　　"充满幻想，年复一年的匆忙。曾经梦寐以求的东西，不过是虚幻的红蔷。紫霞蒸腾我的心海，我看到了，看到了，我的梦想！"我充满感激！龙泉山上的花啊，锦江上的柳啊，已经绽放，已经芬芳。眼前的一切，立即会变得陌生无比，眨一眨眼，迷失多少路，留下多少虚晃？我凝眸回首，炎热的荷塘已经覆盖了瑞雪，天空飘著一朵朵故乡……"

　　……

　　在成都，绝无仅有的一次，仁济牙症医院门诊延迟了开诊的时间。

　　"啊？！不敢，你这想法也太离奇了！""眼镜"露出吃惊的表情。

　　"没有实体标本，我也记不住啊，太抽象了，这不是没办法嘛！""楞头青"学洋教授的模样耸耸肩。

　　"要是让老师知道会怎么样？还有，万一被人抓住了咋个办？""眼镜"显然胆子很小。

"要是再考不及格，我们就只有退学了，学校要求这么严格。""楞头青"叹口气。

"哥们儿，这倒是个办法，但就是有点缺德。"叫"胖哥"的人也过来凑热闹，"莫非你是开玩笑的？呵呵"

"缺德？考不及格才缺德！反正尸体埋在土里也是要腐烂的，我们这么做虽然有点那个，但也是为了学习不是？""楞头青"不以为然。

"真的要去啊？""胖哥"心痒痒的，不过还是心有余悸。

"老子不开玩笑的，害怕了？""楞头青"胆子特大是出了名的。

"害怕？哪个龟儿子才害怕！走就走！""胖哥"也发狠了。

"还是算了吧，这样做太缺德了！""眼镜"没想到这几个小子真的要这么干。

"眼镜，你龟儿子怕就别去，不过你小子别去当叛徒告状，否则……""楞头青"警告他。

"那……我也去……给你们放哨？""眼镜"不想被"集体"抛弃。

"你们真的是为了学习，不是为了盗取坟墓里面的东西？"启尔德严肃的问道。

"启尔德院长，的的确确是这个原因，的确。""楞头青"可怜兮兮的望着自己的院长。

"嗨，你们这帮孩子真是的，"启尔德终于松口气，"那后来呢？"

四五个小子利用了这个周末傍晚手提马灯出发了，目标径直往南门郊区，想寻找一处新坟，他们知道那些老坟里面尸骨早就腐烂了，没有价值。他们在黑暗中摸索着，还好，那些乱坟岗冢附近没有人愿意在夜晚光临这里。很快他们找到一处目标。

"好象这是刚埋的，泥巴都是新鲜的。""楞头青"发现了目标。

"对头，就挖这座墓。""胖哥"呼应。

"眼镜，你去放哨，万一有人来了我们好跑。""楞头青"成为本次活动的总指挥。

"楞头青，我……""眼镜"有点害怕，周围黑漆漆的，坟地里更加的阴森可怖。

"眼镜，你龟儿子真的不中用，早晓得不要你来了！""胖哥"埋怨"眼镜"添乱。

"好嘛，你们最好快点。""眼镜"极不情愿的埋伏到路边望风去了。

学生们从身上拿出早就准备好的铁锹对着坟墓就开始猛挖，悉悉索索的大家挥汗如雨的干起来。不到半个小时，这座新坟的土堆就被铲平，他们还在努力往深处挖着。

"把马灯灭了！好像有人来了！""眼镜"发出警告。

"灭灯！灭灯！"

这时候远处隐约有人打着火把往这边走来，几个学生全部匍匐在地不敢出一口气，他们清楚要是被发现了就前功尽弃。

"眼镜"悄声问道："要不我们赶快跑吧？"

"不要说话！住嘴！"另一个声音警告他。

大家还是原地不动，等待事情的进展。慢慢的，远处的人影渐渐远去了，似乎不是冲他们来的。

"可能是个过路的人。"大家松口气。

"再等一下，万一被发现了就糟了！"

大家依然安静的匍匐着，安静的等待危险慢慢过去。突然天上飘起了细雨。

"我们还是回去吧，下雨了。""眼镜"率先想放弃，他才发现自己真不是干这个的料。

"龟儿子真是成事不足，老子们好不容易才到这个份上，你要走自己走好了！""楞头青"轻声骂道。

大家在雨夜里趴在地上，谁也不敢说离开了。像是"眼镜"哭开了："我们回去吧！我害怕，害怕！我不上医学院了，我害怕！"

"不许哭！既然都出来，怕啥子嘛，又不是你一个人！"

"赶快挖吧，不要等了，等会万一有人来了我们就没有机会了。"

于是大家又开始挖掘，很快他们看见了棺材的轮廓。

正当这哥儿几个撬开棺材的瞬间，四周突然喊声大作，围上来黑压压的一片人，像是从地下冒出来的，"打死狗日的！敢挖老子的祖坟！"

"抓住他们！不要让他们跑脱了！"

"抓住了！不要让他们跑了！龟儿子！"

学生们被这突如其来的阵势吓坏了，喊声"不好！快跑！"几个抱头鼠窜，高一脚低一脚的在田间狂奔起来，跑得慢的被抓住了两个。反应迅速的跑掉二个，昏天黑地他们也分不清楚东西南北，好不容易冲出重围这才想起有三个同学给逮住了。

"咋个办？"侥幸逃脱的学生问道。

"要不报警算了？"

"报警？"

"是啊，如果不报警的话，那几个肯定要被打死。"

当警察赶到村子里的时候，被抓的三个学生被五花大绑捆在在村口的黄桷树上，愤怒的事主正在猛抽几个人的皮鞭，如果晚点到的话，这几个学生一定就没命了。

"这些龟儿子学生，挖老子们的祖坟！我的老天爷啊，我的爷爷才埋进去没有几天，咋个就遭到你们暴尸啊！我的天啦！要命了啊！"

"衙门的青天大爷，你们要给我做主啊！"事主见警察来了，更是吼得声嘶力竭。

"晓得了，这些人犯交给我们警察，我们要带回去审问。"

"不得行哦，要这几个龟儿子偿命！"愤怒的人群不让警察带走学生。

"他们是华西坝的学生，我肯定要带回去审问，如果你们要闹事，我这个家伙不听使唤哈！"几个警察晃晃手里的枪，算是稍微稳定了局势，他们很清楚，面对这些农民必须软硬兼施。

"警察老爷，要审问就在这里审，人不能带走！哪有掘人家祖坟的道理？这是死罪！"

"我说大哥，他们这么做肯定不对，但如今都是民国了，凡事要讲究个程序不是，我一定为你们做主，放心！"好说歹说，警察才把学生找人抬回警局，可是事主一直跟到警局，逼迫警察尽快处理。

"把人交出来！不然的话……"门外的人在怒吼着，人群的规模在持续的扩大。

"掘人祖坟应该是死罪！死罪！"

"出来！出来！有种的就出来，休想逃脱！"人群的愤怒犹如干柴已经被点燃。

警察打开小门露出脑袋："启尔德院长，您赶紧出来吧，我们快撑不住了！"

"好！我这就出去和他们的代表协商……"启尔德望着自己的几个"犯罪"学生，"你们好好在这里呆着，我来处理，不许动！知道吗？"

启尔德刚走出小门，突然看见眼前一个东西飞过来，已经来不及躲闪，只感觉自己的脑袋一懵，顿时什么都不知道了。

"亲爱的玛格瑞特，得知你即将出发前来中国的消息，我激动得彻夜难眠，我们终于可以相会了！我的亲爱的，你也一定和我一样吧？也一定在朝思夜盼这一天早点来临！我等着你，我会用鲜花迎接你！我的玛格瑞特，我的天使，这一天我已经盼了好久了，这是我最后一次给你写信了，今后再也用不着了，我们要永远在一起，永远都不分开，就在华西坝上耕耘我们共同的基督事业，在华西坝上生育养育我们的下一代！"

"亲爱的玛格瑞特，请你自己在路上一定要好好照顾自己，旅途中的困难一定不少，而且你是第一次出远门，身边没有家人的陪伴，很为你感到担心。不过我相信你一定会平安的抵达，在你的身边一直有慈悲的主陪伴，你并不孤独。亲爱的玛格瑞特，我无数次猜想我们见面那一刻会是什么样子的？或许是飞奔着向我跑来，然后我抱着你飞快的转圈，然后轻轻的放下你，深情的忘我的吻你！或许这样不太好，中国的情侣可不喜欢在大庭广众之下卿卿我我的展露自己的内心，他们要含蓄得多，甚至他们的婚姻也不是自己决定的，一定要有长辈的许可，如果是自由恋爱的话，他们会觉得羞耻。所以我决定含蓄一点。因为我曾经说过，我要做个地地道道的中国人。"

"亲爱的玛格瑞特，也许你希望在你来之后我能带你去更多的地方游玩或者去品尝各种美食，或者给你缝制一身中国妇女的服饰，其实这样的想法是非常合理的，这也是我即将作为丈夫应尽的责任。可是，亲爱的玛格瑞特，你的苏道璞或许要让你失望了，因为这一年我并没有多少积蓄，口袋里面的钱已经所剩无几。亲爱的玛格瑞特，我不是个装穷的人，也不是一个大方的人，有时候甚至很恨自己连一件像样的礼物也没能送给你！作为你的未婚夫我是羞愧的。有一个男孩儿，他的双亲在一场瘟疫中死去了，家里一个亲人也没有了，是教会的慈善机构收养了，还让他读书学习。这孩子很乖，很听话，很聪明。但他告诉我，他不想继续读书了，因为他没有钱，有时候甚至是饿着肚子在上课，他想去给有钱人家当长工，他要自己养活自己。我曾经问他，难道教会给他的食品还不够他吃吗？他说自己的饭量太大了，教堂给他的东西总是不够裹腹。我很奇怪，怎么可能呢，教会不会克扣孤儿的食物的。后来我终于发现了端倪，他的那些食物都拿去送人了，一个即将死去的老邻居，也是个孤寡老人。我听了这个消息后十分难受，十分震撼，于是我决定帮助他，还有那个即将死去的老者。亲爱的玛格瑞特，非常幸运的是，那个孩子继续上学了，很快就会出现在华西协和大学的校园。我能够做的事情真的不多，也是微不足道的，但这么做我是开心的。你也一样吗？亲爱的玛格瑞特……"

"亲爱的玛格瑞特，今天我去菜市场买菜，遇到一件事情，让我多了很多的思考。事情是这样的，当我正在选择蔬菜的时候，一个男子死劲的挤我，开始还没注意，后来旁边的人提醒我，那是个小偷，旁边的人抓住了他，说是要送到衙门去法办。那个小偷很瘦，我想一定是饿极了才干这事儿的，不然他一定不愿意放下自己的尊严去损害别人的利益。于是我劝开了抓他的人，把他给放了。那人给我下跪了，说我是个好人，末了我给了他几块钱，他是哭着离开的，从他的眼神中我看到真诚和忏悔。亲爱的玛格瑞特，本能告诉我应该惩罚世界上所有犯罪的人，但我没那么做，我想改变自己的方式，为什么就不能用一种更加和善而不是暴力的方式去面对那些暴力的人呢？人也许不是生来就是喜欢暴力的，当人需要使用暴力去解决自己无法逾越的困难的时候，一定是心灵不够开阔，还没有得到真正的主的救赎，心灵的窗户还没有被打开，于是他还沉睡在混沌的世界里，而我能够做的就是拉他一把，让主的光明能够照亮他的心扉……"

"亲爱的玛格瑞特，其实我并不高尚，当我这么做的时候也有过犹豫，当时的第一反应就是想给他一个耳光，然后让众人好好羞辱他一番，也许这样才能够消除我胸中的郁闷。可在犹豫的时候教堂的钟声响起来了，让我突然感到一丝震撼。我为我的本能的想法感到了羞愧，的确我还不够圣洁，内心还有那么多的杂念。不过迁善之心会让我下一次能够作出更符合内心的举动，并为自己的选择感到由衷的欣慰。当那样的行为是发自内心的时候，也许我才算真正的成熟。"

"亲爱的玛格瑞特，我知道你这一次长途旅行一定有很多的行李，上次我已经给你列了个清单。不过我还是要请你再辛苦一点，帮我把所有的书籍都运来，为这事儿我很纠结，自己实在太过份了，让玛格瑞特一个柔弱女子帮自己搬运那么沉重的行李。不过事出有因，我的那些学生一直缠着我给他们说说英国的莎士比亚萧伯纳，说说牛顿，还有达尔文，他们强烈的求知欲望让我无法拒绝他们，我答应他们了，说是玛格瑞特会给他们带来世界上最美好的精神食粮。我亲爱的玛格瑞特，我知道你一定很为难，这会让你留下那些漂亮的服装而换成书籍，我很内疚，很惭愧……"

"亲爱的玛格瑞特，我在我的学生面前提起你了，于是我的学生们经常问起你是个什么样子的人，我告诉他们，玛格瑞特是世界上最善良最美丽的天使，把世界上所有的鲜花都献给她也不过分的。于是期盼玛格瑞特降临成都的不仅仅有苏道璞，还有那些孩子们。孩子们都很奇怪，自己的另外一半还能自己作出选择的，恋爱是自由的。这一点中国和西方似乎有很大的差别，不过这样的传统或许很快就会被打破了，我相信。因为玛格瑞特和苏道璞不是被双方的父母指腹为婚的。"

"亲爱的，夜已经很深了，就写到这里吧，还是留下一些等你抵达成都之后我们慢慢倾诉吧……"

"深深的吻你！我亲爱的玛格瑞特，你的苏道璞在这里等着你，等着……"

黄天启曾认为自己不是个坚强的人，更不执着，很多次他想到了放弃，他不习惯，这个新建的系总是那么冷清，老师倒是有几个，但学生只有他一个，他没有同伴，有什么想法只能一个人承受。几次差点都想开口给高鼻子老师吐露心声，但都被高鼻子的蓝眼睛中间发出的具有震撼力的目光给逼退了。

黄天启不喜欢高鼻子，这个叫林则的洋教授总那么高傲，那么的咄咄逼人，完全没有启尔德院长的和蔼。不过他也承认高鼻子林则心眼并不坏，特别对待病人绝对是个菩萨心肠，对他就另当别论了，严厉得让人喘不过气来，难道当年他的老师也是这么对待他的？黄天启心里的"怨愤"一直挥之不去。

黄天启是在1917年从医学系转到牙科系的，可以说他是被"诱惑"过来的。林则和唐茂森极尽渲染之能事，把牙科专业说得"天花乱坠"，希望他成为中国的"第一"，自己一激动便答应了。谁知道来了才感觉这里像是个大大的"陷阱"。

考试成绩下来了，黄天启很欣慰，成绩名列前茅，虽然他是牙科系的学生，但林则要求他参加医学系的专业课考试，也就意味着难度加大了。可他没有丢脸，在很多人不及格的情况下他两门功课都过了八十分。也许这是个小小的胜利，自己没给林则丢脸。

黄天启听说老师正要找他，他得赶紧过去。敲门进去，他感觉林则的表情不对，"老师，您找我？"

"你来了，坐吧。"

黄天启在老师对面的椅子上坐下，惴惴不安的望着对方。

"这次的考试怎么样？"林则发话了。

"还凑合吧，老师。外科学八十分，内科学八十五分。"

"凑合？！"林则微微笑了笑。

"是……还好吧。"黄天启感觉到气氛不对。

"你的意思很不错了？"

"有一半的人不及格呢。"黄天启低声嘟囔了一句。

林则突然站起来："你的意思你本来可以不及格的，但你及格了，而且还不错，八十多分，是吗？"

　　黄天启不知道怎么回答，本来他以为林则会表扬自己，因为他的成绩已经名列前茅了。可没想到他是这样的态度，他甚至有点委屈。

　　"老师，您的意思是……"

　　"林则作为牙科系主任宣布你本次考试不及格！重新补考。我要求你必须达到九十分。"林则一字一句砸在黄天启的耳膜上。

　　"啊！什么世道这是？"黄天启心里叫苦了。

　　"黄，你也许心里不太服气，你肯定觉得林则是个暴君，你会觉得林则苛刻。但是……"林则看着黄天启的眼睛。

　　也许黄天启并不知道林则开办的牙科系的目标不仅全国一流，如果是全国一流的话，现在已经是了，因为全国仅此一家牙科高等学府。他要的是世界一流，华西牙科系应该成为一个示范中心，从这里走出去的学生可以和英美的学生媲美而绝对不会输给他们……

　　"老师，您的要求太高了，也许我没有能力能够达到您的高标准。"黄天启感觉到巨大的压力，如果在以往的时候那种压力还很虚幻，而今天却是实实在在的。

　　"为什么？给我理由。"林则步步紧逼。

　　"我也不知道，也许我天资不够……"

　　"黄，你在找理由，你在逃避。你能够拿出充分的证据说明你天资不够出色吗？你能够走进这所大学就已经证明了一切，你不是一个笨蛋，不是一个有先天缺陷的人，但你却是有缺陷，缺陷的部分正是你的思想，你的灵魂，一个遇到困难就躲避的人永远没有灿烂的未来！"

　　"……"黄天启低着头不吭声，两手使劲的揉搓着，脸颊胀得通红。

　　空气快要凝固了，办公室陷入沉默，让人压抑的沉默。此时学校附近的小酒馆里也许有很多的考试过关的学生正在举杯庆祝呢，哪怕他们是刚刚过了六十分，而黄天启却为了他的八十多分成绩遭到林则的痛批，这不公平。

　　"黄……"林则打破沉寂。

　　"嗯……"学生抬头望着老师。

　　"你知道为什么我这么要求你吗？"

　　"……"黄天启不敢正视老师射来的犀利目光，他眼神躲开了。

　　"你是个中国人，就这么简单！"

　　"这是什么意思？"黄天启心里开始嘀咕，"难道中国人就该受到不公平的待遇？"

"有一天，中国的牙科专家会站在纽约的学术讲坛上阐述自己原创的科学观点，台下的的英国人美国人法国人还有加拿大人凝视他的目光不再是鄙视的，而是饱含尊敬……"

"有一天，中国的牙科专家可以在世界上任何地方开展牙科服务，会用世界上最先进的设备给病人治疗疾患，别人不会因为他是黄皮肤黑眼睛而排斥他，因为他有渊博的学识和高尚的医德规范……"

"有一天，他会为自己是个中国人感到由衷的自豪，在他的努力下他的国家变得更加的富饶和强大……"

"有一天，他会有更多的学生聆听他的教诲，他已经是桃李满天下……"

"有一天，在他生命即将走到终点的时候，他会告诉自己，这辈子没有留下遗憾，因为凡事他都全力以赴去做了，他为自己感到自豪……"

"有一天，他已经死了，但人们依然记得他，大家会说正是因为他当年的努力，才会有了自己的幸福美好的生活……在他的墓前有盛开的鲜花，那些花永远都不衰败，那些花是为他而开放的……"

"有一天，他去见上帝，上帝也会祝福他，说他是这个天堂中间最受到尊敬的人，因为这辈子他从来没有索取过什么，但付出了他毕生的聪明才智……"

"有一天，他去见古希腊的那位希波克拉底，他会告诉这位圣人，他完全履行了自己的诺言，救赎的不仅仅是病人，还有他自己……"

"因为他是个中国人！"

启尔德受伤了，那块石头砸过来正中了他头部，鲜血淋漓，大家都傻了，不知道该怎么办。

"我说你们这帮家伙，要闹出人命了！人家还是个外国人！来人，马上送仁济医院！"警察头目还算明白事理，手下的人赶快过来帮忙，但启尔德实在太重了，有点搬不动。

"你们站着干啥子，过来帮忙嘛！"警察向人群吼道，果然出来两个年轻力壮的小子过来了。

运送启尔德的人马走了，刚才还气势汹汹闹事的人们安静下来，"莫不要真的打死了？会不会偿命噢？"

"是哪个龟儿子扔的石头？冤有头，债有主，要打也打那些学生嘛，坟墓又不是那个洋鬼子挖的……"

警察们也是气急败坏，本来是一件事情，如今变成了两件，哪一件都不好处理。受伤的人还是个外国人，要是传到上面实在不好交代，说不定自己的这顶帽子都戴不成了，警局头目明显感觉到极大的压力。

　　轻重缓急他是清楚的，对前来的"掘坟事件"的事主说："你们这件事肯定要处理，但要等到刚才这件事情之后了，是哪个扔的石头，自己站出来！不要等老子查出来事情就不好说了！""是我干的。"人群中终于有人出来投案了。

　　"有种！"头目看着眼前的这个半大的混小子，"我啦，也不铐着你了，你就等在这里，要是外国人死了，就莫怪大哥我不客气了，毕竟是条性命。"

　　"我认账！"混小子也不含糊。

　　"本来你们是有理的，这回要是外国人死了看你们咋个说！龟儿子些，不懂事！"

　　警局的人紧张，医院手术室门外的人更紧张，他们不知道启尔德的死活。

　　手术台上抢救在紧张进行着，仁济医院的院长亲自主刀，率先要止住大血管的出血，不然很快就要出现失血性休克，启尔德随时会停止呼吸。

　　"院长，不好！血压接近零了！"麻醉师报告。

　　"加大输液速度，给升压药物，快！"院长命令道。

　　"是！"麻醉师和护士动作很麻利的执行着院长的医嘱。

　　"院长，没有血液了？怎么办？"

　　"赶快让人献血，越快越好！"

　　"院长，病人没有尿液！"

　　"院长，病人脉搏很细微……"

　　院长额头上的汗珠早已密密麻麻，他焦急但依然沉着，"启尔德博士啊，你可千万要挺住啊！在你一手建起来的医院里你可不能……啊！"

　　……

　　抢救一直进行到深夜还没有结束，病情的反复一直让医生们胆颤心惊，这一道道鬼门关都是生死考验，启尔德一直昏迷着。他的夫人，启希贤，惟一能够做的也是静静的等待，他的学生也一样，大家都在期盼奇迹能发生。

　　启尔德，像进入了梦境，全然不知道有多少人在为他牵魂惆怅……

　　他的周围弥漫着一团紫色的迷雾，就像莫尔斯教授笔下描写的那样，周围的一切变得那样模糊，一点都不真切。他向远方望去，希望能够找到一条道路，这里实在太黑暗了……

远处果然出现了一丝光亮，光亮处好像立着几个象十字架的东西。启尔德追了过去，他想光亮的地方一定有道路，他希望摸索着走出这潮湿阴森的地方。

　　他不停的走着，可怎么也到达不了光亮处，他走，那团光亮也往前行，他停下，光亮也停下，好像在等着他，他开始跑了起来，那团光亮也同样往前飞奔。他实在太累了，走不动了。还是歇一会吧，等我喘口气再继续寻找那团永远无法企及的光亮，光亮处的那几个十字架好像在向他招手，让他赶快跟上去。可是他很累很累。

　　他隐约记得莫尔斯笔下的那三个十字架，分别代表和平、自由和独立。多么美好的比喻啊，自己不正是追寻那三个十字架才来中国的吗？我好像已经找到了，但路途又像很遥远，我什么时候才能够追上它们呢？

　　不行，我不能歇息，不能贪恋安逸，还得继续前行。

　　"先生，跟我来吧，我这里有好多的金银财宝！"路边突然出现一个和自己差不多的手持长枪的独眼大侠。

　　"你是谁？"启尔德问道。

　　"我是您的朋友，我是您的同胞，我也来自西方，跟我来吧，这里到处都是财富，足以让您舒服的过上几辈子了！"

　　"你们是掠夺者，是侵略者，你们用战争进行掠夺的行为使我们的文化丢尽了脸。我为你们感到羞耻！"启尔德突然醒悟了。

　　"你真是个书呆子，不可理喻！你去寻找那该死的三个十字架吧。"说完，独眼消失了。

　　启尔德继续前行着，远方的十字架的光辉仍然是遥远的，"哦，我的主！莫尔斯教授，您的十字架让我追得好苦！"

　　"先生，您干吗这么急急忙忙赶路呢，人生太短暂了，何不让自己开开心心的过？来吧，亲爱的宝贝儿！"身旁不知道何时冒出来一位金发女郎，她是那样的妖娆妩媚。

　　"你是谁？"启尔德问。

　　"我是您内心的妖孽，是您灵魂中的欲望变成的女皇，漂亮的公主，是来陪伴您的！"那女子说着向她抛来个媚眼。

　　"我怎么不知道？"

　　"我一直埋藏在您内心深处，偶尔会冒出来的。"

　　"你走开！我还有事情。"

　　"真是个迂腐的家伙！哼！"那女子突然烟消云散不见了。

启尔德继续在黑暗的小道上跌跌撞撞的跑着，他希望早点到达那三个十字架，不希望再有什么来打搅他。

可是事与愿违，他身边出现了一队人马，领头的出来拦住他的去路："尊敬的启尔德先生，请您停止前进，这里还有重要的使命要赋予您，请您务必接受！"

"你们是谁？干吗挡住我的去路？"

"尊敬的启尔德国王，我们都是您的臣民，请您能够挽救我们于水火，您就是我们的救星，请您带领我们前进吧。"

"你们这是要赋予我权力吗？可这对我没有丝毫用处，我有更重要的使命要完成。"

"难道您对权力一点兴趣也没有吗？世界上的人个个都是在为了权力而奋斗，您为什么不要呢？"

"权力不能带给我丝毫的快乐！我要它干吗？请让我离开吧，你们可以找其他人来当你们的国王。"

抛弃了金钱，拒绝了美女的怀抱，绕开了权力，启尔德继续奔跑着，他知道他内心想要什么，突然，脚下有个东西袢住他了，由于惯性，他被重重的摔在地上，失去了知觉……

"醒了！启尔德先生醒了！"护士飞快跑去报告院长。

"主啊，你可醒来了，你整整昏迷了三天三夜了！"启希贤眼里淌着泪花。

"你去哪里了啊？你的魂，你一直说着胡话。"

"我……做了个梦。"

"都梦见什么了？"

"十字架，紫色薄雾下的三个十字架……"

"十字架？"

"是的，三个……十字架……好亮，好亮！可我没有追上它们……"

被警局抓去的学生回来了，毫发无伤。

打人的那个混小子也回去了，警局的人说了，那个外国人不追究他的责任。

过了半个月，城南的那个村子里来了好多人，领头的是个外国人，村里的人认出来了，他就是启尔德，跟在旁边的就是掘坟的那几个家伙。没人闹事，他们去了那块坟地，所有的人都跪下了，跪在那座有新鲜泥土的坟墓面前……

2007年4月19日，杨振华，这位华西医院胸外科创始人安详走完96年人生岁月，临终遗嘱就是将自己的遗体献给解剖教学。

他还在病中的时候就反复叮咛："死后把我的遗体捐赠给四川大学华西临床医学院解剖教研室，把剩下的骨架用来制成学习标本。"

4月22日上午9时，天空飘着微微细雨。华西几代医务工作者络绎不绝地来到位于华西钟楼左侧一教解剖大楼，大家静默致哀向他们尊敬的杨振华教授作最后的告别。遗体捐赠仪式由副校长步宏教授主持。

在捐赠仪式上，杨振华教授的女儿杨光瑜代表家人饱含深情地说，记得在很小的时候，父亲给我们讲过这样一个故事：那时他在美国留学，一次上解剖课时，美国教授提问，很多学生都不能准确回答，父亲却做了非常完整的回答，让美国教授十分惊讶。父亲说，他在国内从事医学教学的起点就是教解剖。父亲很信奉恩格斯的一句话，"没有解剖学就没有医学"，为此，父亲为医学事业奉献了一生，身后我们要满足他的这个愿望。

亲人们一边抚摩着老人稀疏的头发，一边帮老人整理衣衫，不经意之间留下了泪水。最后，亲人们剪下了一点杨老的眉须作为纪念。

2008年8月，四川师范大学附属实验学校16岁的高中生唐苾宬，得知自己的癌症已医治无望时，决定把自己的遗体捐献给医学事业，以报答社会、国家。

当年10月8日，唐苾宬带着一颗感恩的心离开了，成为成都市年龄最小的遗体捐赠者。

"亲爱的父亲，您的儿子在遥远的中国给您写信，请您和我们一起分享幸福吧！告诉您，我的父亲，我和玛格瑞特结婚了，婚礼是在教堂举行的，和在英国举行婚礼没有什么不同。惟一不同的就是身边祝福的人中间好多都是我在中国的朋友，有我的同事，还有我的学生。此时我觉得我是世界上最幸福的人，请您也祝福我们吧，我们在中国，在成都，在华西坝结婚的，我们将一起把上帝的爱带给更多的人。"

"亲爱的父亲，我的幸福还希望有更多的人一起来分享，所以我有一个请求，请求您，我的父亲，请求您去一趟母亲的墓地，把这个好消息告诉她吧！我想她在天国也会开心的，因为她的儿子娶了一位世界上最美丽的女子为妻，善良的玛格瑞特和母亲一样也有博大的胸怀和高尚的人品。"

"亲爱的父亲，您是一位虔诚的基督徒，一位尽职尽责的牧师，一直那么博爱，一直那么谦卑，把自己当成上帝的忠实仆人，去彻底的践行基督精神。也正是在您的引领下我才踏上中国的国土，去实现'天国归宗'的宏大理想。当然我在践行自己使命的过程中也产生过畏缩和痛苦，也曾经彷徨，对于优裕的物质生活也产生过向往，甚至怀疑自己所做的一切是否值得。但想起您对我的教诲和您对您的教民那样无私奉献的时候我幡然醒悟了，觉得自己真是不应该那样想，既然作出庄严的承诺就应该一往无前去实现！因为我是您的儿子。"

"亲爱的父亲，我的化学系已经建立起来，虽然学生不多，但毕竟有了，这对于我来说是那样的重要。这里的风景很美丽，到处都是鸟语花香的，这个国家的历史那样的悠久和神秘，真想穿过时空去领略这片土地上的那些前辈们是如何创造自己的文明的。但这个古老的国家也是贫穷的，持续的战乱夺取了无数生灵的性命，瘟疫施虐过的地方已经荒无人烟。这里需要新鲜的空气和现代的科学，这是我来这里的全部意义所在。我没有抽过多的时间去传教，我还有很多工作要做，毕竟我是化学系的主任，一个还不太称职的主任。"

"亲爱的父亲，我们都是虔诚的基督徒，应该有博大的胸襟去接纳一切。这个国度也有自己的宗教，佛教和道教在这里深入人心。不过我从不强迫我的学生们必须接受基督教的教义，教义是空洞的，还必须由我们这些真正的实践者去传播它的精髓，让人们感受到基督教的全部意义。亲爱的父亲，我这么做没错吧？不过很多人信教是自愿的而非强迫。我在这一点上和其他传教士有不同的看法，他们认为凡是不信奉基督的人是不能进入这所学校的，无论如何我表示反对。上帝耶和华和他的儿子耶稣也应该支持我的。"

……

"亲爱的母亲，亲爱的父亲，你们的女儿玛格瑞特正坐在明亮的窗前给你们写信，这里是中国的成都，成都南门的华西坝。在主的指引下，在爱的召唤下我安全抵达了成都，见到了斯塔波斯，他一切都很好！于是，我们结婚了！亲爱的母亲，亲爱的父亲，请你们祝福你们的女儿吧！她找到了她生命中最重要的男人，就是我的丈夫。"

"亲爱的母亲，亲爱的父亲，我好多个晚上不能入眠，或许是气候的原因，或许是自己的兴奋，我真的到了中国，还是在中国最西部的城市，据说这个城市已经有两千多年的历史了，实在是很古老。我还不太完全习惯这里的生活，这里的食品丰富多彩，不过就是太辣了，而且还有点麻，相信不久我就能够适应。"

"亲爱的双亲，我很想念你们，在我们的婚礼上，我多么希望挽着父亲的臂弯走过教堂的红地毯，然后由我的斯塔波斯给我戴上那枚神圣的戒指，然后接受母亲的祝福！但我绝对相信你们在遥远的大洋彼岸给了我一辈子用不完的祝福，我要深深的感激你们，是你们给了我鲜活的生命，让我走上为主服务的道路。"

"亲爱的双亲，我来说说我们的生活和工作吧。斯塔波斯的化学系已经开始招生了，他成为华西协和大学化学系的创始人，我由衷为他感到骄傲。虽然斯塔波斯每年的薪水很少，不到两百美元，仅仅够我们两人的基本生活，但我们很充实很幸福，因为获得财富不是给人幸福的惟一方式，还有很多其他的。在这样的情况下我们还资助了几个孩子上学的费用，他们真的很乖，但由于家庭很拮据，不能继续学业，我们毫不犹豫的承担了这个责任，虽然压力很大，但这是我们最乐意做的事情。我马上要进入语言学校学习这个东方国家的语言，至于今后做什么工作我还没有完全考虑成熟。不过要做的事情真是太多了，教堂的很多慈善事业需要有人去打理，我很想去帮帮他们，这也符合我的性格。"

"我亲爱的双亲，你们的女儿玛格瑞特比以前更成熟了，不再那么胆小柔弱了，她必须变得更加的干练，必须去承担更多的责任，为了教民，为了这里的民众，能够为他们做一点点事情也是我最开心的事情。我感受到了婚姻的幸福，也感到自己肩上的那一份责任，这是以前在你们的庇护之下从未有过的压力。你们就放心吧，这些压力不会打垮你们的女儿，只会让她变得更加坚强。"

"亲爱的双亲，可能明年就会有我和斯塔波斯的孩子了，请你们为我们祝福吧，亲爱的父亲，请您为未来的孩子起个名字吧，您起的名字会给即将出生的孩子带来幸福和快乐的！"

"亲爱的双亲，我先暂时写到这里，我还有很多中文课程要上，吻你们！永远爱你们的玛格瑞特……"

1949年9月，成都已经闻到了秋天的气息。

黄天启先后接待了两位重量级的人物，陈立夫说话是软中带硬，而毛人凤更是赤裸裸的威胁，只有一个意思，让他去台湾，说明了他是委员长钦点的教育界的知名人士。黄天启作为两度赴加拿大留洋的博士，又是中国第一个牙医，他得到最高当局的重视本来应该是值得自豪的事情，但黄天启对蒋家王朝已经感到了彻底的失望，本来参加了国大代表选举，应该是稳操胜券的，可到头来只是做了别人的陪衬。这时候他发觉自己不是个当政客的料，惟一能让自己平静的是做牙医，在课堂上给学生讲课。

陈立夫的一席话让他感触颇深："黄先生，您是在党国的庇护下成长的，不久共军就会出现在成都的街头，作为中央大学医学院的知名教授，您可是要考虑清楚了！在共产党的统治下，您生活将会失去应有的支点，没有了支点，一切平衡将会被颠覆……"

"支点？"黄天启知道那也是个牙科术语，牙医最讲究的就是支点。

"对，支点！"陈立夫并没有明白这位黄教授的"支点"的真实涵义。

黄天启对于陈立夫的说法实在不敢苟同，那个叫"党国"的机构是如何让他成长的呢？他实在想不起来"党国"曾经在他身上花过哪怕一分钱，给过他什么，他记得的只有他的那几个高鼻子的洋人师父。他突然怀念起那些"残酷"的岁月来，虽然是紧张的。这一晚他做了好多的梦……

"黄，你的卡环做得不够完美，没有支点！"林则依然严肃。

黄天启点点头，重新开始，林则在一旁看着，偶尔点点头。

他脚边的垃圾桶内全是钢丝卡环。

……

"黄，你的蜡型不对，支点在哪里？重做！"唐茂森严厉的口气。

黄天启用刻刀将蜡型全部破坏掉，从头开始，唐茂森在不停指点着什么；黄天启的身旁堆满了红蜡。

……

实验室，黄天启大汗淋漓，唐茂森挥汗如雨；

教室，黄天启聚精会神，林则循循善诱；

寝室，黄天启在挑灯夜战。

……

唐茂森在讲授牙体外科学，教室里只有一个学生黄天启，他在飞快的做着笔记；

林则在讲授口腔解剖生理学，座位上只有一个学生，黄天启在比对图谱；

唐茂森在讲授冠桥学，下面仍然只有一个黄天启，他在模型上比划着；

林则在讲授口腔病理学，黄天启在询问着什么；

唐茂森在讲授赝复学，黄天启和老师在激烈的争论着什么；

林则给他教授牙槽外科学，口腔麻醉学，黄天启在给林则口腔注射麻药，他有点畏惧，林则脸色严厉。黄天启终于将针头对准林则口腔。

……

"黄，明天你就要上临床了，你知道最重要的是什么吗？"林则问道。

"支点，掌握支点。"黄天启信心满满的回答道。

"对，牙科医生如果没有掌握好支点，器械就会伤及病人，甚至带来危险的后果。你明白这个道理我就放心了。去吧，我的第一个中国牙医。"林则露出难得的微笑。

黄天启知道，"支点"不仅仅是个牙科术语，更是生命的命题。

经过四年的磨砺，黄天启毕业了。他成为中国牙科高等学校第一个毕业生，也是亚洲的第一位。

"小子，有什么感言？"林则问道。

"医生是在看病，不是在看人"。黄天启认真回答道。

"小子，路还很长啊。你今后有何打算？"

"做一个一流的牙医。"

"瓜皮帽不戴了，难道你就不想戴戴西洋礼帽？"

"您的意思是……"

"有什么不好？"

"留学可是要一大笔钱的，恐怕……"

"成都是什么地形？"

"平原啊老师？"黄天启奇怪了，老师东一句西一句的。

"成都之外的是什么样的，你见过吗？"

"有高山，海洋，湖泊，冰川……"

"你见过吗？"

"海洋、冰川和高山具体是怎么样的，你能描述出来吗？"

"老师，您说的是眼界。"

"明白就好。小子……"

黄天启并不清楚，其实林则早就在考虑让黄天启毕业后去加拿大留学的事宜了，只不过有两个重要问题还悬而未决。一是留学经费；二是教会的基本要求，外国留学生必须有神学的大学学历对方才能接受。这两个问题都不那么容易解决。林则的薪水也就每年两百美金，不吃不喝也凑不够黄天启的路费，怎么办？

"找成都五大教会想办法。"吉士道这么建议。

"找过了，他们的经费拮据，拿不出更多的费用来。"林则幽幽的回答。

"找加拿大那边教会，他们财大气粗的，应该没有问题。"唐茂森也出主意。

"我早去过信了，那边说得含糊其辞，难说呢！"

"本地的财主有愿意赞助的吗？是不是也可以考虑考虑。"吉士道的思路更开阔一点。

"本地的有钱人是不是愿意很难说，他们对于赞助学校一类的慈善事业似乎还不是很有兴趣。"林则陷入思考，"其实最大的障碍还不是经费，经费咱们可以慢慢想办法，主要的障碍在于加拿大那边接收的留学生都需要有神学的大学学历，否则不收，这一点主教们不见得能够帮上忙。"

"那怎么办？"

"我们联名向加拿大教会和学校当局去信担保此事，最好能多让一些权威人士签名，也许会有改观，这一关过了之后也许才能考虑经费的筹措的事情。"林则显然经过深思熟虑。

"也许只有这么办。"俩人都同意林则的看法。

"咱们分别行动吧，最好能够得到更多人的支持。我每月会给加拿大方面去一封信，我就不相信他们不答应。"

"林则你小子真的还这么干啊？"

"有从加拿大来的信吗？"林则路过收发室，顺便问了一句。

"院长，没有。"收发室老头回答道。

一个月后，"有信吗，从加拿大来的？"

"林则博士，没有。"

三个月后，老头来了："报告院长，没有您从加拿大的来信。"

"好，知道了。你帮我把这封信给发了。"

半年后，林则桌上的电话响了，他拿起来："喂，我是林则。"

电话那边："抱歉，院长，还是没有您的信。"

"嗯，你来一趟，帮我发一封信去加拿大。"

……

老头惊喜的发现，从加拿大来信了，是寄给林则的，他忙不迭赶紧送到林则办公室。"院长，加拿大的信，信！"

林则丢下手头的事情赶忙接过来，打开。

"哦，好消息，好消息。"林则眉头舒展。

"院长，你今天不用给加拿大寄信了吧？"老头心想也许这就是院长盼了半年多的信。

"寄，还寄，我告诉你，至少每周一封信，如果我忘记了，你得提醒我。"

"啊！您还寄啊？"

"为什么不寄呢？"

老头一脸茫然的走开了。老头回到家里，他问自己的儿子："娃娃，你读过书，为啥子林则院长每周往加拿大去一封信呢，收信的是同一个人？那些英文字母我都看熟了。你说怪不怪？"

儿子想了想："是不是情书呢，也只有情人之间才这么写信的。"

"屁话，林则院长的婆娘在成都的，人家就在华大图书馆工作。"

"那就怪了。"儿子也搞不懂。

"是不是他小老婆呢？"

"老把子，您搞清楚，人家外国人不像中国男人三妻四妾的，只允许一个老婆。"

林则的确从信中得到了好消息，上面告诉他，陆陆续续会有几个牙科大腕从加拿大和美国前来成都。

参加完首届医科学生的毕业典礼，启尔德感觉有些疲惫。华西协和大学医学系1914年开班。1920年便有了首届毕业生，他们是李义铭、刘月亭、胡承先、颜相和，虽然只有寥寥的四位，但已经是很好的开始了。

不停的咳嗽让启希贤很担忧。

"亲爱的，咱们休假吧，你该好好休息了。"夫人体贴入微。

"等等再说吧，事情总是干不完。"启尔德总是很倔犟。

"或许加拿大都已经把我们忘记了。"夫人也有些想家了。

"家是永远不会抛弃我们的，亲爱的……"启尔德觉得伤口隐隐作痛，虽然已经过去好几年了，但每到天气变化的时候总有些反应。

毕启来看望启尔德，他知道最近老伙计身体有些虚弱："启尔德教授，我以校长的名义要求您尽快休假，回去好好散散心放松放松，您太累了。"

又是一阵剧烈的呛咳，启尔德有点上气不接下气的："呵呵，我老了……"

"您本人就是医生，到底是什么原因？"

"没有大问题，无非是感冒，无关紧要。"启尔德摆摆手。

"您立刻休假，停止工作，学校不能没有你，但需要一个健康的启尔德教授。"

"学校就交给你们了，小兄弟。"启尔德同意了，他感到实在有点撑不下去。

"老兄，您何出此言，您不是很快就回来了嘛。"毕启有点奇怪老伙计为什么这么说话。

"变了，一切都变了！"启尔德回到了加拿大安大略省的弗兰克威尔（Frankville）。

"是啊，已经变得认不出来了。我们回家倒是像客人，这里没人认得我们。"启希贤有点感伤。

"我们已经变成中国人了！"启尔德坐在窗前望着外面红透的枫叶。

"亲爱的，你好好在家呆着吧，维多利亚大学那边的活动我看你还是推掉吧？"昨天他们收到了维多利亚大学的邀请函，希望夫妇俩参加他们的一个学术会议。

"不太好吧，人家也是一番好意，好久我都没有参加学术会议，有些落伍了，还是去吧。"启尔德不想放弃这次难得的交流机会，另外他得顺便看看自己的大儿子启真道，他正在这所学校攻读医学博士。

"那好吧，也可以顺便看看启真道。"启希贤知道丈夫一旦决定的事情就不能改变。

缤纷的红叶把整个窗外世界妆点成了美丽的宫殿，很久没看到如此美丽的景色了。

大儿子来迎接他的父母，好几年不见，启真道已经成了小伙子，显得更加成熟和自信了。

"孩子，你未来有什么打算？"启尔德很关心孩子的未来。

"毕业后去成都。"启真道没有犹豫。

"这是真心话？"

"是的，父亲。"

"为什么？"启尔德故意考验儿子。

"我是基尔伯恩家族的后代，给家族增添荣誉是我的责任。"

"成都的日子可没在加拿大这么舒服，你可是要想好了。"

"我早就想好了，我是在那里出生的，也是我的故乡。儿时的中国朋友我忘不了……"

"好啊，华西坝是你们的了……"

"父亲？"

让启尔德夫妇意外的是这次学术会议的压轴大戏是授予他维多利亚大学荣誉博士学位，主席的致辞让人动容：

"……尊敬的启尔德博士，1867年生于加拿大安大略省的弗兰克威尔，早年不幸遭遇父母早逝的窘迫，他靠兄长的资助才得以求学。在昆士顿斯顿王后大学获金奖和文学硕士学位后，开始学医。23岁取得外科硕士和金斯顿王后大学医学博士学位，之后在爱丁堡及德国海德堡继续深造，尽管金斯顿王后大学邀请他加盟该校，但他仍选择作一名志愿先遣队员，受加拿大英美会派遣到四川开展工作。"

"启尔德博士在中国的二十多年间，经历了无数的磨难和坎坷，但他作为一位虔诚的基督徒，始终以上帝的指引作为自己行为的准则……"

"他在那里建立自己简陋的诊所，为更多的中国患者服务；在中国发生战争期间，他义无反顾冒着枪林弹雨带领自己的医疗队救治伤员。"

"他不遗余力的争取在中国的西部建立一所现代意义的大学，特别要提到的是他还积极支持牙科事业在中国的起步，加拿大人林则就是在他的帮助下开办了中国第一家牙科诊所，规模在不断的扩大……"

"……鉴于启尔德博士对教育和医学的巨大贡献，我以维多利亚校董会的名义授予启尔德博士为维多利亚大学荣誉博士学位！"

刚从维多利亚市回来，启尔德就病倒了。

"亲爱的父亲，我和马格瑞特要告诉您一件天大的喜讯，我们的第一个孩子出生了，就在今天早上，她长得真可爱，高高的鼻梁，大大的眼睛，脸庞红扑扑的，几乎和美丽的马格瑞特一个模子。亲爱的父亲，您的儿子也当父亲了，感觉真好！按照您的意见，我们给她取名叫茹丝，等她长大后我会告诉她这个名字是远在万里之外的祖父赐予的。"

"亲爱的父亲，我刚从办公室回来，已经很晚了，但还是决定提笔给您写一封信。非常抱歉我已经很长时间没有给您来信了，这很不应该。华西协和大学已经慢慢走上正轨，学生也在开始增加，条件虽然不尽理想，但已经在向好的转变。不过，还是存在着很多的矛盾，矛盾的主要原因我认为是中西文化的差异造成的。学校有一股很强的主流意识，那就是必须让所有的学生信奉上帝，信奉基督。但得到的效果并不好，反而引起了很多学生的反感，因为在他们心中已经有了心灵依赖的神了，他们似乎并不完全喜欢传教士的说教。在这个方面我也很困惑，真的。我作为一个虔诚的基督徒自然非常愿意我周围的人和我一样，能够把自己的一切都交给上帝，交给基督。但另外一方面，我也觉得应该站在中国人的立场考虑问题，信仰不是一朝一夕形成的，改变心中的神圣的追求对谁来说都是残酷的。我很希望得到作为牧师的父亲能够给我点拨。亲爱的父亲，我有一丝隐忧，这种隐忧不是一天形成的，西方人和东方人的沟通层面还是很肤浅，双方很难理解对方的很多行为。在华西坝有些传教士是以一副救世主的面孔出现在中国人面前的，他们认为自己的思想绝对是最好的。但中国人似乎并不买账，而且很多中国人是仇视外国人的，认为西方列强侵略了他们的国土，霸占他们的资源，强迫他们接受西方人的价值观，他们把西方人看成仇敌。我很担心这样的局面，说不定哪天会爆发出来，引起冲突。也许是多虑了，但这种隐忧困扰我很长时间。后来，我终于想通了，我也许不能改变别人，但我可以改变我自己。之所以我要学中国人的文字语言，我是希望有一天能够真正和中国人坐下来好好的沟通，我也能够真正体味他们的心境，到了那时候，也许隔在我们之间的围栏就能消失了。"

"亲爱的父亲，茹丝好像是醒了，我得去看看……"

"亲爱的父亲，刚才我给茹丝换了尿片，突然心里涌上一阵从未有过的感觉，原来我也有资格当父亲了，我跟以往的确不一样了，肩上多了一份责任，这是甜蜜的责任。此时我想起您和母亲养育我们的情景，您和母亲当时也一定是这样的心境吧！我终于领略了为人父母的那份感情……"

"昨天，有个学生来告诉我他要准备退学，我问他为什么，他说自己不愿意皈依基督教，他有他的信仰。我问他这是谁的规定，他说是校方的说法，虽然没有明文规定，但他的辅导老师要求他这么做。我听之后感到很愕然，为什么一定要我们的学生接受这样的观点？我去学校有关部门做了咨询，他们告诉我的确有这样的要求，毕竟这是教会大学，必须统一思想。我对校方人士表达了我的观点，认为他们这么做有很大的危险，因为那样会失去很多资质优秀的学生，会失去我们来这里的真正目的。传教也许是一种方式，但真正的目的是要提高这里的人民的生活水准。我作为一位普通的教师也许校方当局不会采纳我的意见，但我准备切切实实去履行我的使命。那位学生最后没有离开，我把他留下来了，也许这么做有违上层的意思，但这是符合我良心的。亲爱的父亲，您同意我这么做吧？"

"亲爱的父亲，您不会我祖露内心说出那些忧虑是对上帝和耶稣的不恭吧，即使是不信仰基督的人们，我祈求上帝也要去爱他们……"

"亲爱的双亲，你们还好吧？你们的女儿玛格瑞特也有女儿了，就在前天出生的，突然家里多了一个新生命，忙得都快'疯掉了'，今天我才有空给你们报喜，请你们祝福你们的外孙女吧！我的双亲，你们的外孙女好乖好漂亮，大大的眼珠子是蓝色的，像浩瀚的大海；皮肤细嫩得像是牛奶，我都有点不敢碰，害怕碎了！玛格瑞特当时出生的时候也是这样的吧？我好幸福，我也成为母亲了，玛格瑞特不再是以前的玛格瑞特了，已经成了母亲的玛格瑞特，一切像是在做梦。我喜欢当母亲，盼望茹丝早点开口说话，叫我妈咪。噢，对了，我们的孩子叫茹丝，名字是斯塔波斯的父亲起的，你们也喜欢吧？"

　　"亲爱的双亲，你们的玛格瑞特真的很幸福，她拥有世界上最美好的东西，虽然物质生活很简朴，但她的内心是充实的。斯塔波斯是那么爱玛格瑞特，甚至比爱他自己还要爱。玛格瑞特很满足，因为她拥有了这个世界上最好的男人。斯塔波斯有个很好听的中文名叫'苏道璞'，更奇怪的是他的学生都叫我'苏师母'，中国人真是有意思，他们把老师当成父亲，把老师的夫人当成母亲。斯塔波斯总是很辛苦，他在努力的工作着，也得到了学生们的尊敬。我看得出来，中国人对他们的尊重是发自内心的，因为斯塔波斯有颗善良纯净的心……"

　　"亲爱的双亲，原谅我不能写得太多，我还得给茹丝准备好多的东西，没想到一个孩子来到世界上之后会有这么多的事情要做，不过很有趣，我很喜欢为茹丝做一切。亲吻你们，我的双亲，也请你们亲吻你们的外孙女吧……"

　　"院长，林则院长，您的信，信！"收发室谢老头是兴冲冲跑着来找林则的。

　　"老头儿，慢点，别闪着腰了。"林则还从来没见谢老头如此兴奋过。

　　接过信打开一看，林则的表情正如谢老头期盼的那样放光了，"好！太好了！"林则拍拍谢老头的肩膀。

　　"院长，您这周还往加拿大寄信吗？"老头还等着呢。

　　"不用了，老谢！"他拍拍老头的肩膀，快步走出办公室。

　　"怪了，都寄了这么几年了，突然就不寄了……"老头有点遗憾。

　　加拿大教会方面的确有点扛不住了，每周都有大洋彼岸一个叫林则的人写来的信，目的只有一个，让一个叫黄天启的没有神学学历的中国人来多伦多大学留学。教会曾经建议让那个中国人补修神学课程，但林则来信说根本没时间，病人太多看不完。于是双方算是卯上劲儿了。不过最后教会还是认输了，

169

惟一的办法就是修改以往的规矩。

第一个障碍给消除了，接下来这个问题更实际，而且加拿大教会方面明确告诉林则他们无力解决，只有自己想办法。

"需要多少钱？"唐茂森问道。

"少不了的，黄得在多伦多至少呆三年，大概得需要你好几年的薪水呢。"吉士道不乐观。这位1917年来华的林则的校友如今也是成都乃至中国鼎鼎大名的牙医，还是中国正牙学的创始人。

"教会那边能不能恩赐点？"安德生提出自己的想法，"可以向教会提出贷款，然后毕业后用在教会服务的时间来偿还。"

"那点费用远远不够，僧多粥少，申请起来也很麻烦。"林则不无忧虑，"如果教会能全部解决，我也不至于把你们找来了。"林则眉头紧蹙。

"你的意思是让哥们儿几个凑钱？"唐茂森最先道出玄机。

林则没说话，踱到窗前，看着外面，"哥们儿，你说呢？"

"那咱们就凑吧，林则大人想好的事情谁也拦不住啊，呵呵。"吉士道打趣道。

"你对你这个学生真不错，他真的应该对你感恩戴德才是。凑吧，哥们儿接受。"唐茂森并不含糊。

"唐兄，黄不是我一个人的学生，也是你的，是整个牙学院的……不错，你们几个够意思，不过，大家凑钱的事情不要告诉黄，我担心他知道了肯定就不去了。"

"我说，院长大人，这钱是算借还是算捐呢？呵呵。"唐茂森开个玩笑。

"小子，你咋个这么财迷呢，呵呵，算是借吧，再说吧……"

"林则大人，要是唐茂森是财迷的话，那我还是回家自己开诊所了啊！哈哈……"

"我不去，就留在中国。"黄天启居然不听老师的建议，"我没钱留学。"

"小子，由不得你，哼哼！拿去，"林则从办公桌抽屉里拿出一张银票，"你的留学费用。"

"给我的？"黄天启不敢相信这是真的。

"是啊，你就赶快准备吧，时间不多了。"

"不，院长，这钱我不能要，我还不起。我还得养家。"黄天启的家境不好，这是众所周知的。

"黄，这不是你一个人的事情，必须清楚一点，你不是为了你自己，而是给你的民族争口气！"

"院长，我知道您对我很好，明白您的苦心，但我必须知道这钱是从哪里来的。教会贷款不会有这么多。"

"孩子，你就别问了，这钱你得还，不过要在你从加拿大回来之后。还有，请你的母亲来口腔医院做点事情吧，这样你就可以安心学习了……"

黄天启没有想到林则想得如此周到。

"我心里过意不去……"

"小子，别那么婆婆妈妈的了，大家都有份，谁让你是第一个呢，我们的宝贝疙瘩，记住了，出去后给我们争点气，你是林则唐茂森吉士道的学生，拿个优异的成绩回来，那样咱们就两清了。呵呵。"

"我得还给你们，不然我会愧疚一辈子的。"

"黄，哪来这么多事儿呢，再重复一次，小子，你代表的不仅仅是牙学院，代表林则，代表我唐茂森，更是代表中国人，知道吗！你是第一个牙科留学生，给我出去好好学习，多伦多大学比这里还严格。"

"老师……"

"别说了，我们马上给你饯行。你赶快收拾收拾吧。"

黄天启踏上了西行之路，成为中国第一个牙科留学生……

康斯坦斯·埃伦来了，她是启尔德的大女儿，维多利亚学院历史系毕业生；伴随埃伦身旁的是她的未婚夫刘易斯·沃姆斯利（黄思礼），埃伦的同班同学；

启尔德的长子启真道(Leslic.Gifford.Kilborn)来了，还有他的未婚妻启静卿（Janet.Mcclure. Kilborn）；

启尔德的小女儿启智明（Cora.Alfetta.Kilborn）也跟在姐姐和兄长后面来了。

孩子们都到齐了，这样的聚会他们宁愿没有，他们的最亲爱的父亲，那位语言幽默风趣的传教士，那位严谨果敢的外科医生，现在安静的躺在家乡极其简陋的小屋子里，他已经奄奄一息，再也没有以往的勃勃生机，再也不会和他们谈笑风生了！可怕的细菌已经在慢慢蚕食着他的肺部组织。

从维多利亚大学回来之后，启尔德就再也没有下床，生命的活力在他身上慢慢在消失，他时而清醒时而糊涂。

"我……在……哪里？"他困难的轻声询问启西贤。

"亲爱的，你病了，我们在自己的家里，在家里……"夫人柔声安慰道，轻轻抚摸着他的额头和脸颊，她感觉到好烫。

"华西坝？"

"不，我们在加拿大，加拿大的弗兰科威尔，你的故乡。"

"啊？是吗？我糊涂了，总觉得……在华西坝……我很奇怪，为什么毕启，客士伦，还有陶维新，还有……还有……林则那……小子，为什么你们不来看看我……"

启西贤转过头去，眼泪喷涌而出。

"亲爱的父亲……"启真道泣不成声。

"爸爸……"埃伦泪流满面，刘易斯·沃姆斯利轻柔的扶着未婚妻，满眼哀伤。

"父亲，你不能死……"启智明伤心欲绝。

启尔德突然睁开眼睛，望着床前的这群人，嘴角有些微微颤抖："……你们……你们……"

小屋外出奇的安静，一阵不易觉察的清风袭来，一片红透的枫叶轻轻的落下来，随着看不见的清风飞舞起来……

也很深了，路边流浪歌手还在轻轻弹奏着那把破旧的吉他，幽怨的曲调给这空旷的夜增添更多的惆怅……

……

在弗兰科威尔的秋天，

我又见到了久违的灿烂；

弗兰科威尔姑娘的笑脸多么美丽，

更有那枫叶一层层一片片；

那一年我来的时候为什么没有见到你，

你去了哪里，在何方盘桓？

今天我真的好幸运，

又见到你那迷人的笑脸；

明年我还来弗兰科威尔，

期待着还能见到你的容颜；

听说你只在秋天回来，

秋天过后，你要去了那远方的山巅；

这是为什么？

难道你对故土不再留恋？

啊，我听见枫叶告诉我了，

你对故土的爱从未改变；

枫叶还告诉我，

你去远方是为了完成一个心愿；

那个美好的心愿是什么？

枫叶说那是兑现上帝给他的子民的博爱。

……

1920年秋天，噩耗传来，全校震惊。

启尔德是华西协和大学的创建者之一，担任校董会的首任主席，也是四川中国红十字会的发起人之一，以他渊博的知识和精湛的技艺诊治病人，被誉为"前所未有的、具有如此仁爱之心和人道主义精神的人"。

莫尔斯教授的悲伤如此表达"他的高水平以及他所作的特殊贡献要写进历史"。莫尔斯还在《紫色薄雾下的三个十字架》中也写道："作为一个创建该学院的先躯者，他也许比其他任何人值得怀念。"

众多基督徒及中国朋友为他举行了十分隆重的"在这之前和之后均从未有过那一位教徒受到过如此特殊的荣誉"的追悼纪念大会。人们高度评价他的功绩，称他是一位细致的管理者，口才极好，善于辞令，是一位极具创建性的教育家，一位忠实的朋友；高度赞扬他在中国的贡献，最有意义的是他不遗余力地献身于对中国有益的事业，深受中国人民的爱戴。启尔德刚来成都时遇到的种种误解和责难已经融化在他对四川现代医学教育的执着追求当中……

林则十分难过，他失去了一位值得信任和依靠的长者。

苏道璞也在祈祷，祈祷启尔德在天之灵能够安息，毕竟还有这么多的践行者。

启真道来了，还有他的未婚妻启静卿；

康斯坦斯·埃伦来了还有她的夫君刘易斯·沃姆斯利（黄思礼）；

启尔德的小女儿启智明（Cora.Alfetta.Kilborn）也跟在姐姐和兄长后面来了。

启西贤，启尔德最亲密的人，他的夫人，回来了。

他们全部回到了华西坝，回到了启尔德喜欢的那个地方，那个地方叫"华西坝"。

刘易斯·沃姆斯利（Lewis. C. Walmsley）1897年出生于安大略省，1919

年毕业于多伦多大学维多利亚学院，主修其著名的数学和药学，获文学士（B·A）学位。1921年一同来到中国，在华西坝专为外籍教师子弟举办的加拿大学校工作，黄为负责人。在黄思礼领导和康斯坦斯协助下，在成都和逃避日机轰炸及在仁寿期间，都沉着稳定地担负着领导学校走向更高水准。1929年后还任过华西大学教育系助教、讲师、副教授。授教育学。授社会心理学、实验心理学。1948年离开成都，去多伦多大学东亚研究室工作。他们培养出众多加拿大学校高水平的毕业生，其中两名学生，后来成为罗斯学者（Rhodes scholers），证明他们夫妇二人都是出色的教育家。刘易斯不仅是个教育家，善于辞令，还是一个艺术家。1958年与张英兰合著有《王维的诗》。1968年著有《田园诗人——王维》；他接受了撰写华西协和大学校史的任务，结合自己在华近40年的生活，完成了一本行文简洁，内容繁多的《华西协和大学》，1974年由美国纽约亚洲基督教高等教育联合会出版。还画了许多中国西部风景画，还画了加拿大及世界各地的风景油画。

启静卿（Janet.Mcclure.Kilborn， ）；来华大后，管理眼科医院，向医科和牙科学生讲授儿科学和医学英语,后来还任校医，帮助解决了华大教职工和学生的健康问题。他的父亲曾是齐鲁大学的教授，弟弟也在河南从事医学教育工作，对中医药开业者进行培训。1945年因严重的冠状动脉硬阻，住院几个月后病逝。她捐建的医科图书馆被命名为启静卿纪念图书馆。

启尔德的小女儿启智明。Cora.Alfetta.Kilborn, 1899年出生，1920年毕业于多伦多大学维多利亚学院，获现代语言荣誉学士，之后在多伦多中心医院护理学院接受了培训，毕业后又在多伦多大学进一步深造公共卫生护理学，完成了教学和管理的课程，成为注册护士，1926年随加拿大联合教会妇子志愿队来到华西，在成都和母亲一直领导妇女儿童医院医学和护理学的教学工作。几年后她一度曾回国照顾病重的母亲，1942年母病逝后，再次回成都继续护理工作并任了护士学校的负责人，献身于华西的护理教育事业，直到1950年回国。

"亲爱的父亲，斯塔波斯，不，是苏道璞再次向您报喜，我们的第二个女儿出世了，她和茹丝一样的可爱，我真幸福，已经有三位天使了，她们是玛格瑞特、茹丝和新诞生的女儿。我们还没有给孩子起名字，玛格瑞特还是希望您能够赐予孩子美好的名字。于是我们暂时叫她小天使吧。此时我正抱着您的孙女在给您写信，她好像什么都懂似的，还在咿咿呀呀的说话呢，亲爱的父亲，您听到了吗？"

"亲爱的父亲，又有很长时间没有给您来信了，您的身体还好吧？按照中国人的说法斯塔波斯是不孝顺的，没有尽到赡养父亲的责任。中国人有这么一种说法，叫做'父母在不远游，游必有方'。我这个远方的游子算是'游必有方'还是'无方'呢？"

"亲爱的父亲，在中国似乎百姓们都喜欢生儿子，不太喜欢女孩子，也许是中国传统文化造成的，男女不平等是很普遍的现象。今天我就遇到一件很有意思的事情，事情是这样的……"

"那个女孩子说，她是逃婚出来的。我很吃惊，为什么在中国女孩子的婚姻就这般的没有自主，完全得听父母的安排，这在西方是很难想象的。虽然她是一位富家的千金，但她的父亲要把她嫁给临近一个官宦子弟，但她有自己的想法，不想就这么随意的嫁给那个不认识的男人。于是她逃了出来，瞒着父母乔妆打扮成一个男子，只身来了成都，她希望她能够像自己的兄长那样来成都上大学。于是她找到学校，当时恰好遇到我，给我讲了她的理想。这是一位很有志向的女子，也许这样的女孩在中国并不多见，敢于突破传统对女性的禁锢，真是了不起。但我告诉她，如今华西协和大学还没有招收女生的计划，也许还要等一段时间。当时她就哭了，说她特别希望能够上华西协和，上医学院。我问她这是为什么，她告诉我说，前不久她的大嫂死了，死于难产，在当时的条件下无能为力，她是眼睁睁看着嫂子死去的，那个腹中的孩子也没能活下来。于是，她下决心一定要学医，要为天下的妇女治病。真是一个有理想有抱负的女孩子。"

"我真的很希望能够帮帮她，但我现在还没有这个能力，惟一能做的就是安慰她，让她慢慢等待，也许今后有机会的……"

"后来我还是去找了校方，找到了毕启校长，希望校方高层能够考虑招收女生，能够开一代先河，把男女平等的意识传达给更多的人。华西协和应该是这样的学校，传播的不仅仅是现代科学的最新进展，也要在力所能及的情况改变不合时宜的陋习。"

"毕启校长告诉我，其实他早就有此想法，不过考虑到现实的情况，中国人中间对外国教会大学依然存在一些不理解，可能还需要一点时间，高层人士会很认真的评估这一措施带来的社会效果。华西协和虽然已经开办了十年，但她的地位并不稳固，对任何一项措施都必须小心谨慎，得罪中国人的事情尽量不做，以往的教训是严酷的。"

"我想校长的顾虑是可以理解的，不过一味向旧势力妥协或许不见得是好事。不过我还是很乐观的等待，希望学校早一点开禁，让更多的女学生加入到华西这个大家庭里来。"

"亲爱的父亲，这个故事还没有结束。在华西坝还没有一个女学生，中国人对女性的要求是她们必须在深宅大院里规规矩矩伺候她们的男人，而不是抛头露面，这和西方对女人的态度有天壤之别。也许他们需要改变……"

"而我们华西协和大学也需要改变，改变对女性的歧视，因为女性也是人，和男人没有什么不同。学校应该改变过去的规矩，让女孩子能够拥有和男孩子一样受教育的权利。不过这一切需要时间，时间……"

"亲爱的父亲，最近我很忧虑，或许我作为一个普通传教士，一位平常的大学教师不该过份关心政治，但我还是敏感的发现中国和西方的关系极其紧张，尤其是以英国为首的西方列强不断和这个东方民族发生冲突，这很有问题。在中国民众当中潜藏着对西方的仇恨，但愿这种情绪不要继续发展，否则很容易导致一些极端事件发生。在二十年前，曾在成都发生过一次'教案'，那一次成都的教堂几乎全被烧毁，还有外国传教士受伤，有中国人被处以极刑，的确是个悲剧。"

"亲爱的父亲，也许我太敏感了，也许是多虑，希望一切都平平安安的才好……"

牙科系很快被批准升级成为牙学院，林则任院长。

林则在华西牙学院教室又迎来了新一批入学学生。教室前面的黑板上悬挂着一幅大大的中国地图。

新生们都是经过严格考试筛选出来的，个个精神饱满来聆听牙学院院长林则博士训话，学生们终于等到这个机会能够见到闻名遐迩的牙科大师，心里难以平静。林则准时来到教室，西装革履表情凝重走上讲台。

"同学们好！"林则微笑着用英文向同学们问好。

"院长好！"大家齐声用英文回应道。

"今天我非常高兴在这里迎接各位的到来，欢迎你们加入到牙科学院这个非常看重荣誉和责任的团队中来。希望大家未来七年的时间里能够学到学校要求你们掌握的知识和技能。你们肯定想知道我对大家说点什么，或者是期望。很简单，"他略作停顿，"我有五种期许，第一，我希望从这里走出去的学生能够在中国推广现代牙科学；第二，能够承担开办高等牙医学教育的责任；第三，开展预防牙医学，而不是仅仅停留在治疗方面；第四，你们必须在开展临床工作的同时开展牙医学科学的研究工作；第五，要做医学家，不要当匠人。大家听明白了吗？"

"明白！"学生们朗声回应道。

"好，我的话讲完了，谢谢大家！"林则言简意赅。

学生们都很奇怪，这么大牌的林则院长讲话居然这么简短，没有一句废话，大家私下开始议论。

"同学们有什么问题可以问我。"林则见大家意犹未尽。

"院长，我可以提问吗？"一个胆子大一点的同学率先站起来。

"请讲。"

"请问院长，匠人和医学家的区别是什么？"底下突然引来一阵哄笑，也许有人觉得这个问题太幼稚。

"大家不要笑，他的问题提得很好。我来回答什么是匠人什么是医学家。医学家是把病人当成一个人来看待，而匠人只把牙齿看着一个器官；医学家要把牙齿口腔和全身联系起来看待，口腔牙齿的疾病有时候是全身疾病表现在口腔局部，也就是说医学家既要看到树木也要看到森林，而匠人只是把自己的眼光局限在牙齿上，对于其他东西视而不见；医学家知道很多为什么，医学家是善于思考的，因为疾病是千变万化的，而匠人只知道师父告诉他应该怎么干，从不需要用脑子思考问题……"林则环视教室，"大家明白了吗？"

"明白了！"非常整齐的回答。

"院长，我还有个问题，"又有人举手，"请问院长，我看过我们的课程表，好像牙学院的学生还必须学完医科专业学生的课程，这是为什么？毕竟我们今后只是从事牙医，这是不是在浪费时间？"问题还相当尖锐。

"这个问题也问得好，"林则及时给予鼓励，"我不但要求你们要上医科专业学生的所有课程，我还要求在基础课程期间你们和理科学生一起上物理化学课程，学时和教学大纲要求都要一模一样。你们也许不太理解为什么我这么要求，因为我要你们成为医学家而不是匠人，知识的广度对于每个从这里走出去的牙科学生至关重要。道理很简单，华西协和大学牙学院的宗旨就是'以第一流牙医教育为目的，成为一个示范中心，毕业生可以和美、加各国的牙医毕业生在学业上竞争'。你们有这个胆量吗？"最后一句话林则提高音量。

"有！"寥寥数语已经把每个牙科学生的毛孔打开，顿时热血沸腾起来，他们开始意识到自己进了一所什么样的学校，在激动之余不免感到紧张。

"……同学们也许觉得奇怪，为什么前面挂张中国地图？"

没有人回应，学生们相互对视着，不清楚林则院长的真实涵义。

"有谁能告诉我中国的面积有多大？"林则发问。

"大概有一千多万平方公里吧……"终于有人回答，但显得不太自信。

"那么中国有多少人口？"

"四万万五千万。"回答很肯定。

"再问大家，中国有多少个县？"

"一千多个。"学生们的声音高了八度。

"知道为什么我问你们这么简单的问题吗？"林则问大家。

教室里面一片沉寂。

"中国有多少位牙科医生？"

大家开始叽叽喳喳低声议论，但谁也不敢轻易回答。

"也许大家并不清楚，我告诉你们，到目前为止，一个，只有一个！他叫黄天启！"林则的语气沉重。

"我想在我离开中国之前，为这个国家的每个县培养一名牙科医生。"

"以第一流牙医教育为目的，成为一个示范中心，毕业生可以和美、加各国的牙医毕业生在学业上竞争。这就是我的理想。"林则眼望远方。

林则的自信不是没有理由，越来越多的世界级牙科专家正汇聚到华西坝。

牙科博士安德生(Dr.Rog M.Anderson) 1920年来华。先在重庆任重庆加拿大联合医院牙科主任，后来经不住林则的热情相邀也来华西协和大学牙医学院任教，讲授牙体修复学。

1922年美国浸礼会来的叶慈博士夫妇（Dr.and Mrs.Morton Yates）也来到成都成为牙科系的教授，他们受到林则的感染毅然放弃更为优厚的待遇义无反顾的加入其中。

牙科博士、医学、药学博士、持行医证书的牙外科医师刘延龄博士（Dr. R.Gordon Agnew）1923年来华，此君乃享誉国际的口腔组织病理学家，后来做过国际牙医学会的副主席，他是口腔病理学、口腔组织学和牙周病学的世界级权威。

1932年来的甘如醴博士（Dr. W.G. Campbell）。甘如醴博士讲授牙体外科学。他关心口腔医学教育的发展，1985年，已80高龄的甘教授，远道来成都，参加华西大学建校75周年校庆。

"砰"的一声闷响，一个高个子男子訇然倒在华西坝一棵银杏树旁边，鲜血顿时从肩部冒出来。

"有人受伤了！"这是周围来往的师生们本能的感觉。

在众人面前突然有人中弹，真是可怕，但惊恐的人们还是围了上来，争相打探这个倒地的人是谁，到底出了什么问题。"是枪伤！"有人判断。

"是谁？"

"不认识，是个外国人。"

"死了吗？"

"好像还有呼吸……"，有人上前查看了受伤人的生命体征，周围围满了看热闹的人。

"赶快送医院啊！"有主见的学生招呼人过来帮忙，"得快一点，不然来不及了！"五六个男学生开始搬动那个躺在地上的外国男子。

受伤男子被学生们抬走了，围观的人群没有马上散去，大家还在纷纷议论。"到底是谁在打枪？"

"哎呀，最近成都好不太平，总有战事发生，那些军阀们相互争地盘呢。"

"这是流弹还是故意杀外国人的？"

"不清楚，两种可能都有……"

"嗨，最好少在路上溜达了，说不定……"

师生们顿时毛发倒竖，光天化日之下居然发生这样的事情，大家渐渐散去。

成都的这位耆儒脾气坏得很，华西协和大学曾经三番五次的请他，他都拒绝了，在他的眼中中国国学才是最经典最正宗最值得传承的，至于那些西学他是嗤之以鼻。那位年轻洋人，据说是生理系的主任，已经多次上门请求他帮助翻译《生理学》，他都拒绝了。虽然他对洋人没好感，但对这位洋人倒是另眼相看，一口标准的四川话不是别的洋人可以轻易企及的。洋人已经多次上门请教，态度极其谦卑，差不多他都快答应了，可是他很奇怪最近他不来了，好象突然消失了，老头想他可能已经放弃了，或许是回国了。不过他还记得他们的第二次见面的场景，那是在浣花溪的小河边……

成都西门百花潭浣花溪畔锦色如画，一位老者静坐在溪边闭目养神。一位身着白色西装的外国人像是有意无意的坐在他旁边，老者似乎知道有人来了，但他依然闭目不理会旁边发生的一切。

"浣花溪真美啊！"外国人轻轻发出一声感慨。

"知道浣花溪如何得名的吗？"老者沉吟道。

"略知一二。"外国人回答道。

"说来听听……"

"有两种说法，其一当然是一个传说，据说在盛唐时节这条无名溪边住着一位美丽的姑娘，心地特别善良。一天，她正在溪畔洗衣，走来一位长满浑身疮疥十分肮脏的云游和尚，身上的臭味让行人敬而远之，惟有这位任姑娘倒不嫌弃。居然让和尚脱下沾满脓血的袈裟帮他浣洗，哪知袈裟一入水，霎时满溪泛起莲花朵朵，再看那云游僧人，却早已不知去向，大家十分惊异，就把这条河命名为浣花溪了。"

"嗯，还有呢……？"

"其实这里在很久以前，沿溪居住者多以造纸为业，他们取溪水来制十色彩笺，'其色如花'，溪因此而得名。先生，不知道我说得是否确切？"

老者："两个黄鹂鸣翠柳，一行白鹭上青天……"

老外："窗含西岭千秋雪，门泊东吴万里船。"

老者："日落看归鸟，潭澄羡跃鱼……"

老外："圣朝思贾谊。应降紫泥书。"

老者睁开眼睛："你是？"

外国人："方老先生，您贵人多忘事，我是谁您真的忘记了？"

方老："呵呵，华西协和大学的启真道，是不是？"

"正是鄙人。"

"国学底子不错！跟谁学的？"

"亲爱的父亲，又有很久没给您来信了，我承担的工作非常繁杂，假期也不得空闲，我得带领学生去乡村进行巡回医疗工作。虽然我是个化学老师，不是医生，但可以做一些组织工作。父亲，您还记得上次我给您说的那个女孩子吗？今天我给您说说后来的故事，虽然在英国不算什么，但在中国是有划时代意义的……"

"那个被华西拒绝的女孩子终于考上华西协和大学了，而且是以优异的成绩，不过医学院依然没收她，给她的录取通知书上写的专业是文学院的语言文学。最初校方觉得女孩子学医是需要冒很大风险的，也许文学院更适合她。那天毕启校长亲自在事务楼迎接了这八位女学生，盛况空前，这在四川在华西坝都是历史上的第一次，女学生们也很激动，因为这所学校会改变她们的一生；她们不再依附于男人，而是作为一个独立的人存在于世，的确值得庆贺。那位叫乐以成的女学生还是向校长表达了她上医学院的意愿，哪怕是等上几年也要实现自己的理想，她的梦想是做一位妇产科儿科医生，为妇女儿童的健康贡献一生的精力。我发自内心钦佩这样的女性，从她身上我已经看到了这个民族的希望，他们并不是西方人眼中的愚昧落后的代表，他们已经觉醒了，而且是聪明和智慧的，这是新一代中国人的希望所在，我很看好她……"

"亲爱的父亲，我很自豪，自豪在于我和中国学生已经打成一片，他们有什么顾虑和想法都会来和我分享，甚至他们喜欢上了某位女孩子也会来告诉我，有的同学还向我请教写情书的方法，真是很有趣。通过我他们也了解了更多更详尽的西方世界，他们说好像外国人并不都是坏人，特别像我这样的就值得交朋友。说实话，在英国人自己眼里我们总以为自己是救世主，是绅士，但很多中国人并不这么看，因为英国人在东方的所作所为不见得都是光彩的，我心里很清楚。这一次我和学生们去了川北地区巡回医疗，收获很大。虽然路途遥远，但心情很愉快，一路上我和学生们谈笑风生，我们是步行去的，步行回来的。很多学生都劝我坐滑杆儿，但我坚决的拒绝了。我说了，除非我生病了，自己一点都不能动弹了，我才会坐滑杆儿，把中国人当成牛马的行为是可耻的，这个自我约束的行为我会一直坚持下去，因为我说过，我要学会做一个中国人……"

"亲爱的父亲，欧洲刚经历了战争，也许每个人都受到了冲击，我真希望世界上永远不要发生战乱，战乱只会祸害普通民众。中国的局势也不太稳定，那个曾经给华西协和大学捐过款的大总统也死了，死之前他想自己当皇帝，结果还是被革命党人给赶下台，真是不幸！为什么世界上总有那么多人崇尚权力呢？西方国家不断和中国发生冲突，这也引起了广大民众的不满，这种不满情绪已经蔓延到了学校，学生是社会最活跃的群体，他们身上有革命和叛逆的精神，他们也不时要发泄自己的内心的不满。我听说在长江上经常有外国的轮船横冲直撞，不顾中国百姓的感受，冲突时有发生，我真希望这都不是真的，我希望刚刚建立起来的和中国人之间的信任和友好不要被少数人的野蛮行径给破坏了。"

"已经有一些学生发出了这样的感慨，说华西协和这样的学校是西方帝国主义对中华民族的文化侵略，话虽然说得有些偏激，但其中或许也有几分道理。我曾经扪心自问，苏道璞难道也是用不列颠的沙文主义在教育我的学生吗？希望我不是那样的，如果真的是那样，请求主给我启示，让我改变吧，不要那么高高在上的去俯视中国人，去真诚的和他们成为朋友，成为无话不谈的兄弟姐妹。"

"亲爱的父亲，您的儿子苏道璞一直践行自己的诺言，让这个世界因为有了他而变得光明起来。或许我总喜欢跟您写信的时候发发牢骚，或许我是悲观的。还是说点开心的事情吧，最近华西坝又来了好多的外国人，有加拿大来的，还有英国和美国法国来的，他们都是很优秀的人，这里已经建立了不少的学科，除了医学院，还有牙学院，文学院，甚至还开设了药学系，农学系和乡村教育系，这些洋人们专门从加拿大英国引进了奶牛和良种鸡，希望能够改变四川农民的生活。这是毕启校长的办学理念，我认为这是很符合实际的，既然开办一所大学，就应该赋予自己强烈的社会责任，而不是仅仅会背诵几个公式。"

"亲爱的父亲，黎明马上就要来临了，就此搁笔吧……"

"你看，哥们儿，这尸体像不像是被熏过的腊肉？"一个学生嬉笑着问他的同伴。

"龟儿子，你恶心不恶心啊！你还要老子晚上还吃不吃饭了？"对方回敬一句。

"真的，我看就是像被熏过的……"这小子还在喋喋不休的发挥想象的空间，此时带教老师正好有事不在解剖室。

他一直在打趣着，没见到对面的同学在使劲的向他使眼色，他还觉得奇怪这家伙咋个对他挤眉弄眼的，突然感觉不对，转身一看，顿时吓得不再吭气，此时林则院长正站在他身后。

"请大家马上集中，我有话要说。"林则面色冷峻，简直让人害怕。

院长平时挺幽默的，并不摆院长架子，但今天完全像换了一个人。

林则怒视全场："我很不高兴，我很生气！知道为什么吗？"

大家紧张得相互打量着。

"刚才，就在刚才，有人的行为简直是……"他在寻找合适的词汇。

"刚才有人对着台上的尸体标本开玩笑，这就是我生气的理由。"

"也许大家会觉得林则说的过于严重，但我作为院长必须要正告大家，从今天起要反思你们对待尸体标本的态度。"

"作为一个医学学生，最起码的道德底线就是要尊重生命，也许你们认为尸体已经去世，已经没有生命的气息，可是你们知道吗？他们也曾经和我们大家一样生活在阳光雨露之下，和我们一样接受着主爱的沐浴，他们的灵魂依然存在，应该得到尊重。我们还要感谢他们，他们在生命终结之后还将他们的躯体奉献出来供大家学习研究。每个人的生命都是有尊严的，哪怕是个死刑犯，他被处决后，他的遗体也应该有尊严，如果一个连别人遗体都不给予最起码的尊重，那么这样的人又会对活着的人以尊重吗？今后怎么面对他的病人？你们这么对待人体标本，以后谁还会捐献遗体？如果躺在那里的尸体标本是你或者是你的亲属，再配注些戏谑的语言，你会作何感想？"林则怒视全场，全体同学大气不敢吭一声，低头相互交流眼神。

"你们必须知道，解剖台上躺着的不是一具具没有灵魂的尸体，而是你们的同胞。大家必须把他们当成你们的兄弟姐妹看待，他们虽然去世了，但灵魂永存……"

把尸体标本形容成某种特殊物品的学生被劝其退学了，这是院长的决定，虽然有很多人为其求情，虽然这学生也极其聪明，成绩也很不错，但还是无情的被林则淘汰了，连"下不为例"的机会都没给。

"在解剖课的伊始就已经说明了尊重尸体标本的基本原则，可他还是违反了，这样的学生触及了最基本的道德底线，绝对不能原谅！我不敢保证他今后能很好的尊重他的患者……"

启真道是在四个月之后康复的，击中他的那一枪到底是从哪里射来的永远成了个不可能揭开的谜，兵荒马乱的时节，不要说中国老百姓，就连在中国地位很高的洋人有时候也得深陷其中不能自救。

本来他自己和他的家人都以为他活不过来了，子弹穿过左侧肩部，失血过多，送到医院的时候血压已经降至零，心脏停跳，经过仁济医院上下全力抢救才慢慢恢复过来，连医生们都觉得惊奇他竟有如此顽强的生命力。

好多人都来看他，尤其是他的那些学生。"老师，您不会离开我们回国吧？"大家都很担心启真道遭此大难一定对这里失望之极。

"为什么我要走呢？难道你们不喜欢我？"

"不是，老师，我们是害怕您要走了……"

"不会的，华西坝就是我的家，我还能去哪里呢？"

最让启真道高兴的是曾经拒绝他的那位国学耆儒也来了。

"我以为你都回国了，不再来找我了，没想到启先生你遭此劫难啊！真是不幸！"耆儒唏嘘不已。

"老先生，我还不能这么就走啊，《生理学》还没有翻译出来呢？"

"对对对，这就翻译，老朽一定效犬马之劳。"

"真是太好了，有您的帮助，我想《生理学》中间很多文字的表达更能符合中文的特点，学生们才能通晓其真正含义。"

"老朽有一事不明，听说贵校很多课程都是用英文讲授，为什么启先生你要独辟蹊径自成一格呢？"

"先生，这是在中国的土地上，自然应该用中国人自己的语言了。按照毕启校长的想法，他希望所有的课程都要使用中文授课，但教材却全是西方的，而且也没有合适的人选来进行翻译，毕竟学科众多工作量极其庞杂，要做到这一点实在勉为其难，因此只好将就。"

"嗯，启先生这种尊敬中国文化的举动让老朽甚为感动，我一定倾力协助！不过……"老爷子停顿下来半天不说话。

启真道心里"咯噔"一下"方老，请讲。"

"这个忙算是我个人帮你个人的，和其他事务并不相关。"老头说得含糊。

"老先生但说无妨。"他希望老爷子能够说出心里话来。

"嗯……怎么说呢，实话实说吧，其实我对你们这帮洋人来成都办学校并不感兴趣，或许你们的现代科学是先进的，中国人也应该敞开心扉向你们学习。但实际上我对西方人进入中国的方式感到愤慨，洋枪洋炮打开中国的口岸，欺压中国百姓和那个腐败的政府，还强占中国人的自然资源，这是彻彻底底的强盗行径。对不起，启先生，我说这话不是针对你个人而言……"

启真道终于明白这位耆儒对西洋文化反感的真正缘由了，但这个问题他自己也解决不了，太大了。"方老，您说得很对，的确西方列强在中国的行为我真道也不认同，或许他们会为自己作出的行为付出代价……也许我们作为传教士应该为同胞们的行为作出一些补偿……"

"启先生，我并不怪你，你是一个了解中国的洋人，和其他人不同，我看出来了，包括你对中国文化的了解也是其他洋人所不能企及的。"

"教会在此开办学校，按照我个人的理解，应该最终给当地民生带来进步，让百姓过上更加富庶的日子，否则没一点意义。毕启校长一直倡导'积极提倡实业教育。以利本省天然出产，增进人民殷富'，发展种桑、养蚕、缫丝、造林教育、皮毛生产、制革工业、矿业开发、五金制作等方面的事业能够提升人民的生活，而华西这所学校就应该提供这方面的人才为民生服务。"

"看来老朽有些浅薄了。不过，中华民族泱泱五千年，一直是好为人师，而今却真的是放低身段来跟你们学习学习了啊！"

"老先生，您总分得这么清楚，你们，我们，您可得知道我启真道也是喝岷江水长大的呢，我出生在三江汇合的嘉定（乐山）。"

"哈哈哈……难怪你小子四川话说得这么地道。"老先生朗声大笑。

正当两人相谈甚欢之际，护士进来报喜了"启先生，恭喜您了，您的夫人刚刚生下一个漂亮的女儿！"

"恭喜启先生，大难不死又添新禧啊！"耆儒笑道，他打心眼里喜欢这个通晓中国文化的洋人。

"老先生，托您的福啊！既然孩子生在中国，她就应该有个中国名字，还望老先生赐名才是。"启真道真诚的请求道。

"哪里哪里，老朽哪里有这个福份给贵千金赐名，不敢当不敢当！"

"方老先生您不必推辞，真道是真心相求，我希望女儿和我一样也成为一个中国人。"

"启先生既然诚挚，我看这样吧，大名呢，我看还是你自己定夺，老朽倒是给孩子起个小名，小名需要贱一点，娃娃带起来容易。按照中国人的习惯，就叫她幺姑儿吧。呵呵。"耆儒用手抚摸着自己的胡须。

"好！就叫她启幺姑儿吧！"

"亲爱的父亲，没有想到这么快就出事了，而且这件事情出得太大，已经严重影响到学校的秩序，连毕启校长和学校高层都感觉棘手。还是让我慢慢告诉您吧，不过我希望这件事情能够早点过去。如果这个事件处理得不好，很有可能威胁到这所年轻大学未来的命运，真是没想到……

1926年8月29日，英国太古公司'万流'号商轮在四川云阳江面故意疾驶，掀起滔天巨浪浪沉杨森部载运军饷的木船3艘，杨部官兵和船民50余人被活活淹死，饷银和枪支全部沉入江底。

杨森当时刚就任吴佩孚委任的四川省省长职务，正在春风得意之际，自然对此事感到奇耻大辱，旋即杨省长和幕僚商议，决定作出强烈反应。一、立即向报界披露事件真相；二、发动工农兵学商各界奋起御侮；三、扣留肇事船只。电请重庆交涉员季叔平向英国领事提出抗议，要求惩凶、赔偿损失；一面命令部队加强戒备，随时听命行动。

8月30日，英国太古公司'万通'、'万县'两轮由重庆驶抵万县，杨森派兵予以扣留。次日，万县各人民团体和学校联合发出快邮代电，揭露英帝国主义的暴行，要求全国声援。

9月2日，《万县日报》发表通电，提出5项主张：一、组织全国抗英大同盟；二、不购英货，不为英人服役，不供给英人食料，完全对英经济绝交；三、收回英人在华内河航行权；四、取消中英间一切不平等条约；五、责令赔偿此次生命财产的损失。

然而英国蓄意扩大事态，拒绝惩办肇事凶手和赔偿损失，并以武力威胁，不断向万县增派军舰。同时，向北京政府施加压力迫使吴佩孚电令杨森'和平了结此案'。

9月4日，英国领事向杨森发出通牒，限24小时内将'万通'、'万县'两轮放行。

9月5日，英舰'嘉禾'号、'威警'号和'柯克捷夫'号进迫万县江岸，强行靠帮跳舷劫夺被扣的轮船，开枪打死守船的杨部士兵。杨森部队按事先的命令给予回击。英舰竟开炮轰击万县人口稠密的繁华市区近3个小时，发射炮弹和燃烧弹300余发，中国军民死伤以千计，民房商店被毁千余家，造成了'万县惨案'。

9月6日，万县各界召开万人'抗英'大会，并组织了万县惨案后援会，通电全国，要求严厉制裁肇事凶手，为国雪耻，为死难同胞复仇。

9月18日，重庆举行有十几万人参加的抗英示威游行。四川成都、泸州、自贡、綦江、叙府(宜宾)、顺庆(南充)等地，以及上海、北京、广州、长沙、武汉等城市，先后成立万县惨案后援会、国民雪耻会，声援万县人民的斗争。"

"亲爱的父亲，事情的经过就是这样的，但事件远远没有结束，学校的学生们已经没有心思上课了，愤怒已经在学生们胸中点燃。华西协和的学生们上街游行去了，他们要为在'万县惨案'中死去的同胞呐喊声援，他们把诅咒奉送给了那些杀害中国民众的英国军队，同时矛盾的对象在急剧扩大，他们开始仇恨英国人，仇视所有和英国人长得差不多的外国人。更为严重的事件还在继续，学生中间已经有人提出退学的要求，他们不愿意在洋人开办的学校里继续上课，真是令人不安的消息。最要命的是学校高层作出一项决定，严禁在校学生上街'闹事'，违者会被遭致相应处罚，谁知这样的决定却让本来愤怒的学生更加怒火中烧，纷纷喊出'退学''空校'的口号，事态恶化了，学生们和学校当局的矛盾已经剑拔弩张，或许还会发生更加严重的事件。"

"亲爱的父亲，我不能继续写下去了，学校高层已经通知我们马上开会商讨应对之策，我得走了……"

会议室坐满了人，毕启的表情十分复杂，眼睛红红的，大家都知道作为校长他一定熬过了很多个不眠之夜，但事情并未按照他预想的那般进行，相反，还继续在恶化。这一切来得那么突然，校董们也猝不及防。

"请各个院系上报要求退学学生的数量。"

"校长，不妙啊，我这里已经有百分之四十的学生提出了书面申请。"

"我们学院已经百分之五十了。"还有更严重的。

"我那里已经是几乎全部要求退学……"

全部都是坏消息。"难道华西协和就此完结了吗？"毕启心里忍不住发颤，这里的一草一木都是经过他和同道们辛辛苦苦耕耘而来的，难道就在顷刻间轰然倒下了吗？他不敢想象。

"事情很严重，请大家说说各自的意见，应该如何应对当前局势？"毕启很想听听各个主要院系负责人的看法。

"既然学生们上的教会学校，就应该遵守学校的制度，不应该反对自己的老师！"有人发言了。

几个英国教师忿忿喊道："在外国人所办的学校读书，要抗议外国人，这简直是一件可耻之事"

"对！应该给学生们一个教训，不能让他们以退学为由来要挟学校！"

"既然学校已经明文禁止学生上街，就应该坚持校方的观点，绝不让步！"

传教士们情绪激动起来，毕启一个人静静的坐在主席位，一言不发，只是倾听着，时不时在笔记本上勾划着什么。

"为什么我们不去和学生们坐下来好好谈一谈？"一个声音撞入大家的耳膜，众人望去，说话的是化学系主任苏道璞。

"你还指望和学生们谈出个什么结果吗？在中国是讲究师道尊严的，连自己的老师都不尊重的人，一定不是什么好学生！"有人反驳道。

"尊敬的各位教授，你们不要忘记了，这次事件的起因是什么，不见得英国军队炮击无辜民众是主的意思吧？"苏道璞并不给这人面子，"如果我们连起码的尊重都不给学生，你还指望学生能够尊重老师吗？显然，英国军队在万县炮击普通民众惨绝人寰，难道从人性的角度，我们不能有一点起码的怜悯吗？炮弹炸飞的不仅是人们的躯体，还把中国人和我们之间的好不容易建立起来的信任全部毁灭掉了……"

"你别忘记了你自己是个英国人！"有人在提醒他站对"立场"。

"是的，我是个英国人，同时也是主的仆人，主不会让他的仆人去杀人放火，去涂炭生灵……"

"为什么我们就不能和学生们好好谈谈？虽然我们不是政府，解决不了'万县事件'，但我们能够做的是安抚那些学生的心，让那些受伤的心灵得到抚慰……"

苏道璞继续着他的演讲"我们作为教师，也曾经年轻过，也许应该考虑考虑中国人的感受，中国人没有得到应有的尊重，这是事实……"

"我同意苏道璞教授的观点，尽快和学生对话，只有对话才能最终化解矛盾。"说话的是启真道。

"我也同意对话。"林则发言了。

其实毕启心里也很矛盾的，骨子里面他是典型的西方思维，依然把西方列强进入中国看成是对这个国家的拯救，另一方面，他又极其尊重中国本土文化，曾经邀请了很多国学大师加盟华西，在集体合影的时候，他让出最中心的位置给那些耆儒，不能不说他对这个悠久灿烂的文明之邦是崇敬的。

"亲爱的斯塔波斯，亲爱的玛格瑞特，亲爱的我的两位美丽可爱的小孙女：你们的信我已经收到了，对于你们在中国成都华西坝的生活我只能凭借想象，那里一定是一个美丽的地方，一个令人去了就不想离开的人间天堂。我从《大英百科全书》查到那个地方了，她在遥远的中国西部地区，不过那里还被人们称为是'天府之国'，的确，你们是幸运的！你们在那里不仅开创了自己的事业，还生儿育女，真为你们感到高兴。"

"亲爱的斯塔波斯，噢，不对，你现在已经有中文名了，作为你的父亲我应该叫你苏道璞老师，哈哈，或者应该叫你苏道璞教授，我为你目前所做的一切感到自豪，由衷的自豪。我的儿子是最优秀的，优秀的不仅是他的学识，更重要的是他有一颗博爱无私的心。你担负了主的使命远涉重洋，历经千辛万苦拓展自己的事业，把自己的聪明才智奉献给那里的人民，作为父亲惟一能做的就是骄傲。"

"亲爱的斯塔波斯，我的儿子，我能够理解你，理解你的思想和行为，不把自己当成高高在上的人，去尽量接近那些人，去和他们很好的沟通和交流。的确，我们的政府正在变得更加的残暴，特别对于不发达地区的疯狂掠夺，那是受利益的诱惑，不值得夸耀。就像你在信中说到的一定会遭到某种可怕的报应的。我祈求我心中的主，福佑你们在中国能够平平安安；福佑那里的多灾多难的人民早日脱离苦海。"

"亲爱的儿子，你的父亲可能不是一位智慧很高的牧师，不能给你以更多的启迪和指引，但只要你心中有主，主会给你神谕，你一定能够找到正确的方向，一定能够在黑暗中找到通向光明的大道。亲爱的儿子，我们每个基督徒都牢记着《十诫》的箴言，尤其是第六条到第十条说得很清晰，不可杀人；不可奸淫；不可偷盗；不可贪恋他人的房屋，不可贪恋他人的妻子、仆俾和牛驴以及其他的一切。凡是违背《十诫》的那些有罪的人，有一天耶和华我的神会追究他们的罪过，这是无容置疑的。"

"亲爱的儿子，用你博大的爱去抚慰那些受伤的人吧，我坚决地站在你的身后望着你，支持你，你做得没错，用宽广的胸怀去接纳万事万物，去救赎那些心中充满罪恶、仇恨和贪婪的人吧。"

"……阿门！"

华大事务所会议室内气氛紧张到了极点。

五位学生代表正襟危坐，对面是校方的高层人士，有毕启，苏道璞、林则和启真道等人，压力最大的还是作为校长的毕启。

校方的要求很简单，希望学生们停止"退学行动"，尽快回到正常的教学秩序中来。

但学生代表的要求没那么简单，他们提出的要求归纳起来有五方面的诉求：第一，校方收回勒令不许学生上街游行的错误决定，对学生的行为不做任何的追究，而且应该予以积极的肯定；由此造成的恶劣影响校长毕启必须作出道歉；第二，学校部分英国教师辱骂学生的行为也必须由当事人作出道歉，收回自己的错误言论；第三，学校不得强行要求学生信奉基督教；第四，学校应该增加中国教师的比例，把国文作为重要的必修课程；第五，学校高层主要负责人应该有华人代表。

让校董们没有想到的是学生竟然提出了诸多和此次事件无关的要求。对于学生的要求，毕启觉得有些是可以让步的，但在某些方面，诸如信教问题上，在高层负责人的安排方面他即使作为校长也万难做主，毕竟他还要受到教会托事部的制约。

双方你来我往进行着沟通，但效果并不理想，双方都没能作出让步，学生不满意，校方也感到窒息。

退学的行动仍在继续着，本来很多不愿意离开学校的学生也在逐步受到感染，形势越来越危急，学校已经全部陷入瘫痪。

"我的孩子们，你们这是要去哪里？"学生宿舍门口出现一个高大的身影。

"苏老师！"学生们放下正在收拾的行装，"您来了？"

"别走，好吗？我的孩子们！"苏道璞眼角有些潮湿。

学生们默默的望着眼前的苏道璞老师，这是令他们敬仰的化学系主任，他和个别的英国传教士老师不同，孩子们知道他是站在中国人一边的。

"可是……苏老师。"学生们不忍对苏老师说出那些在游行时候对英国人的过激语言，那样的唇枪舌剑不能用来对付眼前这位苏道璞，既是他们的老师，也是他们的长兄，同学们心里非常清楚。这里的学生都上过苏道璞的课，都知道他高洁的为人。

"听我说，孩子们，我请求你们不要离开，一切都会发生变化的，也许这需要一点时间。我知道，在中国的土地上发生外来者横加施虐的事情是绝对难以忍受的；在这所学校，也许强加给了你们太多的东西，包括信教；的确在处理很多问题上，西方人，包括我苏道璞在内，都习惯性的使用了西方思维，没有对你们的所思所想感同身受，我要作出忏悔……"

"苏老师，这跟您没有关系，您对我们的好大家都心知肚明。我们走不是因为您，而是……"

"那么我有个请求，你们能够接受吗？"

"老师，您说。"

"如果你们真的要走我是拦不住的，但是请你们给我一点时间，好吗？我会尽我的力量去为大家争取应有的权益，在中国的土地上，在华西坝上没有人能够高人一头，我们彼此是平等的，我理解你们，也请相信我，好吗？"

学生们安静下来，围在他们的苏老师身边。

毕启如今恐怕是世界上最难受的人，内外交困让他心烦意乱，夫人已经多次来催促他晚餐，孩子们还等着他，但他没有食欲，只是静静的坐在窗前，理智告诉他不能陷入狂乱，必须冷静，必须冷静！他得好好反思反思自己做过的一切。

"难道我不该来中国吗？"

"不会，我应该来的，这是我的理想，为基督教奉献自己的一生是我的追求。"

"难道我不该兴建这所学校？难道我真是像中国学生说的，是帝国主义殖民中国的工具，走狗？"

"我不能接受如此粗暴的误解，作为我个人来讲，内心是无私的，只有主占据着我的内心。"

"是我的办学理念出问题了吗？"

"我在建校之初就极力坚持的开学时高起点，严要求，融合中西的主张，并进一步提倡实业教育、实验教育和生活教育，使学生真正实用于社会的办学理念，难道这也错了吗？"

"无论从哪个角度我都是在为中国人考虑，并且我也邀请了不少的国学大家来学校授课，真正的目的就是为了提高中国学生的科研和实际运用能力，有什么错？"

"既然都没错，那我又错在哪里呢？为什么学生对洋人就这么仇恨？甚至他们更希望有中国人担任校长，这是什么心理在起作用？"

"我曾经当众说过，学生的首要职责，是忠于他们的教师和他们的学校，参加校外的运动就是破坏校誉，就是不光荣的事。这难道有错？"

"亲爱的，赶快来吃饭吧，你不来孩子们都不愿意吃。"夫人再次过来催请。

坐在饭桌旁的毕启依旧心不在焉。

"爸爸，为什么学生要闹事？"小儿子率先发问。

"这是大人的事儿，你太小，还不太理解。"毕启敷衍道，而且他如今也正在思考这个困难的课题。

"爸爸，听说英国人用炮弹炸中国老百姓的房子，还死了好多人，有这样的事情吗？"大女儿也关心在学校听到的新闻。

"他们都在骂您，爸爸，说是您迫害学生，不让他们上街游行。"大儿子不顾父亲的感受，继续说道。

"赶快吃饭吧，别打扰父亲。"夫人出来干涉，丈夫的压力实在太大了。

"我该怎么办？"毕启在心里问自己。

他黯然出门，傍晚的校园好寂静，已经没有往日的喧嚣，球场上也没有生龙活虎的拼抢，也没有了学子们匆匆而过准备去图书馆或者实验室的身影，偶尔出现几个学生，还是肩上扛着东西，像要出远门的样子，他知道那是退学的学生在搬运自己的行李，很快他们就要在校园里永远消失了。柯里斯钟楼安静的耸立在几座高大宏伟的中西合璧的建筑当中，显得几分落寞；事务所的屋檐尾端翘起的神兽也失去他日的威风……

一切都那么凄清，看来这所学校就要结束她的使命了，还仅仅只有十六年，毕启这样想。

"毕启校长，您难道就一点错误都没有吗？都是学生的问题！"毕启耳畔突然回响着那位学生领袖与他对峙时说的话。

"您真的没错吗？"

"真的没错？"那个学生的模样有些模糊，但这句话狠狠的砸在他的耳膜上。

"也许，毕启是对的，可是你对了又能怎么样呢？但这所学校却完了，这就是答案！"

"是啊，学校完了，完了，很快就一个学生都没有了……"

"中国人为什么这么含蓄呢？也许学生们平日已经有不满了，但他们却并没有表达出来，而是在这当下全部予以发泄，难道这是偶然的吗？但说这些还有什么用呢！因为学校已经完了！"

"学校完了。"毕启只有一个念头，华西坝已经变成一座空城了，连蛙鸣都比平日里响亮，周围已经没有其他的声响和它媲美了。

"学校完了。"毕启颓然坐在柯里斯钟楼的荷花池旁，两眼无神的望着荷花池绿波中的钟楼倒影。柯里斯钟楼是一把利箭直指苍天，而荷花池则是一轮弯弓，这是多么好的比喻啊！华西协和就是蓄势待发的利箭，随时随地能够一飞冲天。可是现在完了，完结在这个创建者的手上。

"华西完了……"毕启心里好烦，相继在这南台寺拔地而起的高大建筑好象也在嘲笑他，这个快要五十岁的人依稀记得自己颠簸在茫茫的大海上；还记得住在美国那些不知名的客栈里，只为见到那些有钱人，让他们捐出自己的财富来支持这所学校；他还记得见过那位袁大总统，为了见他而在紫禁城外苦苦等待忍受凛冽寒风的场景；那都过去了，一切都过去了，今后这里将会变成什么样子他不敢想象，总之，学校完了，华西完了，学生已经走了。

荷塘里的莲子已经枯萎，曾经高洁绚丽的荷花凋谢了，只剩下灰黄色的茎枝在晚风中孤独的摇曳。

"难道真的就结束了？"

"不能结束！"有个声音告诉他。

"但真的已经结束了，学校都已经空了。"

"绝对不能结束，事情可以变得好起来！"那个声音纠缠着他。

"已经到了无法挽回的境地，我们的努力都失败了！"

"失败的也许是你的面子，还有机会。"那个声音继续说道。

"我的面子？"

"是的，你的面子，你不愿意认错，你总认为你所有的一切都是对的。"

"难道让中国人自己来管理学校？"

"有什么不可以？"

"这样可以挽救学校？"

"挽救的也许是你自己的心，挽救自己也是在挽救学校。"

爱丽丝还记得学生们第一次到她家的场景，欢乐的气氛一直不断，学生们笨拙的样子着实好笑，甚至有人把牛排给切飞了。

她再也不用那么忙碌了，每周两次在他们家举办的早餐会没人来了，谁还有心情参加院长家里的英文沙龙呢？

爱丽丝是学校图书馆的负责人，还有一项重要的义务就是协助林则的学生提高英文口语水平。

"这是在中国，干吗训练他们的英文口语？"爱丽丝最初不太理解。

"亲爱的，我那些学生今后都是要出去留学的，出去后听不懂外国人说话如何交流？"

"嗯，林则院长真是目光远大。"

"夫人，你要帮我。"

"怎么帮？"

"我决定啊在家里搞一个英文沙龙，每周学生来两次，时间就定在早上六点半到七点半，一个小时之内绝对不允许说一句中文。我就不相信还训练不出这帮小子来！"林则笑道。

"在我们家用早餐？"

"当然。"

"你真大方。"

"院长嘛，这点钱还是出得起的嘛，呵呵。"

不到六点半牙学院的学生全部到齐聚在林则并不宽敞的客厅。

"First, I announced the rules, from now on, all the people not allowed to speak Chinese, have to be punished who violated if he was responsible for cleaning the stairs a week cleaning. Clear?"（首先我宣布规则，从现在开始，所有的人不允许说一句中文，如果谁违反就得受罚，他得负责打扫一星期的楼道清洁。清楚了没有？）

"Yes, Sir。"学生齐声答道，既紧张又兴奋。

"First of all, each to be a self-description in three minutes."（每个人首先用三分钟的时间做个自我介绍）

"I'm Joe Smith, I'm from Sichuan, West China Union University, I enrolled. What a nice day, I feel very well. Lin is the President invited us to dinner at home, all students are excited……."（我是张三，来自中国四川，就读于华西协和大学。在这个美丽的季节里，林则院长邀请大家来家做客，同学们都很兴奋……）一个同学率先站起来发言。

林则带头鼓掌。

"My name is Chen Hua, a third-year dental school students. I am from the beautiful Fujiang River, my ideal is to be a reward dentists for more dental patients. I love this job."（我叫陈华，是牙科学院三年级的学生。我来自美丽的涪江河畔，我的理想是做一名德才兼备的牙科医生，为更多的牙病患者服务。我喜欢

这个职业。）

爱丽丝也跟着鼓掌。

"Please Breakfast。"林铁心出来招呼。

所有学生都围在狭窄的餐桌旁，看着林铁心端上丰盛的早餐。

"是西餐啊？"有人用中文嘀咕道。

"Ha ha ha.Some people hit the jackpot."林则笑了。（哈哈，有人中奖了）

"Sorry. Sorry! western food。"他连忙改口。

"Right, right, right, won the lottery."大家开始起哄了。（对对，中奖了）

女主人率先致辞："Gentlemen, allow me to tell you Western etiquette."（绅士们，请允许我给大家介绍西餐礼仪。）

学生们笨拙的拿着刀叉，一个个不知所措，林则和夫人一个个的纠正着。

寓所内一直充满着欢笑……

林则很晚才回家，一脸的疲惫。

"情况怎么样？"爱丽丝小心翼翼的问丈夫。

"一半学生要求退学。"林则闷闷不乐。

"怎么会这样？"

"谁知道呢，说不定明天还要更糟糕……"

"难道就没有补救措施了？"

"也许校方该到让步的时候了，我一直反对强求学生信奉基督教，对中国人的信仰应该予以尊重。"

"在很多年以后，人们会想起，在城南南台寺有过一所现代意义上的大学，曾经有很多外国人在这里工作过；这里曾经绿树如茵繁花似锦，曾经书声朗朗欢歌笑语；这里曾经荷花盈盈碧波荡漾；这里的建筑远观磅礴如虹，近看青砖琉璃细腻婉约；这里的一切曾经都是那么的美好……

"很多年以后，这里的那所大学早就没了，没了，已经消失得无影无踪，连一块瓦片都没有留下，那是因为一场突如其来的风波，华西坝的人们相互发生了剧烈的冲突，最后受伤的是那所学校，从此在南门蜀王故地上销声敛迹，再也没有了……

"霍尔也许会问我，这是为什么？……霍尔说他并不在意曾经给这所学校捐助过那区区五十万美金……

"纽约长岛北岸的罗恩甫夫妇他们会不会很失望？他们也许会问，怀德堂去了哪里……"

"加拿大哈利法费的霍特为纪念赫裴氏的那座建筑最后的命运会怎么样呢……"

"纽约柯里氏家族的后人来到华西坝还能够听见渺渺的钟声吗……"

"从这里毕业的那么多的学生他们会怎么想，他们回到华西坝会不会为找不到自己曾经寒窗苦读的那扇玻璃门而忧伤……"

"还记得那位叫张凌高的学生，我当时的确是生他的气了，他在那场被中国人叫成'五四运动'中充当了学生领袖，响应北京学生联合会号召，号召华西学生全校罢课游行，当时作为校长的我坚决反对学生上街游行。但张凌高口若悬河，慷慨陈词，将中国的学生爱国运动与当年的美国独立战争进行类比，是他说服了我，说服了众多的校方负责人……"

"为了筹建这所学校，当年芝加哥大学的波尔顿教授和张伯伦教授不远万里奔赴华西，他们当年的意见书手稿至今还存留在档案室里，也许那些发黄的纸片已经沾满了灰尘……"

"在一个农业人口为主的地区，帮助大多数农民提高他们的生活水平显然是我们最迫切的任务。发展种桑、养蚕、缫丝、造林教育、皮毛生产、制革工业、矿业开发、五金制作等方面的事业，必须培养人才。以教授高深学术，培养高尚品格，增进人类幸福为目的。这是我的理想，也是客士伦、陶维新和启尔德的，但这似乎就要变成一场春梦……"

"蔡锷将军当年一气呵成题写的那首诗我还依稀记得，特别是最后四句：岷峨苍苍，江水泱泱。顾言华西，山高水长……将军的在天之灵也在叹息吧……"

"我神圣的主，请给我谕示，给您这个在茫茫大海上失去方向在不停挣扎的孩子以明确的旨意吧，我万能的主，只有您的决定才是正确的……"

毕启一个人静静的跪在教堂的忏悔室，外面的声音他一点也听不见……

毕启站在事务所门前的台阶上，下面站满学生代表和各院系的负责人，大家屏住呼吸等待着。

"我，毕启，以华西协和大学校长的名义在此作出以下申明……"

"……华西协和大学不仅是一所教会大学，更重要她是中国人的大学，中国人自己的，不仅现在是，永远都是……我作为校长，对此前我说过的过激言论在此向各位表示深深的道歉……"

"……今后，学校将不再强求学生必须信奉基督教……"

"学校将立即进行改革，增加管理层中华人比例，我们将立即着手物色一名主管校务的副校长，人选将由华人师生共同推举产生……"

"学校将同时增加中国文学课程的比例，同时邀请知名华人教师加盟学校……"

"……我恳请各位学生尽快回到课堂，挽救华西于水火……"

"约翰，约翰，我藏好了，你来找我。"一个稚嫩悦耳的声音从草丛中传来。

"简，我来了。"约翰松开蒙住双眼的小手，四处张望着，他要去找他的小姐姐简，"简，简，你在哪里？"他围着草丛找起来，看来简实在藏得很秘密，弟弟正在颇费思量的寻找着。

"孩子们，小心，不要让刺扎了手。"母亲坐在草坪上叮嘱着，然后转身看着正在看书的丈夫，"真快啊，约翰都能走路了，这小家伙，跟你小时候一个样。"母亲疼爱地笑着，一脸的幸福。

"是啊，等孩子们大了，我们也就老了。"丈夫放下手中的书，躺在草坪上，两眼望着碧蓝的天空，真是一个难得的周末，好久没有和家人出来放松了。

"你们也会老吗？"茹丝手里牵着放风筝的线，站在不远处笑笑。

"会啊，我们都会老去的。"父亲也笑了笑，"每个人都会老，当我们老的时候不要后悔就行了，世界属于年轻人的。孩子，我真想回到从前，回到儿时，多好啊！"

"爸爸，您小时候不在英国，对吗？"

"是的，爸爸是在新西兰出生的，那也是个美丽的地方，尤其是湛蓝的海水，我至今也难以忘怀。"父亲一脸的怀念。

"那您划过船吗，在海上？"

"当然，孩子。"

"多可惜啊，这里没有大海，我也希望在海上划着小船，去看海上的日出，可惜了！"茹丝有些惋惜。

"孩子，你也想划船？"

"是啊，这里是成都，是华西坝，没有大海。"茹丝有些落寞，她想当年父亲的生活一定很惬意。

"可这里有锦江河啊，孩子。"

"可是没船啊，爸爸。"

"为什么就一定没有呢？我的孩子，为什么我们就不能自己做一条船呢？”

"真的，爸爸？您真的会制作一条船吗？"

"为什么不呢？孩子。"

"简，约翰，你们来啊！爸爸要给我做一条船，一条可以在锦江上漂流的船。你们来啊！"茹丝好兴奋，父亲真好。

听说父亲要给大家制作一条船，约翰和简也兴奋地围上来，做迷藏做得有点厌烦，或许在锦江河上泛舟更有意思。

"孩子们，有个条件，你们得答应了爸爸才会同意制作一条木船。"

"什么条件，爸爸，您说啊。"

"就是，爸爸，什么条件我们都答应，只要您能够制作一条好大好大的船，我们一家人都可以坐在上面。"简有点迫不及待了。

"爸爸，我要坐您做的船从这里一直划到英国，好吗？"约翰奶声奶气的要求到。

"哈哈哈……"大家大笑起来。

"孩子们，我要求你们的英文课成绩和中文成绩都要在A以上，我才答应你们的要求。"

"好的，好的，我一定给您带回好多的A。"茹丝爽快的答应道。

"我也是！只要有船坐，我也要A。"简自然也不甘落后。

"那我呢？爸爸。"约翰也觉得自己应该有所贡献。

"哈哈，小儿子，你还早呢！"父亲抱起约翰扔上空中，然后轻盈的接住。

"爸爸，我害怕，害怕！"约翰有些胆小。

华西坝的草坪上一片欢声笑语。

"苏副校长，您好！"路过学生向苏道璞投来友好的微笑。

"你们好！大家都来了？出来走走好啊，你们看，多好的阳光！"苏道璞热情的回应道。

"副校长！亲爱的，你当副校长了？"玛格瑞特露出吃惊的神情。

"刚刚宣布的，不过我事先谢绝了毕启校长的好意，但是校董会一再坚持，我不得不答应下来。"苏道璞觉得有必要告诉妻子这件事情，虽然心情很复杂，激动之余也有些担心。

"学校现在一切都好吧？"

"还好……"苏道璞知道有些事情还是别在妻子面前说的好，华西协和最终没有停办，而且还增加了华人副校长，但学校高层内部在管理上依然存在很多的分歧。

"这次有中国人进入管理层吗？"

"是的，他叫张凌高，华大文学院毕业生，后来留学美国获得博士学位，经华大毕业同学会推荐，被华大理事部聘为副校长，这是个不错的选择。"

"但愿不要再发生事端。"

"亲爱的，别担心，我会尽到一个副校长的职责，我和张凌高教授曾经有过接触，在很多问题上我们有相同的见解。"

自行车是1923年初在成都开始有销售的。一时间被蓉城市民当成了稀罕玩意儿，《川报》曾有文字介绍："西人有奇技，能以钢铁制两轮两角之怪兽，人乘其上，行走如飞。"这些"洋马儿"都是外来的，有英国产的"双枪"、"飞利浦"，美国产的"红手"和日本产的"菊花"，这些稀罕物件倒不是人人都可享有的，昂贵的价格让即使小康人家也得望而却步。其实早在这之前很多人也见过，那就是华西坝的洋人们就有，不过他们的"洋马儿"不是在成都买的，大都从外国直接托运过来，引领了成都最新的时尚潮流。

东大街有个著名的商号叫"马运隆"，是外国人经营的，算得上是最早卖自行车的商行。这些洋人很会做生意，不仅卖车，还专门从杂技团请来几个演员，在商店门口表演骑车，如果有人想学，还义务当教练，目的很简单，既然你学会了就肯定希望拥有一辆。每到周末，杂技演员门就在少城公园作车技表演，大批市民把他们团团围住，里三层外三层，往往造成轰动。成都当时风气虽还闭塞，但年轻一代却很趋时尚。

"走，老子去弄一辆来耍一下。"小流氓们也被这新鲜的玩具所吸引，莽哥一直对那洋马儿魂牵梦绕着，心痒痒的，他提出倡议。

"老子们哪的有钱耍洋马儿？买不起！"他的弟兄们有些气馁。

"龟儿子，哪里用得着买噻，直接那个……"他比划个手势。

"抢？"

"格老子，莫非你不敢？"

"要是被抓了咋个办？"

"胆小鬼，有老子在，你怕啥子。而且我们可以晚上那个……"

"有目标没得？"

"华西坝经常有洋鬼子骑洋马儿，我看那就不错，嘿嘿！"

"莽哥，你娃娃胆子也海大了嘛，你敢抢洋人？洋人人高马大的，你打得赢个铲铲咯。"

"洋鬼子他再高再大也经不住我们几个兄弟伙的围攻，况且老子还有这个。"莽哥从怀里亮出一把明晃晃的匕首。

　　"算了，莽哥，抢东西老子就已经有点那个了，你娃娃还想杀人呢？"

　　"管他那么多，只要他乖乖交出洋马儿，老子可以手下留情，不然……哼，休怪老子不客气！"

　　有了贼心又有贼胆，几个家伙趁着月黑风高的当下出发了，他们埋伏在华西坝赫斐院附近的密林中，准备相机行事，抢个"洋马儿"回去耍耍。

　　"看，对面来一个骑洋马儿的。"莽哥最先发现目标。

　　"等一下，看周围有人没得。"同伴小声嘀咕着。

　　"好像是一个人。莫忙，等他走近了我们上。"

　　一个洋人骑着自行车由远及近飞驰而来，他丝毫没发现即将面临的危险。

　　"上！"莽哥手臂一挥，带头冲了出去。

　　"亲爱的父亲，我又是很久没有给您来信了，刚刚接待了一批学生来请教一些化学课程中的问题，答疑总算结束了，我就在办公室里提笔给您写信，在办公室能够有个安静的环境，要是回家了约翰一定缠着我给讲故事。他这个年龄的孩子最大的兴趣就是听故事。我曾经告诉约翰，父亲讲的故事比起祖父讲的可是差远了，于是他就成天问我什么时候回英国，什么时候才能见到会讲故事的祖父。在约翰的心中，祖父是个比父亲要神气很多的人呢。是啊，快到四年一次的休假的时候了，过了这个月我们就准备启程回国，回来看望我亲爱的父亲。"

　　"亲爱的父亲，您最近身体可好？孩儿实在有些不孝，不能在您耄耋之年在身边陪伴您，只有祈求神圣的主保佑您一切平安。每当我看见三个孩子在一天天长大的时候，心里不断涌上一阵酸楚，酸楚在于日月无情在流逝，他们长大了，我和玛格瑞特也老了。而您也更是如此，所以我衷心希望您能够健康……"

　　"亲爱的父亲，我跟约翰讲起我小时候的情形，特别在新西兰那些美好岁月，真是难忘。每到假期的时候您都带我们去海边，还有母亲，那时她还很健康。在海里的感觉真好，虽然木船很小，在大海上很颠簸，我当时害怕极了，是您，我的父亲，教会了我如何和波浪做斗争，如何利用起伏的波涛将自己这条小帆船驶向既定的目标，是您给了我战胜风雨的勇气，变得更加的强壮，强壮的不仅仅是我的体魄，还有我的心灵。亲爱的父亲，我这么比喻大概您是会同意的，其实人生就像在大海上航行，永远不会一帆风顺，总要经历无数的磨难，否则那就不是人生。孩子们听了我的述说对大海产生了向往，他们也希望拥有一条小船。我满足了他们的愿望，因为他们信守承诺，门门功课都是A以上。不过我做的这条船很小，也是用木头做的，不能做得太大了，因为这里没有大海，华西坝的旁边有一条岷江的之流，她叫锦江，河水很清澈。水流也很平稳。我带着孩子们在锦江里泛舟，虽然没有在大海里那般汹涌刺激，但也可以享受到水的温情。大海是热情的，小河却是柔媚的……"

"亲爱的父亲，我要告诉您一个好消息，其实也不值得我在此炫耀，不过我还是要告诉您，我的父亲，我当副校长了，主管学校一部分重要工作，事情更多了，不过很充实，我很喜欢。当然我并不认为我在华西所在的工作是优秀卓越的，但担任这样的工作应该看作是校董会对我的信任，我应该充满感激，这样的感激不是因为他们给了我权利，而是厚重的信任，这比什么都重要。您曾经说过，人应该学会感恩，感谢仁慈的主，感谢那些给你鼓励的人，他们让你变得更加的自信；感谢那些说你坏话的人，因为他们让你变得更加的完美和高尚；甚至应该感谢那些曾经把你当作敌人的人，他们会让你变得更加的强大；感谢那些曾经伤害过你的人，因为他们让你感受和谐相处的美好！"

"亲爱的父亲，我今天真的很累，可能是熬夜过多的缘故吧，事情总也做不完，特别是学校当局和学生之间的关系虽然有所改观，但远远没有达到理想的状态，我必须随时站在两个立场上考虑问题，在最大程度上理解校方作出的重要决定，同时还要站在中国学生的角度去感悟去理解，去协调。我很欣慰的是学校的中国师生都喜欢来和我交换意见，得到信任是最大的褒赏……"

"亲爱的父亲，我得去休息了，明天还有很多工作要做。我得去休息了……"

写下最后一段文字，苏道璞走出办公室，望着黑黝黝的夜空，才想起自己应该早点回去，今天是周末，孩子们和玛格瑞特必须要等到他回去才肯上床休息的。

"狗日的，还是个洋大汉儿呢！"莽哥看清楚了对面的骑车人，他倒吸一口凉气，有点畏缩了，但对洋马儿的贪婪让他再次燃起邪恶的念头，抢起手上的木棒对准骑车人挥打过去。

"哎呀！"骑车人对这猝不及防的袭击显然没有准备，他感到腰部被重重的一击，当下失去重心，连同自行车一块摔在地上，突然的急刹车导致的结果就是链条断了的撕拉撕拉的声响。

骑车人痛苦的呻吟着，太黑，他看不清楚，但他还死死的抓住自行车车把，"你们，你们这是……干吗？"他痛苦的喊叫着。

"狗日的，把洋马儿给老子！"莽哥上前就抢自行车，他知道必须尽快离开此地，很快就会有人经过。

"住手！你们要干吗？"受伤的人依旧死死抓住自行车不放，他想从地上爬起来，但腰部那一重击让他不能动弹。

"把洋马儿给我！"莽哥使劲去扳动洋人那只抓紧车把的手，扳不开，"龟儿子！这么大的劲儿，看老子不宰了你！"他从腰间拔出一把透亮的匕首。

"莽哥，不要，不要杀人啊！"

"你狗日的喊啥子！"莽哥低声吼道。

洋人已经有点迷糊，腰间的疼痛在加剧，但朦胧中他还是死死抓住车把不放。

"妈妈，为什么爸爸还不回家，我都困了。"男孩儿揉揉惺忪的眼睛。

"约翰，你赶快睡觉吧，爸爸一定在加班，他的工作实在太多了。"玛格瑞特笑着抚摸约翰的头。

"不行，爸爸今天还没有给我讲故事，我得等着他回来。"

"睡吧，让爸爸明天给你讲吧。"

"我不。"约翰很倔犟，虽然他实在有点困倦了。

"弟弟，我来给你讲吧。"茹丝自告奋勇。

"你讲得没有爸爸好，我要等爸爸回来。"

"妈妈，为什么这么晚了爸爸还不回来，我去他办公室看看好吗？"茹丝有点焦虑，隐约感觉到什么。

"茹丝，太晚了，路上很黑，还是等等吧，父亲很快就该回家了。"玛格瑞特不安的朝门口望了望，是啊，够晚的了，他怎么还不回来？

一阵哗啦声音从厨房里传来，大家惊恐的相互望着，"怎么了？"。

"可能是老鼠。"

"我去看看。"玛格瑞特打开房门，发现地上全是摔碎的碗碟，"肯定是老鼠，老鼠！"鼠患由来已久，总是晚上光临家里的厨房，肯定想找点可以充饥的食物。

"老鼠，我怕，我怕！"约翰露出害怕的表情。

"嗨，你还是个男子汉呢，还怕老鼠？我就不怕。"简的胆子显然大得多。

"别怕，别怕！孩子们"玛格瑞特安慰着约翰，她得赶紧收拾收拾，"可怜的老鼠啊，你也要活命，我不怪你们……"

突然，传来砰砰砰急促的敲门声，好像门口还有很多人在说话。

"爸爸回来了。"约翰朝门口奔去。

送走了祝福的人们，这对年轻的夫妻坐在装饰一新的新房内掩饰不住内心的激动，中国汉代那首无名氏的《四喜诗》中说得好"久旱逢甘雨，他乡遇故知。洞房花烛夜，金榜题名时"。对于他们来说，"金榜题名时"早就拥有过了，俩人同是锦袍加身，华西协和大学和纽约州立大学医学博士；现在是人生的另一层境界"洞房花烛夜"。

婚礼无疑是极其风光极其盛大的，嘉宾云集，成都的社会名流竞相前来观礼。主持人是华西协和大学的校董杨少荃博士，而证婚人更是显赫，张群，四川省省主席。新娘身披洁白的婚纱，手拿花球，身后跟着牵婚纱的金发碧眼的外国儿童，英气勃发的新郎身着礼服与新娘并肩站立着，他们微笑着接受众人的祝福。这是华西协和大学首任华人校长张凌高长女张君儒的婚礼，新郎的名字叫杨振华。

这一天是1942年10月31日。

"可惜……苏校长看不到他学生的婚礼了。"杨振华突然感伤起来，他翻看着一张张旧照片。

"苏校长？"张君儒知道苏校长是丈夫最敬仰的人。

"是啊，苏道璞校长。"杨振华眼角有点潮湿，他多么希望自己的老师和他分享此刻的快乐，"也不知道苏师母他们最近怎么样了。"

他永远记得那个日子，12年前的5月30号，那天晚上本来是有月亮的，但云层太厚已经把一丝光明也给掩盖住了。他得加紧复习，很快就要毕业会考，华西协和中学的学生大都会选择报考华西协和大学，他也不例外，无容置疑他会选择这所大学的医学院。

他突然听见远处有人喊他的名字，这么晚了还会有谁呢？真是奇怪，他把脑袋探出窗外"谁啊？"

黑暗中的那个声音很熟悉，原来是自己的同学杜顺福。"杨振华，你出来，出来，出事儿了……"显然是跑着来的，上气不接下气。

"莫急，你慢慢说，出了啥子事？"

"不好了！赶快去到赫斐院去，苏道璞校长出事了！"

"什么？苏校长？怎么可能！"

杜顺福哇哇大哭起来："苏校长被几个棒老二用棒子打昏了，还给捅了几刀，快去看看吧。"

杨振华头皮发麻，在做梦？不可能，不可能！苏校长是多么善良的人，他怎么可能和人发生冲突？一定是杜顺福搞错了，搞错了！苏校长曾经是他的中学化学老师，这位风度翩翩的青年才俊每次到中学来演讲的时候都会引起轰动，他那博闻强记的学识和洋洋洒洒的口才在广大同学心目中是那样的崇高。

他们赶到赫斐院的时候还有一大群人围在那里，地上还淌着一摊血。

"苏校长怎么样了？"杨振华见人就问。

"被几个学生抬回家了。"有人答道。

"真的是苏道璞校长？"

"是的……"

"到底是怎么回事？"

"好像是有人抢苏校长的洋马儿，还捅了他几刀，惨得很呐！"

"啊！"杨振华和杜顺福快要哭出来了，"真的？苏校长他……"

约翰永远也忘不了他打开房门后见到的那个场景，他也不敢去想那个场景，但那个场景却一直缠绕着自己，挥之不去，真是讨厌，我下决心不再去想了，不去想了，可是不行，它又回来了……

自己亲爱的父亲，慈祥的父亲，睿智的父亲，您是躺着回来的，满身的血迹，被众人用门板抬着回来的……

父亲，您怎么不说话，双目紧闭？您这是怎么了，到底是怎么了？为什么您听不见我对您的呼喊，听不见母亲，还有茹丝，还有简的呼喊，她们也快疯了，我也是的，脑子一片空白，脑子里面真的什么都没有了……

亲爱的父亲，您总是那么有力量，为什么不和那几个凶手搏斗？难道您真的打不过他们？噢，对了，父亲，您是不会对人动粗的，我从来没见过您和别人吵架，连吵架都不会的人肯定是不会将拳头挥向对方的。这是您的逻辑，对人要慈悲，要去爱他们，哪怕别人对您恶言交加，拳脚相向，您也会去爱他们的，您就是这样的人……

亲爱的父亲，您不是说仁济医院的医生都是手到病除个个神勇无比的吗，那为什么他们不能挽救您的生命？我好憎恶那些医生，那些传教士，你们不是神通广大吗，为什么不能救活我亲爱的父亲？不过，我不能憎恨你们了，亲爱的父亲绝对不允许我有这样的想法，不能，我知道你们已经尽力了，已经很尽力了。我不能恨你们，我只能像亲爱的父亲那样去爱你们……我知道那把匕首插得太深了，父亲的心脏和肾脏都被刺穿了，就是万能的主也救不了他……

亲爱的父亲，我有个要求，最后的要求，就一个，好吗？

亲爱的父亲，我的这个要求一点都不过分，我只希望您能够睁开眼睛看您的儿子一眼，就一眼。为什么，父亲，您真的这么无情……约翰的要求一点都不高，不高的……

亲爱的父亲，我有点生气，在您最后离开的时候也没和我说过一句话，只是在母亲的耳边说了几句简单的话语，虽然声音很小，但我还是听见了，听见了……

亲爱的父亲，当时您是这么给母亲说的，"玛格瑞特，噢，玛格瑞特，我亲爱的夫人……不要难过，不要悲伤，这是主在召唤我，我是该去的……玛格瑞特，你……你要告诉校长，张校长，还有毕启校长……不要因为……因为……影响中国……和英国的……关系，关系……"父亲，我一直记得很清楚，父亲您曾经说过您的约翰有很好的记忆力，真的，我一直记得，永远都记得的，我约翰不是吹牛，约翰最大的本事就是能够记住您的那些话，父亲……

亲爱的父亲，我一直耿耿于怀，为什么您在离开的时候没有和我说一句话，为什么？难道父亲您真的生气了，那是在前一天，我也就睡了一会的懒觉，只有一小会儿。但我看见您有点生气了，但您并没有责骂我，只是有点点小小的生气，虽然您什么也没说，但约翰还是看出来了……亲爱的父亲，难道您就是因为这个才不和您的儿子做最后的道别吗，父亲，您是个小气鬼，小气鬼……

噢，亲爱的父亲，约翰不能用这么难听的话来形容您，不是的，不是的，您绝对不是小气鬼，不是的！学校的好多学生都受到过您的资助，您说那些孩子经常吃不饱饭，而我们全家都是丰衣足食的，我们应该去帮助他们……父亲，您不是个小气鬼，不是的，约翰是有点小小的生气才说了您是小气鬼的气话……

亲爱的父亲，您真不讲信用，说好了第二天带我去锦江泛舟的，那条木船我很喜欢，很喜欢，那是您亲手制作的。您真的不讲信用，说好的事情为什么不去兑现呢？父亲……

亲爱的父亲，约翰又说您的坏话了，说您不讲信用，不过我没对别人说过，只是给我自己说的，别人听不见我内心发出的声音，听不见……不过，我要向您道歉，我不该用这么恶毒的字眼形容您，不该……因为您从来都是言出必行的，仅仅就这么一次，一次，约翰不能妄下结论说您是个不守信用的人，不该……您曾经告诉我，对别人应该宽容，不该苛求，您一直是这么做的，我都知道，知道的……

亲爱的父亲，周围的人都说我变傻了，变得沉默寡言了，那是他们不了解您的约翰，父亲，他们不了解……那是我在冥想中和您在对话，他们怎么听得到呢？父亲，很有意思的是，有的时候我跟你说话的时候用的是英文，有的时候我说的中文，反正您都听得懂……父亲，我在那里和您说话，您真的能够听见吗？应该听得见的……亲爱的父亲，突然我很想您，很想，尤其听见柯里斯钟楼发出钟声的时候我就特别的想，特别……

"苏校长被人杀死了！"消息不胫而走，整个华西坝震惊了，接下来便是悲伤，还有强烈的愤怒。

"是谁杀了苏校长？"学生们在问，老师们也在问，华西坝所有的人都在问，还有整个成都的市民，他们不敢想象居然在华西坝发生这样的惨案，那是个多好的校长啊！

"捉拿凶手！尽快破案！"学生们涌到警局，他们要求警方尽快抓到凶手为自己的校长报仇，报仇，学生们的愤怒警方不敢懈怠，况且对方还是个洋人。

"同学们，大家冷静，冷静，我们一定尽快破案，给大家一个交待！"局长信誓旦旦，"恳请诸位给警方提供线索……"

很快就有了消息。

"下午我们在一广场踢足球时看见4个农民样子的年轻人，有的拿扁担，有的带一把匕首在这一带逛来逛去。我们晚饭后出来散步时，他们还没有走。"一个学生来向警方提供了一条线索。

同来的另一个学生说道："我看不像是农民，应该是附近的小流氓。"

"亲爱的斯塔波斯我的儿子，亲爱的玛格瑞特，亲爱的茹丝，亲爱的简，亲爱的约翰，你们好吗？很久没有收到你们的来信了，想必你们一定很忙，很忙的。好啊，忙一点的好，说明你们的事业在很好的开展，我也就放心了。"

"我的儿子，听说你当了副校长，我真为你感到骄傲，整个家族都应该为你感到荣耀，虽说这样的虚荣心有点世俗，但正好证明你卓有成效的工作得到了师生们的认可。的确，副校长是个显赫的职务，拥有更多的权利，同样也有更大的责任，你一定有很大的压力，千万得注意身体，不要累坏了，我就知道你工作起来就忘记了一切。生活和事业一定要平衡才对……"

"早就听说该你休假了，为什么一直没有你们回国的消息？我很想念几个孙女孙子了，约翰一定长得老高了吧！我盼望你们尽快回来，我要好好亲亲两个孙女和那个宝贝孙子。听说他特别喜欢听大人讲故事，这下好了，让孩子回来吧，祖父有一肚子故事要给他讲……祖父可是个故事大王呢……"

　　"亲爱的孩子们，你们早点回来吧，祖父带你们去海边，去看汹涌的海潮，在柔软的沙滩上漫步，在海上去看日出日落，那是最美丽的景……听说约翰很喜欢在河上划船泛舟，河上还是不太过瘾，海上才能够听见地球呼吸的声音，是的，那是整个地球在颤抖发出的，大海是那样的波澜壮阔，时而温柔得像怀里的小猫，时而疾风骤雨像下山的猛虎，这就像每个人的生命，有起有落。孩子们，你们赶快回来吧，不要等到祖父走不动了你们才回来……"

　　"亲爱的儿子，我最近有点不祥的感觉，总觉得胸口发闷，出不来气，不过请不要担心我，可能是老了，老了也许就是这样的，老了睡眠总是出现问题，比以前少得多了。不过睡不着也有一点好处，那就是可以去想想远在万里之外的你们，想想你小时候的样子……"

　　"亲爱的儿子，你还记得你小时候的样子吗？可能你已经不记得了，但作为父亲的我是永远记得很清楚的。在你七岁的时候我们移居去了新西兰，在那里我作为长老会的牧师，你那时候刚刚懂事，那是你第一次乘坐远洋轮船，可能是不习惯那种颠簸，晕船晕的厉害，吐得到处都是，真可怜。不过当时我还是让你坚持住，这一切都是你必须去经历的，凡是经历过后一切都会变得好起来。果然，从那以后慢慢就好了……"

　　"你小的时候总是很乖，和其他孩子不同，总是帮妈妈做很多事情，而且还帮教堂送水，跟着我去那些贫困地区帮助那些贫困的家庭。那时候也没有马车，更没有汽车，来回都是走路，脚上全是水泡。但你从来没有叫过苦，也不让我背你，那时候我就看出来了，儿子，你是个坚强的人，一定会很有出息的……果然不出我所料，你后来成了一位真正的男子汉，一位强者……"

　　"亲爱的孩子们，原谅我不能写得太多，我突然感到有点头晕，这是怎么了？可能要变天了，每次气候变化的时候我都会有些反应。我就写到这里吧，爱你们的父亲，爱你们的祖父……"

　　老牧师谢绝了别人的帮忙，每次写完家信他都会亲自去邮局寄，他喜欢一个人走在安静的街道上，看着四周的行人，呼吸新鲜空气，空气中有某种鲜花的味道。邮局的人也都认识了，知道老牧师每次来这里肯定是来给远在中国的儿子一家寄信的。

　　"牧师您好！"邮局里的营业小姐热情给他打个招呼。

"你好啊，莉丝小姐。"

"还是老样吗？"

"嗯，老样子。"他递给莉丝一封信。

"牧师，总不见您的儿子一家人回来，难道他们变成中国人了吗？"

"是啊，他们的英国话都说得不太流利，他们的中国话我也听不懂……"老牧师笑笑，"不过他们很快就会回来了，也许就在下个月……"

"您真该去那里看看。"莉丝笑笑，在她看来，中国一定很有趣，因为每次收到老爷子的信都是厚厚的，里面一定充满了关于那个遥远地方的故事。

"呵呵，我老了，去不了了……"

突然一声大炸雷在头顶上响起，老牧师知道，要变天了。

"谢谢你！"老牧师顺利办好了手续。

"牧师，您还是等等再走吧，快下雨了。"莉丝好心的劝道。

"不碍事的，我有雨伞。"老牧师从怀里拿出雨伞向莉丝示意。

刚走到门口，他突然一个趔趄，倒在地上……

警局局长听下属报告说那位苏校长的家属求见，顿时感到有些紧张："你没说我不在？"他知道一定很麻烦，毕竟人家是外国人，虽说凶手已经捉拿归案，但一定还会有很多难缠的要求。

"还跟来了好多学生，我是怕……"

"怕学生闹事？"

"是……所以还是想请您亲自出面。"

"龟儿子，就说我不在嘛！"局长怕麻烦，责骂手下人不会办事，"你去告诉她，我们一定严办凶手，肯定是死罪，一定给苏校长报仇。"

"可是人家不走啊，都来了好久了，必须见到局长大人才行。"手下哭丧着脸，感觉里外为难。

"那好嘛，我见见，真是麻烦！"

外国女人在一帮学生的簇拥下进来了，这是局长见过的最憔悴的外国女人，在他的眼中外国女性都喜欢把自己打扮得花枝招展。可今天不同，眼前这位女士正经历着世界上最为惨烈的丧夫之痛。

"您是苏师母？"局长整理一下自己的表情迎了上来。

"是的，我叫玛格瑞特，苏道璞的夫人。"女人点点头。

"您有什么要求尽管说吧，噢，您应该知道了吧，我们已经抓住了凶手，您放心，肯定严办，严办，非得枪毙了这混蛋不可……"

"局长，我有个请求，您看行吗？"

"夫人，有什么事情您尽管吩咐，本局只要能办到的绝对没问题。"

"局长，我想见见那个犯人。"玛格瑞特平静的说道。

"啊！您要见凶手？"局长想也许这妇人一定要亲手撕了那小子，"这个嘛……"

"局长大人，请求您批准，我就见一面。"

"夫人，当然没问题，不过……"他感觉如果让她去见那个犯人一定会发生事情，说不定她会当场劈了那个混蛋，"夫人，那只会增加您的仇恨，您放心，我们很快完备法律程序，估计在这个月就会将他正法。"

"局长大人，我没有别的要求，就此一次，请您能够答应。"玛格瑞特虽然有些虚弱，但语气十分坚定。

"那……好吧，夫人，我这就安排。"局长希望能够尽早了结此事，自己的心情也是沉甸甸的。

1999年，华西医院精神科教师黄颐博士收到一封邮件，这份文件是从英国寄来的，她有些激动，英国伦敦大学精神病研究正式邀请她即刻赴英开展博士后科研工作。激动的缘由不仅仅在于能够远渡重洋去展现中国人的智慧，更让她感慨的是这次科研工作的相关费用是一个特殊机构资助的，资助人和华西坝有着千丝万缕的关系，黄博士虽然没有见过这位资助人，但她知道那是一位叫苏锦的女士，是英国一位普普通通的中学拉丁文教师，她甚至一辈子都没有结婚，那些钱是她省吃俭用积攒下来的，虽然她并不富有，并不是家财万贯的富翁，但她还是义无反顾的那么做了。

黄颐博士很想知道，那位苏锦女士是个什么样的人呢？

"亲爱的父亲，我们回去了，回去了，回到了英国，回到了伯明翰，我们得继续自己的学业。虽然我知道您无法读到这封信，但我依然要写下这些文字，虽然您的肉眼看不到您的二女儿的这封信，但简还是相信您在天国能够听到简的心声，能够体会到我们怀念您的心情……"

"亲爱的父亲，您的女儿简，也就是那位叫苏锦的女孩子在此和您说说心里话，在这一生中我最爱的就是您，当然还有母亲和姐姐，弟弟。我对您的爱也许您能够体会到的，正如您对我们的爱，以及您对周围所有人的爱，那么无私，那么真挚，就在您临近去世的时候也不忘了告诉母亲，让她转告校方，转告英国当局不要因此为难中国人，不要影响两个国家的友好关系。这是何等伟大的爱，我也要像您那样去爱这个世界，去爱周围的人。"

"亲爱的父亲，告诉您一个秘密，一个不算是秘密的故事，茹丝姐姐和他的同学相爱了，那个帅小伙叫卫斯理，是姐姐所在医学院的同班同学，我好羡慕他们，就像羡慕您和母亲一样的那般和谐幸福。我真心的祝福他们，希望他们这一辈子都是相亲相爱的！亲爱的父亲，也请您在天国为他们祈祷吧，主会永远眷顾他的孩子……"

"亲爱的父亲，苏锦在夜深人静的时候给您写信，希望此时您在天国宁静的月光下聆听您女儿的心声，这里的月光很好，想必您那里也一样的。父亲，您听到了吗？"

"亲爱的父亲，女儿要告诉您一件不幸的事情，真是不幸，我一直在犹豫要不要告诉您，真是个坏消息，很坏的消息。我是流着眼泪在写信，但请您不要流泪，不要……"

"亲爱的父亲，那个坏消息就是关于约翰的事情，本来不想告诉您的，但我还是告诉您吧，即使我不告诉您，茹丝姐姐也会告诉您的，母亲也会告诉您的……我真有点残忍，把这么糟糕的事情写成文字，真是于心不忍……"

"父亲，约翰病了，病得很厉害，他们说他疯了，得了精神病，于是他辍学了，再也看不见他欢声笑语了。人们都说约翰受到了刺激才变成这样的……"

"亲爱的父亲，不要哭泣，不要……真的不要，我不认为弟弟是疯了，那是因为他太想念您了才变成那样的……他永远不会疯的，他那是在默默和您对话呢，您听见了吗？"

"亲爱的父亲，我想华西坝了，更想您，因为您在那里，我要回去，回来！我的父亲，我要来看看您，也许您坟墓上已经长满了荒草，我得回来帮着清理清理；不过我又为这个想法感到可笑，您的坟茔不会长满荒草的，那里一定有人帮着清理，而且听说还专门以您的名字命名了一座建筑，叫'苏道璞纪念堂'。华西坝的人不会不管您的，他们永远记得您，其实我的担忧是多余的……"

"不过，我还得回去，去看看我从小到大生活过的地方，更重要的是您在那里……"

这一年是1985年，苏锦女士的这封信发出去了，她在信封上只写了几个字：中国，成都，华西坝，苏道璞先生亲启。

灰暗潮湿的监狱让人感到窒息，倍觉恐怖阴森。

关押死刑罪犯的牢房设置在最尽头，牢房之间是用圆木栅栏隔开的，但可以隐约看见另一房间同类的轮廓。新来的犯人身上满是鲜血，蓬头垢面的躺在角落里呻吟着。

"兄弟，你犯的啥子死罪？"老犯人无聊中关心起这个新来的家伙。

"老子杀人了。"一个桀骜不驯的声音传过来。

"你婆娘偷人了，哈哈哈……莫非你娃娃来了个宋公明怒杀阎婆惜？"

"你婆娘才偷人呢！老子杀的是洋人！"

"龟儿子，洋人你都敢杀，成了义和团了？"

"老子抢他的洋马儿，他不给，老子一怒就把他给咔嚓了。"

"你龟儿子有种，有种！不过你龟儿子为了个洋马儿把命搭上也太不值了！"

"无所谓，反正脑壳掉了碗大疤，老子二十年后又是一条好汉。"

"你娃娃就不觉得亏得慌？"

"亏个铲铲，哪个叫他龟儿子不给呢，要是他给了我还不一定杀……"

突然一个声音传过来："莽娃儿，不许说话，等一下有人来看你了！规矩点哈！"

"你婆娘来看你了吧？"

"老子不见，不见！反正都是一死！"新来的犯人嘶声叫嚷着，"给老子一刀，老子马上就去死！去死！"牢房里的日子的确太难过，关得他有点想发疯。

"不许说话！"狱卒厉声吼道。

"莽娃儿，过来，有人看你来了！"隐约中莽娃儿看见牢房外面走来两个人影，他知道一个狱卒，另外一个有点看不清楚，个子很高，不会是自己的老婆，老婆的影子他认得出来。

他终于看清楚了，是个女人，还是个外国女人。她在栅栏外面停下来，还望着他。

犯人低下头，他知道，这女人一定是那个被他杀害的外国人的老婆，她怎么来了？犯人冷不丁往后退了几步。

"你就是那个人？"外国女人说话了。

犯人不说话，本来他也无话可说，只有等死。他把自己的眼睛藏在蓬乱的头发中间，他害怕看见那女人的眼睛，害怕，里面一定是充满了仇恨。

狱卒用钥匙打开房门。

"你们，你们要干啥子？！"犯人突然惊叫起来，他想那女人身上一定藏了一把尖刀，她是来杀他的，"求求你们，求求你们，别……别……"他退到墙角，不停的哆嗦。

"你别怕，别怕。"女人身着素装，一脸的悲戚，犯人终于看清楚外国女人的脸了。

"过来，这是苏师母给你的。龟儿子……"犯人这才看清楚那狱卒手里拿进来一个篮子。

外国女人缓步走进牢房，蹲下来从篮子里面端出几碟盘子，里面盛满了菜肴，女人冷静的说道："你来吃吧……"

"这是我的最后一餐了吗？你们给老子走！走！反正老子犯了死罪，也活不了几个时辰了，不要你们来可怜我，可怜我！走走！"犯人突然扑到跟前，把几盘菜肴打翻，几个碟子飞到墙上溅落下来摔得粉碎。

"莽娃儿，你跟老子老实点，你真是他妈的狗咬吕洞宾！"狱卒上前抓住犯人就是几个耳光。

"请你别打他，别打！"外国女人上前拉开狱卒。

"你打死我吧，你给我一刀吧，老子干脆死了算了！"犯人挣扎着。

"请你冷静，我不是来……声讨你的，虽然我失去了自己的丈夫，我的孩子失去了父亲，我十分痛恨你，我也很想拿起尖刀把你给……但是，我不能那么做，我今天来的目的就是想看看杀我丈夫的人到底是个什么人。我的丈夫，他是那么善良，那么宽容，从不和人发生冲突，他的胸中充满了博爱……可是就在前几天却死在了你的手里……

"请你告诉我，你想死吗？"

犯人不说话，他想这不废话嘛，哪个想死？

"你身在监狱，你想念你的夫人，想念你的儿子女儿吗？也许你家里还有父母，他们可能已经很老了，过不了多久他们就不能走动了。你想过他们此时会在干什么吗？……"

"他们可能和我一样，因为他们即将面临和我同样的结局，儿子会失去父亲，女人将失去丈夫，还有家里的耄耋老人将忍受白发人送黑发人的悲痛……"

"我是个虔诚的基督徒，我也不敢面对这一切，也不希望看到这样的悲剧上演……"

犯人情绪已经慢慢平复下来，仍然低着头，他不敢朝那个女人看，她的那些话像一记记的重锤砸在他的心房上，他有点想哭，为什么要哭他也不知道。

"我真不愿意看到你的家人为你送葬，他们原本也是善良的人，却要为这……"

女人说不下去了，她转身离去，甚至是跑着走的。

"哇哇哇……"犯人突然爆发出一阵惨烈的哭声，"我不是人啦，不是人啦，我赔罪！你们马上杀了我吧，我他妈的不是人，我是个畜牲，是个挨千刀的畜牲……"说完就往墙上撞了过去……

在"五卅运动"周年之际发生这样的惨案，最紧张的要算是国民党当局，他们最害怕的是华西学生会因为他们的苏道璞校长被害而发生学潮。高层已经下令所有的警局人员随时待命，同时让所有驻蓉军队也保持警戒以防不测。

华西协和大学仁济医院院长胡祖贻来到英国领事馆面见英国领事。

"我认为对苏道璞先生被害一事英国政府应该作出适当的反应，对英国民众也应有个交待。"领事神情凝重。

"领事先生，我正为此事而来，苏道璞副校长在弥留之际给您留下了几句话。"胡祖贻脸上一直笼罩着悲伤的表情。

"噢？您请讲。"

"苏先生想通过您转告英国政府，不要因此向中国政府发难，不要因此伤害英国和中国的友好关系。"

"还有呢？"领事觉得未免也太那个了。

"没了。"

"没了？"

"是的，就这些，领事先生。"

"难道看见一位英国人惨死在这里，我们能一点反应都没有吗？"领事觉得难以理解。

"这是苏道璞先生的遗嘱，请您理解和尊重……"

苏副校长逝世后第二天，成都公谊会在广益学院举办简单而肃穆的追悼礼拜。

三天后学校在图书馆为他举行了隆重的追悼会，省政府和市政府各级官员，全校师生员工都来参加苏道璞的追悼会，各界人士赠送的祭帐、挽联和花圈堆满了整间大厅。苏道璞校长棺材上用白花装饰的"胜利"两字正是对他胜利一生的高度概括。

在追悼会上文学院院长费尔朴博士评价苏道璞一生说："苏道璞，基督忠诚的信徒，完全有资格把自己的生命当作永恒的祭物为人类献在和平与良善的祭坛上。"

宋诚之会督的悼词催人泪下"苏道璞一生不是死而是生，不是失去而是得到，不是失败而是胜利，留下的不是受伤的躯体而是崇高的精神！"

前清举人、本省大学者，愤世嫉俗的朱青长为苏道璞副校长撰文哀悼，祭文让人肝肠寸断之余对已故之人油然而生敬意：

"……远惠我人，谆谆其语，推心腹中，感无有已。人之仰公，若瞻太华，人之完人，不以形体。真宰有归，得其所矣。哀公者戚，颂公者诚。公不死死，公死如生。芊芊芜文，传之千古。自东至西，永垂灵宇。"

警局局长没想到玛格瑞特从监狱出来后又上门求见，真是让他觉得头大。

"难道她还有什么要求？"局长问属下。

"一定来要求赔偿的，那个杀人犯就是倾家荡产也赔不出来的，穷得个要死！"

"这就麻烦了，说不定得让省府想想办法。"

"局座，我看先这样，凡是死者家属提出的任何要求您都答应，然后汇报给上峰。不过她要见您，您还真得去见，不然领事馆那边肯定要来找麻烦。"

"嗯，就这么办。"

玛格瑞特这次是一个人来的，精神状态略有好转，但依然很虚弱。

"苏师母，您请坐。"局长脸上堆起笑容，同时示意属下赶快叫人上茶。

"局长，实在抱歉，再次上门打扰，本来不想麻烦您的，但我还是来了，因为这事我必须找您才能解决。"

"苏师母，您太客气了，有什么事情您来个电话就完了嘛，何必劳驾您屈尊亲自前来呢？"

"不过，局长大人，我还有一个要求，请您务必答应我。"

"苏师母，您说您说您说，我们办得到的肯定答应，答应。"果然如此，她是来要求索赔的，局长想应该有个合适的数目，但他也想不好多少合适，还是让眼前这个女人先开口吧。

"您真的保证能够答应？局长。"

"卑职职责范围内的事情肯定是义不容辞，您尽管吩咐。"

"不行，您得先答应我之后我才说。"

"苏师母，您有点为难卑职了，毕竟在下是政府人员，凡事都要呈报上峰才能够作出定夺。不过嘛……"局长看见属下在一旁眨眼睛，那意思是让他大包大揽先答应下来，"好吧，我答应。"

"我希望您赦免那个杀人犯。"

"什么？"局长显然觉得自己听错了。

"请求您赦免那个杀人犯。"玛格瑞特平静的一字一句重复了一遍。

"苏师母，您……这是……给气晕了吧……我，这……"局长看看玛格瑞特，又转身看看属下，"您这是……"

"局长，我很清醒，这是我的意思，也是死去的苏道璞先生的意愿。"

"等等……等等，苏师母，您先喝口茶，冷静下来，您让我……"局长一边招呼玛格瑞特，一边给属下使个眼色，意思是我个借口让他出去，他得找人商量商量，这是啥意思，头回听说这么稀奇的事情。

"局长，请您能够履行您的承诺……"

"局长，电话！"外面传来属下的喊声。

"不接不接！我这会不是在忙嘛。"局长故意拒绝。

"不行啊，局长，是省府的电话，好像很急。"

局长很为难的样子"苏师母，您请稍坐片刻，我接完电话马上就来。"说完起身快步走出办公室，其实他办公桌上的电话就没响起来过。

走出办公室，来到另一个房间，局长迫不及待的问下属："格老子，那个洋女人是啥子意思，帮我分析分析，她是不是疯了？"

"我看也是，多半神经有点不太正常。按照正常情况，死者家属都恨不得把凶手五马分尸，她倒好，反过来帮凶手求情，天下哪有这样的事情。多半是疯了！"

"不过，你看她说话的时候正常不？"

"看样子是很正常的，又不太像……"

"龟儿子，老子叫你出主意的，你娃娃说得个模棱两可的！"

"局座，您肯定不能答应嘛，不然华西坝的学生还不把警察局给烧了！"

"也是哈……"

属下凑在局长耳朵边如此这般说了一通。

"你的意思是……"

"拖拖再说，但肯定不能答应，真的答应了肯定出大事。"

"不好意思，苏师母。"局长堆起笑容重新回到办公室，"您喝茶，您喝茶。"

玛格瑞特欠身表示谢意。

"对不起，刚才说到哪儿了？"局长故意装傻。

"请您赦免那个罪犯。"

"苏师母，您看是这样啊，中国历朝历代都是这么个规矩，谁也没敢破坏过，欠债还钱杀人偿命，这是个古理，您这个要求嘛……卑职有点那个……"

"局长，我作为死者苏道璞先生的夫人，作为失去父亲的孩子的母亲，我以主的名义，请求您宽恕那个有罪的人。我，玛格瑞特，到现在也没有从悲痛中解脱出来，他是我的丈夫，也是我在这个世界上最深爱的人，世界上没有人比我更痛苦，更伤心。我已经永远失去了他，失去了那么好的一个人。我是不幸的，我的孩子们是不幸的，还有华西坝的学生也是不幸的，他们同样失去了一位和他们肝胆相照心心相应的老师。可是，还有更大的不幸即将降临，另外还会有一个家庭将遭受和我同样的命运，还有一个女人，一个中国女人，她会站在凄冷的寒风着等待着，颤栗着，等待一具冰冷的尸体，她也将失去自己的丈夫，那个支撑整个家庭未来的顶梁柱；还会有婴儿在饥饿中哭喊着，他可能马上就要死去了，因为饥饿，也许是因为疾病，因为他的父亲死了，家里已经没有了一点赖以生存的东西；这还不够，还会有一对年老的夫妻终日以泪洗面，他们知道，留给他们的是白发人送黑发人，他们的儿子将被处以极刑，他们可能也活不长了……"

局长安静的听着，一声不吭，这是他从未听到过的语言。

"尊敬的局长，您也许会觉得我是疯了，是过度悲伤导致的神经错乱。我告诉您，玛格瑞特此时非常的清醒，非常的冷静，我不是一时心血来潮哗众取宠，不是为了博得众人对我仁慈的褒奖，不是的。我今天来不是为了毁灭，而是希望拯救一个人，拯救这个人之后让这个世界上的一个家庭获得重生，重新燃起对生活的希望。我希望那个曾经杀戮过别人的人变得仁慈，不再用暴力去获得自己所希望拥有的东西……"

"玛格瑞特，还有苏道璞，我的丈夫，在此真诚的请求您，局长……请求您手下留情……也许明天的太阳会更加的美丽灿烂……"

玛格瑞特走出警局，缓步向华西坝走去……

在碧波荡漾的锦江河边玛格瑞特凝望着那一江清波，她好像看见了那个人，他正在向她微笑着……耳畔响起英国诗人约翰·多恩的那首诗：

没有人是一座孤岛，可以自全。

每个人都是大陆的一片，

整体的一部分。

如果海水冲掉一块，

欧洲就减小，

如同一个海岬失掉一角，

如同你的朋友或者你自己的领地失掉一块。

任何人的死亡都是我的损失，

因为我是人类的一员，

因此，不要问丧钟为谁而鸣，

它就为你而鸣。

1946年秋天，一位老者站在华西坝高大葱笼的银杏树下，深邃的目光有些许落寞，望着眼前的一切，他不禁感慨万千，他知道，他该走了。

他身边匆匆而过的那些人依旧年轻，依旧充满活力，连树上的鸟儿和田里青蛙的叫声还是那么悠扬悦耳，但他觉得自己老了，也该走了，回家去了！

他已经完成了自己的使命，应该把这所学校彻彻底底的交给中国年轻的后继者去管理吧。

他知道，那位华人校长张凌高已经把学校管理得很好，已经用不着他亲力亲为的操心了，而且这所学校再也不是一所纯粹的教会大学，早就得到了政府的注册认可，成为中国高校的一分子。

他感到欣慰，他的努力没有白费，这所学校甚至得到了整个世界的认可，从该校毕业的医科和牙科学生，经过七年的拼搏，不仅可以获得本校的牙医博士学位，同时美国纽约州立大学还颁发该校的正式学位，那是在1934年开始执行的，也许这将是永远的荣誉。从这里毕业的学生可以到全世界任何地方就业，他们的博学已经得到了世界的认可。

转眼四十多年过去了，他还清楚记得自己刚来的时候，华西坝还是一片荒地，到处破败不堪，但如今已经耸立起了数十座高大建筑，那些建筑物里面再也不是空空如也，已经拥有了具有世界先进水平的实验设备。那其中也饱含了自己多年的心血，他是这些重要事件的参与者。

他是从国民政府于右任院长手中接过的那枚红蓝镶绶四等彩玉勋章，表彰他为中国教育事业作出杰出贡献，他知道中国人并没有忘记感恩，感激他把自己生命中的四十多年奉献给了这片土地上，中国政府也没有忘记他。

当他接过勋章的时候突然感到自己老了……

从他踏上成都的那一刻起就在思考如何将西方的文明带入这个偏僻古老的城市，他希望西方文明一定会在东方帝国生根开花结果。

他想再听听柯里斯钟楼上发出的渺渺钟声，他不知道自己会不会不习惯，毕竟那钟声已经听了快四十年了；是的，今后再也听不见了……

他曾经得到过这个国家最高领导人的褒奖，也曾经遭受过言辞激烈学生的痛斥；曾经和那么多商界政界建立了诚挚的友谊，但也和华人管理者产生过冲突；不过，这已经不重要了，都过去了，过去了，还是记住那些曾经的美好，忘却那些误解或者芥蒂，甚至是仇恨吧，他要走了……

四十多年以来，他已经习惯用中文和别人交流，甚至在思考问题的时候也是如此，不过今后再也用不着了，因为他回去的那个地方没人会懂的，芝加哥还是说英文的人多，顶多去唐人街的时候还会使用这种语言。

他记得来的时候还是个冒冒失失的青年，血气方刚；现在他已经是耄耋老年了，过得太快了，太快了……

他还记得1910年只招到13个学生，那13个学生进入学校的时候是那样的手足无措，像进了一座巨大的城堡，不到一年却走掉一半，他知道那些学生是多么的不适应，而那些洋教授也万般的无奈；不过这一切都已经过去了，如今再也不会出现那样尴尬的场面了。这里不仅仅多了很多的中国学生，甚至亚洲很多国家的学生也不远千里前来求学。

他会为当年的那一句句的道歉感到欣慰，虽然当时还是有违自己初衷的，现在他却为自己感到自豪，因为那几句道歉的话语终于感动了这些中国人，那些爱国学生，最终也挽救了这所学校；当时他差点动了念头用三百万的代价将这所学校出售，幸好没这么做，不然自己得后悔一辈子的……他不仅仅挽救学校，更重要的是他挽救了自己，此刻他彻彻底底的明白了，救赎的不是别人，正是他自己。

此时他感觉好轻松。

他快要走了，不过他依然感到忧虑，这个国家还没有完全稳定下来，日本人被赶走了，但战争依然没有结束，每天依旧还有人在死亡，那些死亡的人还远远没到生命的终点，可他们为了某些使命还在战斗。真的希望战争早一点结束，停止杀戮，老百姓真的该好好的休养生息了。

锦江的碧波依旧清澈荡漾，华西坝的银杏更加葱茏苍翠，万里桥静静的飞架南北，龙泉山影影绰绰时隐时现。走吧，这是他永远的记忆，永远的……

中国那位叫陈寅恪的国学大师的那首诗他依然记得：

浅草方场广陌通，小渠高柳思无穷。

雷奔乍过浮香雾，电笑微闻送远风。

他是八年后去世的，在美国芝加哥他默默走完自己的一生，他的离去没有在这个城市引起什么波澜，因为这里没人知道他，就像秋天的落叶一般随着微风在半空中冉冉摇曳几下便静静的掉落在地上，连一点点声响也没有发出……

他在这里注定是默默无闻的，他既不是商贾财阀，也不是政界要员，更不是演艺明星，他，毕启，只是一个极其普通的美国老头儿。

在他弥留之际陪伴他的只有夫人和他的一个女儿，显得十分凄清……

当地的十几位从华西协和大学毕业的学生闻讯前去参加了奠祭。

"筚路蓝缕，以启山林"也许是毕启最好的写照吧。

1949年的春天似乎来得特别早，料峭的寒梅刚刚完成她芬芳冬日的寒冷，迎春花就急急忙忙的竞相吐露花蕊，似乎要迎接什么的到来。

偶尔从远处传来一阵阵轰鸣的爆炸巨响，不知道是大炮的轰鸣还是什么人家红白喜事的炮声，总之给雾霭的蓉城凭添些诡谲的气氛。

"看来蒋家王朝的时运快到头了。"茶馆里人们在窃窃私语。

"谁说不是呢，听说啊，那边的队伍就要打过来了。"

"你说说，这美式装备真的不管用？"有人凑过来掺和。

"我说老少爷们儿，你们还是少谈国事，喝茶，那不管咱们老百姓什么事儿呢。"茶馆老板上来制止。

"就是，喝茶喝茶……"大家相视一笑，不再吭声。

一支黑洞洞的枪管从琉璃碧瓦的间隙着伸出来，瞄准镜中的那个光秃秃的脑袋由模糊慢慢变得清晰，只要这支枪管后部的那个扳机轻轻扣动一下，后果是可想而知的。

狙击手告诫自己，历史性的时刻即将到来，而这个历史是由他创造的。

"必须小心，绝对要万无一失！"他心里说了一句。

突然，狙击手停止了瞄准，他收回那支已经伸出去的枪管，闭上眼睛，这到底是怎么了？

沉寂片刻，他重新举起那支带有瞄准镜的长枪，静静的看着前方……

扳机没有被扣动，狙击手像是发现了什么，缓缓的他又将枪收了回来……

林则有点后悔。

林则突然产生了紧迫感，他觉得当年说出的话看来真是有些过头了，他要为中国每个县城培养一名牙医，可时间已经整整过去了32年，而最终从这所牙科学院拿到毕业文凭的学生只有寥寥的一百多位。而中国有一千多个县，距离目标相差得太远了。他知道，这都是他近乎苛刻的"淘汰制"所带来的后果，他提出"训练高度科学化之牙医，重在质而不在量"。

这和美好的目标之间产生矛盾，可他毅然决然选择了后者，林则不觉得后悔。既然每年毕业的学生还将同时获得纽约州立大学牙医学博士学位，当然就得对得起这样的荣誉，他从未放弃这样的信念。

夜已经很深了，林则和林铁心（爱丽丝）还坐在书房内翻看着过去的照片，从建立牙科系到后来的牙学院到如今已经整整过去了32年，那些面孔仍然存留在记忆中，虽然很多人他再也没有见过，但中国的所有正规牙医都是他的学生，老师对于这些学生的记忆是清晰的，那是自己亲手打磨的璞玉，哪能忘记呢？

"这是陈华，对吗？"林铁心问道。

"是啊，他是1923年入校的，1930年毕业的，现在也是教授了……"林则娓娓道来，"1938年他担任过国立中央大学医学院、华西协和大学医学院、齐鲁大学医学院三大学联合医院门诊部牙科主任，现在也是国内的牙科权威了。"

"这是宋儒耀吧？"林铁心对丈夫的这些学生也是如数家珍。

"是啊，他曾是东北一名流亡学生，辗转就读于山东齐鲁大学和华西协和大学。还是陈布雷先生资助他去美国留学的，得到了全世界最权威的整形外科的创始人艾威教授的亲自指点。他的夫人王巧璋也是这里毕业的学生……"

"这一位叫什么？"林铁心随口问道。

"这一位？"林则突然陷入了沉思，沉默片刻，"走了，他走了……"

"我好像在哪里见过他……"

"不会是最近吧？"林则随意问了一句。

"就在前几天。"林铁心很肯定的回答。

"什么？不可能，他早就不在成都了。"林则本能的反应道。

"我相信自己没有看错，就在图书馆附近。"

"怎么可能，他回了成都不会不来见我的。亲爱的，你一定是看错人了。"

"绝对不会的，我相信自己的眼睛。"

"真的？"林则突然觉得很奇怪，那个消失了很久的人为什么突然出现在华西坝？

学生们对报考牙学院有两种情结，其一是羡慕，其二是畏惧。羡慕是因为牙学院是华西协和最好的专业，一旦考上便是荣誉的象征。畏惧是因为这里要求极高，进校的时候也许有二三十位，但有三分之一能够撑到毕业已经是不错的了。每个入校学生经过严格的笔试不说，还要受到面试的煎熬，每位学生都要面见那位可怕的林则院长，他得看看来的人到底有几斤几两。

林则很欣赏这个学生，在面试的时候他就感觉到了，虽然那天他迟到了，迟到半个小时，但他诚实的告诉了面试他的林则，他跟人打架了，和他打架的是个美国大兵，那家伙调戏一个中国女学生，他看不惯，和对方发生冲突，并厮打起来，他还受了轻伤。

"打架可不对。"林则表示不认可他的行为。

"面对这样的侮辱，惟一的方法就是反抗，甚至使用暴力。"

"先生，我可不完全赞同你的观点，为什么不能使用更加文明的方法去感化对方，一定非使用暴力不可？"林则决定好好教育教育这个年轻的后生，他欣赏他，因为他们的对话全部用的英文，面前的这个学生对答如流，甚至没有语法错误。

"院长先生，您能够使用感化的方法阻止日本人不要在中国的土地上杀戮吗？他们也标榜自己是文明人，可干的全是野蛮人的勾当！"对方一句话让林则无言以对。

林则决定不和他讨论这么困难的政治问题"那么你愿意报考华西协和牙科学院吗？"

"不愿意。"对方倒是不含糊。

"嗯？"林则感到意外，"那么你为什么今天还要来面试？"

"为了我的父亲，是他要我来的。"

"你可以拒绝，你有自己的权利。"

"我无法拒绝。"

"为什么？"

"他死了，父亲在弥留之际对我的要求我无法拒绝。"

"你的理想是什么？"

"实现和平。"

"小子，有志气，那你准备如何去实现？"

"我想参加远征军。"

"啊！"

不到一年，他真的离开了，只是给林则院长留下一封信。

"尊敬的林则院长，我走了。请原谅您的学生的不辞而别，虽然我是不孝的，对我的父亲，没有尊重他的临终遗言，而是投笔从戎。为此事我想了很久，我觉得我这么做是对的，对父亲的不孝，但对国家是大大的孝顺，因为国家不安宁遭受异族的欺凌是让我这样的中国青年无法安心学习的。对于您，林则院长，对您我是不恭的，辜负了您的希望，我知道您的理想是什么，您也是在拯救中国人。我仔细研究过您的经历，有很多令人感慨的东西让我对您肃然起敬。"

"林则院长，很多人都不太喜欢您，说您太过严厉，太过苛刻，甚至达到了登峰造极的地步，您不能容忍您的学生学业不优异。但我觉得这恰恰是爱学生的表现，这种爱很多人难以理解，但我已经体味到了。

"尊敬的院长，我可能回不来了，因为我要参加缅北的丛林作战，那里不仅有疯狂的日本鬼子，还有瘴气瘟疫在等待着我，很可能明天日本人的子弹就会穿透我的胸膛，很可能丛林里的毒蛇会咬住我的小腿，然后我躺在地上静静的死去；但我不后悔，这是我的选择，一个中国人的选择。"

"我一定要选择孙将军的部队去从军，他是西点军校的高材生，也是一位运筹帷幄的大帅，在他的手下战斗一定是过瘾的，我喜欢刺激的生活，喜欢热血沸腾的日子，男子汉就该行走天下，就该马革裹尸，那才是真正丰富的人生……"

林则接待了一位神秘人物，俩人在房间里面压低声音谈了至少半个小时。

"你就放心吧，我知道的。"林则把来人送到门口。

"吉士道教授，请您到我的办公室来一趟，有重要事情。"林则对着话筒说。

对方好像说自己很忙，也许要等一会。

"你让你的助手做吧，马上过来，此事很重要。"林则表情严肃。

吉士道即刻赶到，进门就问："院长大人，有什么事情这么着急召见我？"

"你请坐。"林则做个手势，站起来走向茶几，"茶还是咖啡？"

"院长大人不用客气，我还得赶回去，看的那个病人可是个高官的太太，听说她马上要去东面的那个小岛了……"

"事情是这样的……"林则压低了声音。

"什么时候？"

"不知道，随时……"

"需要告诉邓真明技师吗？"

"不需要，这事儿只有你知道。"

"知道了。"

"按照预先安排，事情结束后有感谢宴会，你可以带上你夫人参加。"

"那你呢？"

"我就不去了，干活的是你嘛，我就算了，况且我不太喜欢那种场面。"

他回到成都的那个晚上就来了华西坝，还是那么亲切，教学楼里面透射出来的灯光还是老样子，他自己也曾经是这个学校的一员，但现在不是了，而仅仅是个过客。

他马上告诫自己不能去回忆过去，他有自己的使命，一个整个成都只有他自己一个人知道的使命，这关系到甚至是整个民族的命运，一旦实现了这个使命，不用作出推测他也知道，那是如何的惊天动地。他很清楚，要完成那个使命，地点只有选在华西坝，那个人迟早要到华西坝来，这是肯定的。

他甚至有点骄傲，你们这帮学生能够安静的坐在华西坝高大宽敞的教学楼里上课，难道不是边关战士用生命和鲜血换来的吗？要是日本人从西南边陲进攻成功，这里肯定不会再是天堂，不再这般的静谧，不会这般的月朗星稀。

他是死过很多回的人，每次从尸体堆里面爬出来的时候都觉得自己在做梦，两次中印缅作战已经让他彻彻底底脱去了身上的学生气，彻彻底底变成了一名职业军人。他亲手埋葬过自己的战友，埋葬的那个地方他已经记不清楚了，当时打得极其惨烈，双方死伤超过百分之九十。

他是从军之后才发现他有当狙击手的天份，绝对是天份，他有些奇怪，自己家族往上面数过八代也没有行伍之人，为什么他有这样的资质？被他点射射杀的日本人有多少他没有去数过，太多了，他不但埋葬自己的战友，还埋葬过日本人，这些和自己年龄差不多的日本青年，说不定还没他大，被他埋葬的那个日本人身上还有一封信，那信他看不懂，但仅凭上面的汉字他知道那是写给父母的，可能是在向远方的双亲问候吧。

他有很多的机会被升职的，但他拒绝了，他喜欢当个狙击手，也许按照他的战绩和英勇应该至少当个少校营长，但他喜欢单兵作战，狙击手不是人人都可以当的，甚至不是训练出来的，而是天生的。他喜欢思考，喜欢琢磨对方会在什么地方出现，揣测敌人的心理，每次都不会有错，他的子弹总是在最恰当的时候射向那些侵略者。当狙击手除了有极其优秀的心理素质之外，还必须具有极强的耐力，每次在丛林里一呆就是一两天，一动不动，必须忍受饥饿，忍受寂寞，忍受酷暑，他被丛林湿地的蚂蟥侵袭过，还被不知名的毒蛇咬过，很多次他都感觉必死无疑了，可还是奇迹般的活了下来。

1945年9月7日，他跟着孙立人将军进入广州，接受日军第二十三军投降。

虽然他出身官宦，家庭殷实，但他痛恨当局，腐败的政治让他感受必须要有所改变，不过他总是隐藏着自己的内心，他再也不是那个当年和美国大兵厮打的街头青年了，他已经成了一名军人，甚至变成了一名职业杀手，外表温文尔雅，一旦兴奋顿时会变成一只下山的猛虎，绝杀在瞬间便可完成，对手甚至搞不清楚敌人是谁。

这次行动他的上司不知道，他上司的上司的上司，那位名震遐迩的孙将军更不知道，这一次和上一次一样，他不辞而别，也许自己永远无法回到原来的队伍，从此隐姓埋名，这个世界上再也没这个人。他更希望回到那个地方去，那里有那么多自己的战友，永远和那里的山水融为一体了，也许自己也该去那里，和他们去作伴，不然战友们也太孤单了，那些坟茔现在应该长满了荒草，那个地方才是自己最后的归宿。

和他接触的是个外国人，对方也不亮明自己的身份，要不就是英国人，或者是美国人，总之此事和老长官无关，他非常清楚，成功或者失败都是他自己的事情，也和那个外国人无关。之所以自己会接受这个使命，是他发自内心的那种道德判断，因为他相信那个人不能带领民族走向胜利，不能让黎民百姓过上安康稳定的日子，也许早就该换换了。

1949年秋天就要来了，王翰章还有他的几个同学，王模堂、陈安玉有些许激动，七年的努力就要换来那两张珍贵的文件，一份中文的，那是华西协和大学校长签署的，另外一份是英文的，美国纽约州立大学校长签发的，学位：牙医学博士。

王翰章清晰的记得，那是在北京，在1937年潞河学校初中毕业典礼上第一次听说的华西协和大学。那年初、高中一起举行毕业典礼，学校请来一位大人物来做演讲。他刚从四川回来，一开始就讲到中国的"小西天"，说的就是天府之国的成都平原。他说四川的地理位置很封闭，四周都是高山；从北面很难进，只有栈道；南面也只有通过水路，从武汉经重庆到乐山，再坐滑竿。这当中要过三峡，坐木船，逆水而上。一路艰险，差不多一个月，才能到成都。看到华西，他感到很奇怪："如此封闭的地方怎么会有这么一个大学，而且是高水平的大学？"而他最推崇的就是牙学院，说在亚洲首屈一指，亚洲其他地方很少有。

王翰章是受了这位大人物的影响而最终报考华西的。

1940年王翰章考入了齐鲁大学医学预科。1941年11月8日的夜里，荷枪实弹的日本兵来了，他们杀气腾腾，封锁了校园，学生们被追得四处逃散，学校里的美国和英国来的教授们被捕了，他们被押送到烟台附近的一个集中营。

这位北京荣宝斋大掌柜王仁山的侄子不得不回到北京，此时的北京也不是学子们攻读圣贤书的地方。于是他决定去内地，去成都！那里一定安全得多，不会再次受到日本人的骚扰。几经辗转，11月初，他和同学到了成都，见到了久违的齐鲁大学搬迁到华西坝的同学和老师。王翰章去看了那所大人物所推崇的牙学院和刚落成的口腔病院，那里有将近40台牙科手术椅，楼上实验室，楼下是病院，有教室，还有博物馆，一切设备都是从国外运来的，从未见过，真是令人耳目一新。

王翰章兴奋起来，既然那位大人物都这么推崇，我就进牙学院吧！

"告诉我，年轻人，为什么要来华西牙学院？"林则态度和蔼，但神情庄重，用英文发问。

"……"王翰章兴许是紧张的原因，刚才想好的辞藻这会全然不知去向。

"呵呵，密斯特王，别紧张，慢慢给我说说……"

……

"我和你说啊，一个船在大海里航行，罗盘定了，就要按照罗盘指定的方向一往直前，不能在海里打转转。要是那样，就永远也到不了目的地。你懂我的意思吗？"这是王翰章一辈子都记得的话语，那是林则院长说的。

吉士道，这位加拿大多伦多大学毕业的牙科博士，中国口腔修复学的创始人也记得当年接待的那位声名赫赫的美国人，这位美国人是那样的自命不凡，在他的眼中中国就没有几所像样的大学，除了他的燕京大学。

但他却很清楚的告诉过自己，他欣赏华西协和这所大学，他完全没有想到在如此封闭的西南边陲居然还伫立着一所大学，她不仅是高水平的，简直就是世界一流，而最让他难以忘怀的是这所大学的牙科学院。的确，吉士道很感自豪，那是他和林则一大批加拿大、美国传教士努力得来的。

这个自命不凡的人叫司徒雷登，曾经是燕京大学校长，还担任过美国驻华大使。

吉士道也记不清楚他看过多少中国病人，但是政府高官和他们的那些家人就让他应接不暇，谁是谁他也记不起来了，太多了，宋氏三姐妹、于右任、张群、冯玉祥，还有那个飞机撞在山上最终毙命的戴笠，都曾经是他的病人。

他还记得1935年来过的那位神秘人物，年龄不大但牙齿已经掉光了，他难以理解为什么中国人没有良好的保持口腔卫生的习惯，很多人的实际年龄都小于他们的外表。那位神秘人物是在一个雨天来的，来得很突然，没有人通知他。起初他觉得有点面熟，后来他想起这人他见过，在中国人的报纸上见过的。神秘人物不仅牙齿全部脱落了，头上也是光光的，瘦削的脸上充满了自信。

他认真的给他做了一副全口义齿，林则院长告诉他必须在两个小时之后完成，那个神秘人物要马上离开成都，没有过多的时间，这是最急迫的一次，他使出了浑身解数，做得异常的精美，几乎没做什么修改，安装试戴之后病人很满意。

后来每次有报纸上刊登那位神秘人物照片的时候他都会关心一下，他倒不是关心他每天的行踪和干的那些"旷世伟业"，他是想看看他的面部特征，毕竟那副全口义齿支撑了他的整个面型。还好，吉士道从未发现有过塌陷，这说明那副义齿还在正常的行使着功能，但他脸上的自信少了很多很多……

吉士道依稀记得那一年是1935年，距今已经整整过去了14年。报纸上他的形象也已经变得苍老了许多，那副全口义齿也许早就磨损了不少，也许早就该换一副新的了。

他知道自己不能过多的露面，说不定有人会认出他来，他得保持低调，不然前功尽弃。但他还是去了，去了华西坝，他得到了比较准确的消息，那个自己守候多日的目标很快就会在华西坝露面了，这是惟一的机会，自己一旦把握不好将遗恨终身。那个外国人本来想收买他，许诺给他很多的钱财，只要能够办好。但他拒绝了，他不为钱，只为自己的内心，只是想替百姓办一件事情。这个国家即将崩溃，物价飞涨，各种人等为了自己的利益在相互倾轧，要让整个社会平静下来就必须付出代价，某些人必须离开，那是惟一的办法。

他很想家，曾经在西南边境线上给家里去过信，但他没收到过家信，他总是在移动，居无定所，家人的信他是收不到的，但愿母亲还好，自己的兄弟姐妹还好，为了自己的理想，他抛弃了亲情，甚至违背了父亲的临终遗愿毅然踏上了西行的道路，本来以为要死在那里的，可上苍没让他离开，也许正是为了有这一天，这样的使命让他去完成。

不过，他一直没有完全闹明白的是，为什么那个神秘人物要遭到西方情报机关的"青睐"，他和美国英国的关系不是很好吗？难道和他接触的那个外国人是共产党的人？不像，绝对不像，那人好像很仇恨共产党。那人说得很清楚，如果那人"完了"，自己的老长官会上台，会给世界带来新气象。对于这个想法他是支持的，老长官是个有见识的人，果敢英勇，通晓谋略，体恤属下，如果不是他果断把部队带进印度，他自己可能已经和那位戴安澜将军一样迷失在崇山峻岭之中……

还好，自己的身体没被当成野狼的食粮……

他已经做好了失败的准备，他的衣领上早就有剧毒药品，自杀可以瞬间完成，他自己身上还有一颗美国产的手雷，会在一秒钟内把他炸得粉碎，对方根本搞不清楚自己的身份，也不会牵涉到自己的老长官。本来，他的行动就是在老长官完全不知道的情况下去进行的。自己的不辞而别可能会让老长官大惑不解，他也许会认为自己投靠了"那边"。管他的，就让他们去想象吧，自己对黑暗腐败的统治已经容忍到了极限。

自己埋伏在华西坝感觉还不错，比缅北丛林里面好多了，这里只有小鸟依依，浣花似锦，还有青蛙在夜里吟唱着，偶尔还会见到久违的月光，真是好多了。密林深处真是痛苦难忍，不仅要时时小心远处山巅上飞来的日本人的炸弹，还要随时提防着凉飕飕的毒蛇，咬上一口还不敢大声呻吟。这里真好，还能够听到清晨朗朗的读书声，虽然这里不久就会发生巨变，那个神秘人物也呆不长了，他只会有三种命运，一，死在自己的枪下；二，流亡海外，成为一个国际乞丐；三，逃到那个孤岛上去继续作威作福。

潜伏在这里也不错，虽然没人跟自己说话，但他可以去想想昔日的那些战友。那些战友，好多人的名字他已经忘记了，但他们却永远留在那里，有的人的尸体根本就没有来得及被掩埋，只有慢慢化成水流进澜沧江，流进怒江，流进湄公河，流进大海了，那些不能化成水的骨骼只有静静的散落在山林中了……他有机会一定去那里找一找，说不定可以搜集起来把他们安葬在国境线上，让烈士的忠骨能够回到祖国，也不枉当年的一腔报国衷肠。不过，这也让他赶到纠结，也许那些白骨中还有日本人的，那些侵略者的，我该怎么办呢？那些骨头可是敌人的，是杀戮了无数中国人的，我该怎么办？那些骨骼和同胞的骨骼分不清楚了，早就混在一起了，我该怎么分辨呢？

他曾经无数次飞跃驼峰航线，陪同老长官往返于各个战区之间，令他没有想到的是，他居然在这里遇到过一位校友，一个叫启真道的加拿大博士，听说他的父亲还是华西协和大学的创始人之一。当时加拿大政府派遣他协助在战时中国的首都重庆成立使馆，他担任了政府对中国事件的临时顾问及参谋。从加拿大来往于成都太艰巨了，启真道不得不经驼峰航线往返中国和加拿大。他和启真道说起了华西坝，他没有想到这个外国人如此勇敢，驼峰航线是世界上最危险的航线之一，但是沿途失事的飞机就有三千多架，新手飞行员不用仪表单是通过丛林中的飞机残骸就能找到来去路线。而这位加拿大人毫不惧怕，他对启教授肃然起敬。他知道，启真道就在华西坝，说不定他还认得自己。不过，他此次华西之行不是来叙旧的，而是另有重任。

他得收回自己的思绪。

他得好好清理自己的情绪，那个人物随时会出现，随时他都冲上去，他算计过无数的方法，进攻的位置，退走的路线，他早就了然于胸，剩下的就只有等待……

今天的阅兵显得极其匆忙，老爷子也许是心血来潮突然想见见自己的这些学生，大概是想利用这点时间来看看自己是否真的老了。兴许还不是，自己总也不明白，在短短的几年时间里咋个就败得这么惨，几百万的军队居然让"小米加步枪"给轻轻松松地消灭了。

"这到底是为什么？"老头千万次问自己这个问题，他也问自己身旁这个宝贝儿子。

"父亲，您还是别太伤心，事情也许没有您想的那么坏。"年轻人只有安慰父亲。

"我看啦，是我们自己败给自己了。"

年轻人恭敬的望着父亲，不过他瞬间就避开了老头那日渐黯淡的目光。"也许这时候他是真的清醒了。"他心里暗暗想到。

阅兵开始了，千篇一律的程序已经经历过无数次了，但这一次的气氛是年轻人见过的最为沉闷的一次。

年轻人万万没有预想到的，父亲居然在大庭广众之下把假牙给弄掉了，在众目睽睽之下发生的。成都北较场的操场上，下面大约有五六千学生，当时父亲声泪俱下"……我很伤心，我的许多学生背叛了我，……希望你们这一期学生要忠于……"

父亲语无伦次了，声音变得哽咽，假牙突然掉落在地上……

年轻人毕竟是见过世面的，他快步走到前台，不经意中迅速拣起假牙，对手下使个眼色，两个彪形大汉上来架着他父亲扶到讲台后面。

好不容易熬到检阅仪式结束。

"马上安排，去华西牙科医院。"年轻人吩咐道。

"是的，我们已经早就安排妥当了。"

"加强警戒！"他继续吼道。

"是！"军官敬礼后转身离去。

几辆军用吉普夹着两辆轿车风驰电掣般的驶出北较场大门，奔南门而来。

他身着学生装在校园里面溜达着，没人注意到他。这里没人去留意去看那双手，那是一双弹无虚发的手，上面满是老茧，右手食指已经打上了深深的战争烙印，他有意无意的掩藏着自己的那只手。只要有行伍经历的人一眼便知，但他毋须担心，这里全是一帮秀才，没人关心去关注一个大老爷们儿的手。

他来到一个僻静的角落，他拿着一本书，没人注意他，他跟一个莘莘学子没有两样，只是脸上布满了沧桑，有些黝黑而已。

这是一座坟茔，分明是的，的的确确是一座长满荒草的坟墓。对了，一定是那个人的，他知道，进了这所学校的时候就听老师讲起过，那是已故校长苏道璞的，那个英国人，一个伟大的基督教的践行者，一位人格高尚的普通人。

自己虽然没有见过这个人，但他知道苏校长是在1930年5月30日被人杀害的。

"哎呀，咋个没人收拾嘛。"一个声音闯入他的耳膜，转身一看，是个老者，像个花匠。

"是啊，应该好好清理清理了。"他附和着。

"他是个好人啦，好人！"老头儿感叹着，于是动手开始清理坟冢上的荒草。

"老大爷，您认识苏校长吗？"

"嗨，我不单认得苏校长，他一家人我都认得的，华西坝的事情我都清楚，记得那年是五月份……"

他静静的倾听着老头儿的唠叨。

"……苏师母更是个观音菩萨，你晓得吧？"

"我大概听说过，好像他去求过警局的局长不要枪毙杀人犯，对吗？"

"是啊，天底下哪里去找这样的好人啦！也不晓得苏师母一家人现在怎么样了……"老头儿停下来歇口气，望着身边这个面生的年轻人。

"听说后来那个杀人犯还是被枪毙了，是这样的吧？"

"对的，警察局哪里敢赦免杀人犯呢！万一出了事情华西坝的学生还不闹翻天！"

"噢。"

"后来听说约翰疯了。"

"约翰？"

"是的，他的小儿子，可能是当时受了惊吓，看见自己的爸爸血肉模糊的给人抬回来，当时就吓傻了，后来回英国后就慢慢疯掉了，造孽啊！"老头儿有点哽咽。

"是这样……"

"那么小的娃娃，哪里受得了嘛。"

他转身离去，突然他有点难受，至于是什么原因他说不清楚，他把老头儿甩在身后一个人独自离开了。

"这人是哪个，我咋个没见过呢？"老头发现年轻人走了。

轿车的后座上光头老者一言不发，旁边坐着一位雍容华贵的妇人。车窗是用帘子罩起来的，他几次都想去拉开，但还是放弃了，本来他想好好看看市容的，在这个休闲城市来了无数回，但从未好好浏览过。也许很快他就要离开了，再也不会回来了。他希望大洋那边能够给自己带来好消息，只要那边的人帮忙，或许还有机会，不然，一切都完了。

"今天我好像又看见那个人了。"林铁心回家后告诉林则。

"哪个人？"

"就是你那个学生，投笔从戎去的那位。"

"真的？"林则突然来了兴趣，"在什么地方看见的？"

"他一直在校园里溜达着，拿着一本书。"

"真是奇怪了，为什么你没上前和他打个招呼呢？"

"当时我在图书馆楼上整理检索文件，偶然从窗户上看见的，等我下楼的时候他已经不见了。"

"你真的没有看错？"林则有点不相信。

"我相信自己没有看错，他来过我们家，给我的印象相当深刻。"林铁心非常肯定。

"真是怪事了，他回来了，也不来见我，在校园里面转悠，这是为什么？"林则心里在紧张的思考，这是为什么，为什么？不过他很快感觉到，一定是夫人看错人了，不会有这么巧的事情。

林则曾经听启真道说起过这个人，他飞越驼峰航线的时候曾经见过他，后来他应该跟着孙将军一直到处颠沛流离，不大可能他自己一个人回到华西坝到处闲逛。

他还记得自己最好的兄弟，是个贵州的小伙子，就死在自己身边，腿给炸飞了，肠子流了一地。那是惟一的一次，枪杀自己人！他举起枪对准了他，是那个贵州小子求他的，求他给自己一枪，这样也就解脱了。

他本来想救他的，但大势已去，连身体的零件都残缺不全了，只有等死，还是自己帮帮他吧！没想到自己的子弹还有这样的功能。那一次，惟一的一次，他流泪了，哭得惊天动地，是他杀了自己的同胞……

他还记得那个日本人，情况和贵州人差不多，躺在死人堆里面呻吟，祈求的目光扫视着他，不过日本人已经对他没了威胁，他的双手早已模糊，他已经不能拿起枪向他瞄准射击了。只用哀求绝望的眼神看着他，嘴里咿咿呀呀说着他听不懂的语言，日本人还示意自己口袋里面有东西，他拿出来一看，是一封信。他结果了日本人，也埋了他，但信他还是留下了，他在考虑要不要扔掉，那是一个日本人的家信呢！不过，他还是留下了。本来在广州受降的时候他可以交给日本俘虏让他们带回去给那个战死的日本人的家人的。不过，他还是留下了那封信，他是想有一天自己会去一趟日本，把信亲手交给他的家人，并要亲自问一问，你们日本人为什么要侵略中国？为什么？

他为自己的长官感到不平，不单他一个人的感觉，所有部下都有同感，老长官不是老头子的嫡系，一直遭受歧视。在仁安羌战役中大获全胜，以不满一千人的兵力击退数倍于己的敌人，救出十倍于己的友军，轰动全球。老长官得到"东方隆美尔"的称号，成为西方上层的座上宾，但他却成老头子的眼中钉，处处受到排挤，从缅甸回来之后再也没有受到重用。老长官手下的好多军官都劝他拥兵自立，而且英美的某些人士也在积极斡旋着，他们也对那个光头失望了，希望国民党能够有更加英明的领袖。但老长官拒绝了，坚决的拒绝了，他不肯留下如此骂名……

他敬重自己的老长官，痛恨这个丑恶的世界，世界之所以丑恶是因为她的领袖是丑恶的，四大家族不是在为中国人谋利益，只为自己的权益在相互争斗着。这一切都应该结束，为了这个结束，他甘愿哪怕是成为千古罪人，他得去完成这个使命。他良好的英文使他有更多和美军顾问团的人有了交道，甚至认识形形色色的英国人，加拿大人和英国人。这个外国人说自己是南美洲人，来试探了他很多次，随着交往他慢慢开始信任对方，慢慢他敞开了自己的心扉。其实他知道那人肯定不是什么南美洲人，肯定是美国人，属于美国某个派系中来中国的具体执行东方策略的人……

好多天了，他没有说过话，除了和那个园丁。在沉沉的黑夜里，一切都是那么安宁，除了蛙鸣和萤火虫的飞舞发出煽动翅膀的细微声响。远处传来一阵阵悠扬如诉的琴声，他知道，这是华西坝传来的，只有那里才会有如此动人的旋律；他猜想这弹琴的人一定是一位外国人，不会是中国人，这个时候中国人没有这份雅兴，因为新的世纪即将来临，每个人都怀着复杂的心情等待着。

琴声依旧在徐徐涌来，这琴声只应该在华西坝响起，不会在热带丛林里穿梭，因为这么美的天籁之音只该在天上传播，那不是死亡的丧钟，那是生命的希望……

他自己都觉得可笑，本来自己要做一个救人的医生的，可最后他成了一个专门毁灭生命的杀手……真是笑话，他这么想。

还记得那次和同学们去林则院长的家，去了好多人，客厅有点坐不下了，有的人是坐在地板上，听林则讲加拿大，讲魁北克，讲圣劳伦斯河；还听林铁心说枫叶的故事……

那是个爱情故事……

那个女孩子一直等着自己的心上人，那个勇敢的斗士，他去很久很久，为了自己的祖国，去和自己的敌人展开殊死的战斗。每当秋天的时候女孩都在溪边等待枫叶送来远方的消息，但那些枫叶只是随波逐流着，没有带来男孩的半点音讯。但女孩还是静静等着，她永远不会绝望，她相信他没有战死沙场，哪怕还有一息尚存他都会回来的，因为他们有个约定，一定要相爱到老，就在枫叶林中，就在小溪边……

又过了好几年，枫叶依旧在秋天慢慢红透，然后悄然落下随着溪中的潺潺流水奔向远方，女孩会仔细观察每片枫叶的样子，希望它们身上印有男孩写的只言片语，希望枫叶留下点男孩的气息。可是这个秋天快要过完了，女孩依然没有看到今年的枫叶和往年的有任何不同……

又是一个10年过去了，女孩已经慢慢变得苍老，惟一不变的是她的心，那颗守候爱人的心……

又是一个秋天，她照例到溪边等待着，突然，她发现远处缓慢流动的溪水载着一张大大的枫叶，正向她缓缓飘来。女孩心里"咯噔"一下，莫非是送信的枫叶来了，她不顾秋日的凉意，淌进溪流中朝那片枫叶跑过去，她抓着了那片枫叶，好大的一片枫叶，和旁边的枫叶绝不相同，颜色更加的鲜红。

女孩捧着那片枫叶，希望从上面发现点什么，可是上面什么也没有，它只是比一般的枫叶大一点而已，还是一张普通的枫叶，上面没有男孩的信息，没有……

女孩坐在溪边，哭了，难道我已经真的失去了自己的爱人了吗？我真的再也见不到我的心爱的人了吗？她有些绝望了！彻底的绝望了，她泪如泉涌，捧着那片枫叶，嘶声喊道"我亲爱的枫叶，请告诉我远方发生的故事，好吗？我的心上人还要多久才会回来？"

她的泪水落在那片枫叶上……

她望着那远去的溪流，难道自己真的必须完全绝望了吗？不行，我要去找他了，去他战斗的那个地方找他，他一定还活着，说不定已经有了自己的心上人，他已经把远方苦苦等待他的人忘了，完全的忘了……说不定他已经有个美丽的妻子已经儿女成群。即使那样，她也要去看看，只需要看他一眼，她不能确定自己会不会骂他，羞辱他，羞辱他的不忠；也许不会的，只要他是幸福的不就很好了吗？为什么一定要用仇恨去对待已经幸福的人呢？

被泪水浸泡的枫叶已经在慢慢的变化了，可是她还是望着远方，没有发现这一切……

或许我应该祝福他，祝福他的妻子和孩子们，她这么想……我不应该酝酿仇恨，而应该把最美好的东西给他们，也许这才是我要做的……

那片枫叶还在继续的变化着，已经长出了一对翅膀，还长出了两只美丽的触角，已经在慢慢的煽动着……

"美丽的姑娘……"

女孩听见一个声音，但四周却没有人，她站起来四处寻找，没一个人，周围静悄悄的。

"我大概是出现幻觉了。"她自言自语。

"美丽的姑娘，是我在和你说话。"还是那个声音，好像是从近处发出的。

"你是谁？为什么不出来说话？"女孩喊道，她惊异的发现面前的那片枫叶，红红的枫叶不见了，只是在她的膝盖上站着一只美丽的红蝴蝶，难道是它在说话吗？

"是的，是我和你说话。"那只美丽的红蝴蝶在摇动着翅膀，像是和女孩打招呼。

"你不是一只枫叶吗，什么时候变成蝴蝶了？"女孩喊道。

"是啊，我本来是蝴蝶，后来变成了枫叶，但我又变回来了，哈哈！"红蝴蝶再次煽动着翅膀，在阳光的照射下显得更加的鲜艳。

"美丽的红蝴蝶，你是从哪里来的，你来干什么啊？"女孩眼睛放光，长大嘴巴，太神气了，美丽的蝴蝶居然能够开口说话，"你是给我带来远方的消息的吗？亲爱的红蝴蝶？"女孩迫不及待。

"美丽的姑娘，是的，我给你带来了远方的消息，你想知道吗？"蝴蝶飞到她的肩头停下来。

"你快说吧，美丽的红蝴蝶，快说，为了这消息我等了好多年了。"

红蝴蝶说出的话让女孩大吃一惊。

女孩出发了，她要去完成一项使命，她知道，那是男孩交待的，她必须完成，同时她感到特别不可思议，为什么他要她这么去做……

那个故事没有听完，因为很快就到了上课时间，学生们都在想，到底男孩让女孩去干什么呢？难道做了那件事情之后男孩就能得救了吗？他们在想象，也在讨论着，当然大家都希望是个完美的结局，女孩和男孩能够重逢，能够过上幸福的生活。

不过他没有机会听到那个故事的结局，因为他走了，不辞而别，去了远征军的战场……

林则并不关心政治，这和他无关，中国人之间的事情还没有结束，战斗还在继续，也许这里很快就要发生巨变，他心里很清楚，不过他得行使好自己的职责，作为院长他要照看好自己的学生，作为校务长他得保证学校一切秩序井然。不过那个影子始终在脑海里挥之不去，那个人，去战场的人回来了，他觉得他就在附近，但他又不露面，这是为什么？

莫非他和最近将要发生的事情有关联？是什么关联呢，他想不明白，中国人之间的矛盾也那么尖锐，他虽说来这里已经有四十多年了，但毕竟没有成为一个真正的中国人，对中国人心里想的什么他并不清楚，他是搞自然科学的，并不是人文教授，他摆弄的也就是那些牙齿而已，中国人的牙齿和西方人的牙齿没有区别，在生理结构和病理状态下是一样的。但在每个人大脑产生的思想却完全不同，这也许是人们所说的文化吧。

也许是夫人看错人了，林则更愿意相信这样的推测。但很快他又否定了，那个学生来过他家，而且不止一次，牙学院的所有学生林铁心无一例外都很熟悉，林铁心给他们上过英文课，她对人的记忆甚至是超过自己的，自己最关注的每个人的牙齿，对面部特征却不太在意。而林铁心不同，她也有过人的记忆，凡是见过的人她都能叫出名字，无一例外。

那他到华西坝来干什么呢？而且还不止一次来，不像是来探亲访友的，如果真的是那样，首先他应该来看他这个院长，他不是个无情无义的人，连自己的院长都忘记了。

很可能他还没走，说不定就住在附近的那家客栈，自己要不要去找一找？

但这么多客栈，难道要挨个找过来吗？

而且，说不定他已经换了名字，早就不是当年的那个姓氏了，这很有可能。

林则在校园里面走了几个来回，他想说不定真的可以遇见他，不过他的计划落空了，或许真的是夫人看走眼了，说不定刚好那个人像他。

他突然想去看看自己的老师，看看林铁心老师，她曾经训练过他的英文口语。不过很快就否定了自己这个愚蠢的念头，在这个关键时刻自己怎么能够暴露自己呢？不行，绝对不行！

难道真的不行吗？

不行！绝对不行！

他想到，自己行动的时候林则绝对在场，当然他相信自己的枪法，绝对不会伤及自己的恩师，只会把仇恨的子弹射向那个光秃秃的脑袋。

那老师在旁边会是什么表情呢？惊恐？无助？还是愤怒？他难以想象，毕竟老师肯定从来没有经历这样的场面……

那他会不会像约翰那样受到刺激而发疯了呢？应该不会吧？不会，约翰是个几岁的孩子，见到父亲满身血迹的时候给吓傻了那是自然的，而林则老师是个老头儿了，他什么没见过？

但让老头儿经历这样的场景是不是太残忍了？他毕竟是自己的老师，还是中国牙科的创建人，让自己的老师眼睁睁看着那个人死去？

那我奉命去杀那个人有意义吗？

那个光头和自己有什么深仇大恨，非得要杀了他？

好象也没有直接的仇恨，没有，只不过他领导了一个腐败的政府，让他的人民陷入无穷无尽的灾难，他的四大家族在不停的对人民进行掠夺，无数的人正在死去，那个光头是有罪的，有！绝对有！他早就该死了，该死了！他在不断的提醒自己……

荷花池边上一个男孩和一个女孩在玩耍着，女孩子非得让男孩把他手上的螃蟹给她。

"不给！就不给！"男孩说道。

"你给我嘛，我用水果糖给你换。"女孩哀求道。

"不行！"男孩严词拒绝。

"给我嘛，哥哥。"原来他们是兄妹俩。

"好嘛，"哥哥十分不乐意的把螃蟹给了妹妹，"小心，别让螃蟹咬你的手。"

妹妹拿过螃蟹，走到荷花池旁边，随手把螃蟹扔进池塘。

"你在干吗！"哥哥显然发现妹妹要螃蟹的真正目的，"谁让你放了螃蟹的，我好不容易才捉到的！"

"哥哥，螃蟹的爸爸妈妈肯定在找它了，如果找不到它们会着急的……"妹妹天真的说道。

"讨厌！不跟你玩儿了！"哥哥非常生气。

"你才讨厌，我是要救那只螃蟹，它已经快要死了，妈妈说过的，一定要有菩萨心肠，动物是活的，跟人一样。"妹妹显然不服气。

哥哥有点说不过妹妹，举手便要揍妹妹。

"别打！那是你妹妹。"他有点看不下去了，上前阻止。

"他扔了我的螃蟹！"小哥哥为自己的行为寻找理由，在他看来，螃蟹是他所有的，他有权处置它，而妹妹竟然擅自做主把螃蟹放了。

"螃蟹要死了，你好残忍！"妹妹据理力争。

"你们都别吵了，孩子们，好吗？你是哥哥，要让着妹妹。"他觉得有必要袒护女孩子，放在谁身上都会这么做。

哥哥和妹妹的争吵慢慢的平息下来，后来他们走了。

突然，他发现那个女孩好像自己儿时的小妹妹……

林则神色紧张的回到家里，一言不发坐在藤椅上发呆。

"出了什么事？"这一切林铁心看在眼里，自然得上前关心。

"没什么，亲爱的。"林则安慰妻子。

"不对啊，干吗你这么紧张？"林铁心感觉丈夫心里一定有事，"怎么，你连我还信不过？"

"不是，亲爱的，这事还真的有点蹊跷……"林则咕哝着含糊其辞。

"怎么个蹊跷？"林铁心更加不解了，"林则，亲爱的，你什么时候变得这么……"

"这事太大，太大，也很奇怪。"

妻子倒了一杯水递给丈夫："亲爱的，别急，喝点水，慢慢说，好吧？"

"我接到一个神秘的电话……"

牙科楼门前已经戒严了，门口突然多了好多的便衣，那个大人物马上就要到了。

林则做好了准备；

吉士道也做好了准备；

校长方叔轩也做好了准备，还有那些欢迎的老师和学生，参加欢迎的人都是经过精心挑选的。

父子两人静静坐在医院会客室里相对无言，时不时有人想进来报告都让门口的侍卫给挡了回去，年轻人已经吩咐了，这时候老爷子需要安静，他不希望那些战败的报告不断来蹂躏他脆弱的神经。

"那边安排好了？"老者闭着眼睛冷冷问道。

"父亲，早就安排妥当了，是让他们最好的医生吉士道教授给您治疗……"年轻人恭敬的回应道。

"我不是问的这个。"老头有点愠怒，立即打断儿子的话。

"噢，是的，已经差不多了。"

"不要差不多，我要做到尽善尽美。"说完叹口气。

"是的，父亲。"

他也做好了准备，那支枪的子弹已经上膛了，随时可以让火药訇然爆裂发出愤怒的呼啸，射向那个头颅。他早就准备好了点射的位置，这是一个谁也不能发现的地方，包括那些保密局的自以为是的家伙，他们根本想不到自己藏在这么隐蔽而又遥远的地方对准那颗脑袋。

终于，出现了，出现了，那个久违的光头脑袋，不过那个光头脑袋上戴了一顶礼帽，不过不管他戴不戴，狙击手都认得，他已经反反复复研究过那颗脑袋了，瞄准镜中间几个脑袋重叠出现着，他们在行进着，此时不是发射的时机，还有机会，有的！他冷静的告诫自己……

可就在他即将离开小客栈的时候发现了一件奇怪的事情，这件事情差点让他放弃这次行动。自己的房间不知什么时候有人从门缝下面塞进一封信，坏了！被发现了！怎么会有人给他送信，此次成都之行绝对保密的，他不会有接应，一切都得靠他自己。怎么回事儿，难道保密局的人盯上他了？不对，如果万一被发现了他们可以直接上门抓他，显然这封信是另有他人塞进来的，肯定也不是自己的同党，那个对他下命令的外国人这次根本就没来成都，更不可能知道他的行踪。

他迅速拿起这封信，一看，是用英文写的，怪了！打开信封，没有称谓，没有落款，他认不得这笔迹，肯定不是自己人干的，这是谁？难道他知道了自己的意图?

他快速浏览信的内容,这都是什么啊!上面说的完全是乱七八糟的玩意儿,他没看懂其中的意思,什么蝴蝶啊,猫啊狗的,这是谁干的?难道是有人恶作剧?

他屏住呼吸看在门口聆听着,还好,门外没有动静,一切和平时没有什么不同,通过窗户也没有发现有什么异样。

"不行!得赶快离开!"他警告自己,自己已经暴露了,但他想不出来自己在什么地方给人发现的。

应该不会的,自己上学的时候那些同学早就毕业了,不太可能有人认出自己,除了林则院长,还有几个给自己上过课的老师,而且他们都是外国人。

出门的时候他警觉的朝四周看了看,没人跟踪自己,他在华西坝附近走了好多个来回,凭他的感觉,背后无人跟踪。他稍稍安心,不过那封信依旧在纠缠自己。

无论如何,自己不能回那个客栈了,肯定有人知道自己了,必须一直藏在那个阁楼上,一直等到那个人的脑袋出现为止,肯定他会来的,就在这几天。

"那你该怎么办?"林铁心紧张的看着丈夫。

"我正在思考……"林则一脸的焦急,"说不定这次又要流血了……"

"这么严重!"

林则点点头"电话是从美国大使馆打来的,虽然是个美国人,但我相信他不会骗我。没想到美国人中间也有这么无耻的人,一方面在支持这个政府,一方面又在暗地里捣鬼,搞暗杀活动。"

"说不定是个谎言,开玩笑的也有可能。"

"不会,我相信这人一定知道内情,才电话告知我。"

"那他为什么不直接告诉国民党当局,反而来告诉你?"

"这我就不清楚了,他告诉我这名杀手曾经是我的学生。"

"啊!?真的?"

"莫非你看见的就是他!"林则终于明白了。

"那个美国人希望你怎么做?"林铁心大脑一下也飞快的转起来。

"他希望我能够制止。"

"可这是中国人之间的事情,你一个教授如何能够制止得了?况且我们根本就不知道他身在何处。"

"是啊。"林则叹口气,"虽然我成天和鲜血打交道,但我是个和平主

237

义者，憎恨流血和杀戮，无论是谁，都不要用消灭生命的方式去解决所有的仇恨。"

"那我们怎么办？"林铁心焦急地望着丈夫。

"也许只有这个办法了……"

"告诉当局？"

"不，那样的话，那个学生也许会死。"

"那还有什么办法？"

"有，一定有！"

狙击手抵达了那个点射的位置，没人发现他。

他静静的躺下来，歇口气，太紧张了，这时候才发现自己的衣服已经湿透了。对面的情形一切正常，没有特别情况出现，他只是看着瞄准镜，望着那栋大楼……

"姑娘，请你跟我来吧。"红蝴蝶在女孩的肩膀上扇动着翅膀，轻声说道。

"我们去哪里？"女孩柔声问道。

"从这里翻过九十九座高山，再淌过九十九条湍急的河流，再穿越九十九片森林，就到了。"

"为什么要去这么远的地方？"

"你到了那里我会告诉你的。"红蝴蝶眨眨眼。

"好吧，美丽的红蝴蝶，你可不能骗我啊，我得等我的心上人，我是那么的爱他……"

"美丽的姑娘，我会帮助你实现这个愿望的，只要你按照我的话去做……"

她们出发了，翻过了九十九座山，女孩的脚已经磨破了……

她们依旧在坚持着，淌过了九十九条咆哮湍急的河流，女孩有些体力不支了，她还差点掉进河里被不知名的大鱼给吃了……

她们实在走不动了，已经步履蹒跚，似乎永远走不出那九十九片森林……

终于，她们到了，这里是一片杳无人烟的蛮荒之地，根本看不到生命的迹象。

"我该干什么呢？"女孩问红蝴蝶。

"在那片残垣断壁中间，里面有几个快要死去的人，一个老妪，还有一个嗷嗷待哺的婴儿，她的母亲已经死去了，孙子和祖母也即将死去，现在，只有你可以去挽救他们的生命，去吧，美丽的姑娘……"

"他们是谁？为什么要让我去救他们？"女孩不解。

"我会告诉你的，我会把这一切都告诉你，等到你完成你的使命之后……"

女孩果然发现在这里已经没有生命迹象的地方居然还有人在苟延残喘着，不过他们马上就要死了。

女孩的到来对这些即将死去的人真是天大的幸运，他们活了，女孩从山涧采摘了野果，把他们救活了；女孩还找来了附近的野狗，哀求狗妈妈献出了自己的奶水让那个婴儿食用，婴儿灰暗的脸庞开始慢慢泛起了红光……

"美丽的红蝴蝶，我完成了我的使命，我还会将这个孩子培育成人，我会将这个老婆婆当成自己的祖母去赡养。不过，请你告诉我，这是谁让我这么做的？"

"美丽的姑娘，你真是个善良的人。不过，你知道吗？你挽救的这个婴儿和他的奶奶是什么人吗？"

"不知道啊。"女孩瞪大眼睛。

"他们是你心上人的敌人的亲人。"

"啊？！"女孩大吃一惊。

……

这一场战斗已经持续了九天九夜……

双方的厮杀进行得极尽惨烈，各自的勇士纠缠在一起，一个个士兵死在冰冷的刀剑下，一个个将军也壮烈的倒在血泊中，战场上已经没有了生气，只剩下满是硝烟的旌旗在夜空中迎风摇曳着……

惟一，双方都只剩下了最后一个勇士，他们还在对峙着，眼睛里面快要冒出鲜血来，不过，他们也已经遍体鳞伤，已经没有力气了，只是用仇恨的眼光注视着对方……

其中一个就是那个男孩，这个部族中最勇敢的战士，如今他也失去了最后的力气，快要倒下了……

男孩的敌人的精力也已经丧失殆尽，只剩下一口气，他也即将死亡……

"我就要死了。"男孩说话了，他似乎是在说给几米之外的那个敌人听的，也是说给自己听。

"我也一样，也要死了。"敌人也说话了，他也在苟延残喘着。

"可我不想死。"男孩说。

"我也是……"敌人在叹息着。

"那个美丽的姑娘还在等我……"

"……很美丽？"敌人居然和男孩聊天了。

"很美丽的姑娘，善良，高贵，纯洁……的姑娘。可惜，我要离她而去了……"男孩有点感伤。

"我也有……有个美丽的妻子，还有个刚出生的孩子，还有年迈的母亲，我也见不到他们了，我也要死了……不过，他们也会死去的，因为没有我了，他们将很快死去了……"敌人开始哭泣，哭得很伤心。

一阵沉默。

"为什么我们要打仗？为什么我们要有仇恨？为什么我们要有彼此残杀？"男孩打破沉默。

"不知道……"敌人已经奄奄一息了。

"为什么我们不能和平相处，我们都是人类啊！"男孩也开始哭泣。

他在读着那封英文书信，这时候他有点明白了……

牙科贵宾诊疗室内很安静，林则给老者做了仔细的检查，他和吉士道做了简单的交流，决定马上给老者进行全口义齿的镶复，对于这些一点不难。

吉士道给老者做了简要的说明，老者微笑着点头，他知道眼前这两位牙科大师一切都会安排妥当的，这里的水准是世界一流的，他不用担心，惟一能够做的就是乖乖坐在牙科椅上等待。

老者还记得，上一副全口义齿还是在"西安事变"之前在这里制作的，在华清池逃跑的那个夜晚，慌张得忘记了戴上假牙，真是狼狈！时间一晃就过去了，真是不堪回首，不堪回首！

吉士道给老者取了全口牙科模型，接下来便进入制作工艺流程。邓真名技师也早就等候在一旁，他知道，今天的制作是无论如何不能出半点差错的，虽然自己已经是牙科工艺大师了，但还得小心翼翼，也许这是老者在大陆最后一副假牙。

一切都按部就班的进行着，没有出现半点纰漏。

老者坐在诊室的沙发上谈笑风生，虽然在他的眼光中露出一丝的凄凉……他没有发觉窗外有什么不同……

那个敌人，最后的敌人，死了。不过，男孩也觉得自己的血液快要流干了，脑子开始出现一片空白。

"不行，我还不能死去，至少得让我多活几分钟……"他拼命睁开眼睛，他知道一旦睡过去了就再也醒不来了。

他经历了无数次的战斗，杀死的敌人他也早就数不清了，可今天的战斗让他感到有些异样，也许自己即将死去的原因吧，感觉和其他时候有很大的不同。他佩服这个最后死去的敌人，他和自己一样的勇敢，要是他不是自己的敌人多好！他们一定是好兄弟的！

"我为什么要打仗？"

"因为敌人侵占我们的领土，霸占我们的家园！"男孩的回答很简单。

"我们为什么就不能和平相处呢？"

"因为敌人的凶残！"道理太简单了，男孩知道的。

"敌人也付出了代价，他们也有死亡，包括他们的家人，但是，他们的家人有错吗？"

"当然，敌人的家人是无辜的，无辜的，可他们也得为此付出惨痛的代价！"

"但那个刚出生的婴儿和他的老母也该活生生的死去吗？"

男孩在思考着，他似乎还不能有把握得出肯定的答案。

"不该！绝对不该！那也是鲜活的生命，他们和自己的心爱的女孩一样，都是那么的……"

"我要去救他们，救他们！"男孩在一瞬间作出了决定，其中的缘由他来不及考虑。

他活动了自己的身体，显然手和脚已经不听指挥了，他知道，血已经快流光了，自己动不了了。

"怎么办？"男孩脑子在转动着，自己都要死了，还怎么能够去救其他人啊！

突然一只红蝴蝶在轻盈的飞舞着，好像是朝他飞来的。

"美丽的红蝴蝶！"男孩使劲全身力气呐喊道。

"你在叫我吗？"蝴蝶停下来。落在男孩附近的一柄刀剑上，差点划破自己的翅膀，于是赶紧逃开，"你们为什么总在打仗啊！"

"美丽的红蝴蝶，我要死去了，不过，我想请您帮个忙，好吗？"

"你说吧，我就是一个蝴蝶，难道还能帮你什么吗？"

"红蝴蝶，我请求你去帮我送个口信，好吗？给我美丽的姑娘。"

"姑娘？"

"是啊，那个即将要成为我妻子的美丽姑娘。"

"是让她来救你吗？"

"不是，是让他去救人，救那失去亲人的老人和婴儿。"

"好吧，那你告诉我怎么去那里？"

"从这里翻过九十九座山，再淌过九十九条小溪，就到了。"

"可是我不会游泳啊，我怎么才能淌过那九十九条小溪呢？"蝴蝶知道自己能够翻山，但不能游泳。

"美丽的蝴蝶，你可以变成一片美丽的枫叶，溪水会带你过去的……"

"你真是个好人！"

"不是的，我不是的，我杀了好多的人，我的双手已经沾满了鲜血，但我还是决定最后一次做一件事，还好，不是杀人，而是救人……请你告诉她……"

"亲爱的蝴蝶，你还没有告诉我，我的那位勇士，我的爱人，他在哪里？"

"美丽的姑娘，你会在每个秋天的时候，在红红的山坳上看见他的，他会在那里和你相会，他会朝你微笑，向你挥手……"

说完，美丽的红蝴蝶不见了，消失得无影无踪。

狙击手举起枪，右眼对准瞄准镜，食指靠拢扳机……

邓真名很快将打磨好的全口义齿交到吉士道博士手中，这是最令他满意的作品，虽然时间很急迫，那么多的工艺流程，灌模，做蜡型，浇注，锻烤，抛光等等，他必须在一个小时内完成，但他做到了。

"不错，不错！"老者做了几个咀嚼吞咽的动作，朝着送上来的镜子左右打量端详着，"非常的精美，谢谢你！尊敬的吉士道教授。"

老者站起来，将手伸向吉士道，双手握在一起。

"林则院长呢？"老者突然发现林则不在场。

"噢，林则院长突然临时有事，他让我转告您……"

"噢，没关系，他是院长，事情多的很正常的……"老者虽有不悦，但还是自己找了个台阶下。

身着戎装的老者偕同夫人走到牙科大楼门前，这里吉士道也身着传教士礼服和夫人恭候在此。老者和吉士道亲切握手，在他们的前面早有摄影师对好焦距，四人站在台阶上，很自然吉士道夫妇让老者夫妇站立中央，随着眼前一闪，他们知道，几个人的影像已经存留在那小小的相机中……

"父亲，方校长和学生们已经等候多时了……"年轻人快速上前和老者低声说道。

"嗯……"老者脸上露出明显的不悦。他知道，在今天他还能够说什么呢？

穿过稀稀拉拉的欢迎人群，老者勉强挥了挥手，脸上的笑容是强行挤出来的，然后他径直走向那辆轿车，钻了进去，门啪的一声关上了，美式军用吉普把两辆轿车夹在中间，咆哮着冲出校门，只留下一阵荡起的尘土……

两个月之后，林则收到一张明信片，那是从云南寄来的，没有内容，没有落款，只有一个邮戳……

1950年秋天的一个上午，王翰章去小天竺街办事，他见林则迎面走来。

"院长，您这是去……"

"噢，密斯特王，我去公安局派出所办点事。"林则对王翰章笑笑。

"派出所？"他从来不觉得林则还会和派出所有什么交道值得打。

"是啊，我要走了……"林则突然有些伤感起来。

"啊！"王翰章感到突然，这是第一次听说院长要走了的消息。

1950年的仲秋，成都初放寒意，清晨街道上还显得静谧安宁，偶尔有几个摊铺洞开门脸给这个古老城市带来一丝丝生气，天府大地上空的太阳公公总是姗姗来迟，故意留给蜀人更多酣睡的温馨。

锦官城城南的华西坝笼罩在薄薄的晨雾中，小街远处走来几个人，两老两少，很显然两位老人是夫妻，满头银发，但精神矍铄，旁人一看就知道他们是两个外国人，白皙皮肤明显的和俩年轻人不同。年轻人手里提着几样行李，一看就知道这是送行的场面。作为"天府之国"的成都人，骄傲的东西实在太多，历史的长河中有无数值得引以为豪的厚重积淀，其中不乏有千古的文人骚客留下的汉赋唐诗，也有千年酝酿的佳肴美酒。而华西坝的那所百年学府尤其是牙医学科一直是成都人津津乐道的话题，这所学校的牙科专业学生曾经得到了世界的认可，堪称全球一流，足以把这个民族的聪明智慧展现得淋漓尽致。

……

"枫叶该红了吧？"老者若有所思。

"已是深秋，应该红了。"其中一个年轻人答道，他很疑惑为什么老头儿突然想起这个话题，蓉城并没有枫叶，华西坝全是高大葱茏的银杏。

"是啊，秋天了，满山枫叶浸透原野的季节。"老者感叹道。

两后生明白他的意思，也许他已经非常思念自己的故乡，他就要走了，回到满是枫叶的故乡去了。

"亲爱的，我们终于可以一起去圣劳伦斯河与圣查尔斯河河畔看看枫叶了，我喜欢魁北克的秋天，非常美。"妇人憧憬着。

"教授，您喜欢枫叶？"年轻人好奇的问道。

"当然喜欢。"老头儿的眼神望向远处。

"那么您家乡的枫叶一定是全世界最美丽的，整个加拿大是枫叶中的国度。"年轻人由衷的赞美道。

"当然很美，中国的枫叶也一样，尤其是长江两岸的枫林更加美不胜收。你们还记得大诗人杜甫关于枫叶的诗句吗？"林则来了兴趣。

年轻人看着教授，他们没有想到眼前这个老外还这么熟悉唐诗宋词。

"玉露凋伤枫树林，巫山巫峡气萧森。江间波浪兼天涌，塞上风云接地阴。丛菊两开他日泪，孤舟一系故园心。寒衣处处催刀尺，白帝城高急暮砧。"林则娓娓道来，"这是杜甫先生在他的《秋兴八首》里面的句子，感人肺腑沁人心脾！"他脸上露出陶醉的笑容。

"教授，没想到您还这么喜欢中国的诗歌！"年轻人赞叹道。

"长江三峡两岸的枫林我可是亲眼目睹过的，那是40年前我刚来的时候，过得好快。"老头陷入沉思。

"我希望，"老者突然有点哽咽，略作停顿，"希望中国的枫叶更美，更好。"

两个年轻人没有回应，他们在体味他的话，默默的跟在后面。

"我给你们念个更好听的，"林则又堆起孩子般调皮的笑容，用极其地道的成都话，"胖娃胖嘟嘟，骑马到成都。成都又好耍，胖娃骑白马。白马跳得高，胖娃耍关刀。关刀耍得圆，胖娃坐海船。海船倒个拐，胖娃掉下海。"

40年足以把一个老外变成地道的成都人了，年轻人心里清楚，这是林则博士给孩童看牙的时候为了缓解紧张气氛时常念叨的成都民谣。他的成都话还是那么字正腔圆。也许再过几天，他们就不用再使用这个语言了，会永远的使用自己的母语，但无论如何成都话还会留在他们的记忆中……

"先生，问个路好吗？"这时候侧面街道上走出两个中年人来，像是外地人。

"你要去哪里？"林则率先回应道。

"我要去华西医院牙科，不晓得咋个走。"外地人很急切。

"你们是去看牙吗？"林则问道。

"是的，都说那里的牙齿看得最好，我们走了好远的路来的。"

"哦，我来给你说说，你们顺着这条路直接走，走到这条街的尽头然后往左边一拐，就到了。"林则比划着给两个外地人反复解释，"很近，不远，不远。"

"谢谢！谢谢！"外地人也许还在奇怪为什么这个外国人还会说地道的四川话，他们顺着林则指引的方向渐渐远去。

"很近的，你们如果找不到再问一问……"林则拉长声音还在不停的叮嘱道，也许外地人已经听不见了。

很快他们到了位于华兴街的民航局大楼，林则夫妇将在这里办理他们的离境手续，永远离开他们工作生活了四十多年的地方。真快啊，一晃就是四十年了，林则回头望着身后那所医院，医院已经被掩映在雾霭中若隐若现，他也许还在聆听远处华西坝上的钟声响起，他太熟悉这一切了，还有自己的夫人林铁心，而今天却要真正的离开了。时间在一分一秒的过去，他们已经没有闲暇来得及回味四十年的过去了，工作人员已经在不断催促他们尽快坐上去机场的汽车。林则夫妇礼貌的向前来送行的两个年轻人致意，并紧紧握紧他们的双手，似乎想说点什么，但还是没有说出来，然后缓缓转身上了汽车。

两个瘦削的年轻人站在街头挥挥手，鼻腔里面涌上一阵咸咸的感觉，他们呆呆的看着面前的两位老人，很想说点什么，但此时此刻千头万绪，也不清楚该说什么，前几天林则教授还在亲临临床一线，还在和他们探讨口腔学术问题，突然间就要离开了，也许这一走兴许就是永别了，毕竟加拿大对于中国，尤其是对于处在中国西南腹地的成都那简直就是另外一个世界，太遥远了。对于林则教授，他们不止是敬仰，还有很多其他的太多。他们目送着两位老人乘坐的汽车慢慢消失在长长小街的尽头……

突然，华西坝钟楼的钟声"咚咚"敲响了，那钟声像是在挽留两位老人，可是汽车早就远去，他们再也听不见了。

40年前林则空手而来，40年后他除了赢得满头银丝，还留在这片土地上的却是偌大的一个华西口腔医学院，他不是亿万富翁，可千万个亿万富翁却没有他富有……

经历这一历史性时刻的两位年轻人后来最终也成为了现代中国口腔医学史上名震华夏的人物，他们是中国著名颌面外科教授王翰章和中国著名口腔病理学教授刘臣恒。王翰章，他简直不敢相信这一切是真的，前几天林铁心还在科室来给他讨论口腔论文中存在的一些瑕疵，林则还亲自给自己示范临床操作手法，转眼间这一切已经成为过去。

两位年轻人后来非常后悔，他们忘记询问林则夫妇："老师，您们什么时候再回来？"

华西坝——成都人永远的骄傲

　　成都，过万里桥，左转，前行，曾是当年全国校地之大，校园之美无出其右者的著名的华西坝。

　　有人曾经说过，没有华西坝，老成都人知道的世界一定会更小；没有华西坝，了解四川这个中国内陆省份的外国人也一定要少得多。

　　也许很多人知道，曾经在此屹立了一所教会大学；但很少有人知道，它的医科和牙科专业不仅仅全国领先，而且是世界一流，在这里毕业的牙科和医科学生同时获得美国纽约州立大学博士学位。

　　也许很多人都知道有个美国人叫司徒雷登，此君恃才傲物，在他的眼中中国没有几所像样的高等学府，除了他的燕京大学；但自从他来过成都之后，他发现自己的孤陋寡闻了，他感叹道"如此封闭的地方怎么会有这么一所大学，而且是高水平的大学？而最值得推崇的就是牙学院，它是亚洲首屈一指的。"

　　也许很少有人知道在118年前成都四圣祠北街有一间小得不能再小的诊所，当年门可落雀，甚至还要找人走街串巷嘶喊着打广告，因为人们并不相信西医可以救死扶伤；也许很少有人知道，加拿大人启尔德一家三代十多人曾经在华西坝贡献了青春，把毕生的精力献给了中国的患者；启尔德也许也没有想到他当年在四圣祠建立的那所医院后来成了世界著名的综合医疗机构——华西医院。

　　也许很多人知道华西曾是中国牙科的发祥地，也许很少有人知道有个叫林则的"中国牙科之父"。

　　也许很多人知道来这里的洋人传教士绝大部分人都曾博士锦袍加身，但他们放弃了优越的生活条件，不远万里来到中国，甚至他们是冒着生命危险来的；但很少有人知道支撑他们的信念是什么。

　　也许很多人知道，"四川保路运动"是辛亥革命武昌起义的导火线；而也许很少人知道，在辛亥革命的战斗中，曾经有很多的传教士医生冒着枪林弹雨在抢救伤员。

也许很少有人知道，那个叫毕启的美国人曾经觐见当时的中华民国"大总统"，袁世凯曾经拿出4000两银子捐给这所学校。

也许很少有人知道，这所大学的一位副校长的"洋马儿"被歹徒抢走，他自己还被歹徒残忍杀害，而他临终前的遗言是不要让此事件影响中国和英国的关系，他的夫人还亲自到警察局求情让当局不要枪毙杀人犯。

也许很少有人知道，洋人传教士曾经拿出自己的薪水去捐助那些即将失学的中国学生，甚至有的中国学生留学的费用也是传教士们拼凑的。

也许很少有人知道，洋人们曾经勒令学生们不许参加爱国运动，学校差点办不下去，不过他们后来幡然醒悟和学生们达成和解。

也许很少有人知道，医学学生们第一次的解剖课是在多么特殊的情况下进行的，当时他们是多么的惴惴不安。

也许很少有人知道，让中国人接受西医治疗是需要付出多大的代价。

也许很少有人知道，有位叫莫尔斯的教授曾经写过一本书叫《紫色薄雾中的三个十字架》，而这三个十字架代表了"和平"、"自由"和"独立"。

也许很少有人知道，林则有个愿望，他希望能够给中国每个县培养一位牙医，经过40年的努力，最后也只有157位中国牙医博士从这里走向全世界。

也许很少有人知道，抗战期间著名国学大师陈寅恪曾经寓居华西坝，写下了那首《咏成都华西坝》"浅草方场广陌通，小渠高柳思无穷。雷奔乍过浮香雾，电笑微闻送远风，酒醉不妨胡舞乱，花羞翻诉汉妆红。谁知万国同欢地，却在山河破碎中"。

也许很少有人知道，中国西部的第一所博物馆曾经是华西坝那些洋人们建立起来的，三星堆的第一份考古报告《汉州发掘简报》是一个叫葛维汉的洋人率华西大学博物馆科学发掘队撰写的。

也许很多人知道，华西坝的风景优美，建筑别具一格，但也许还不知道那里面的好多故事，还和一个叫弗烈特·容杜易的英国建筑师有点关系。

也许很多人知道网球运动最先是在华西坝上兴起，但很少有人知道在网球场边还有好多奶牛在悠然安静的咀嚼着华西坝的青草，而那些奶牛正是那些洋人们从外国引进的。

也许很多人认为，教会大学是帝国主义对中国文化殖民的产物，但也有很多人不见得完全同意这样简单的结论，也许带给国人重新了解世界的机会。

这便是厚重的华西坝。

华西坝上那些陈年旧事注定会慢慢湮灭在历史的长河中……

怀着爱，写下了此文……